LA SEDUZIONE DEL LIBERTINO

LAUREN SMITH

Traduzione di
ERNESTO PAVAN

Copyright © 2017 by Lauren Smith

Titolo originale: *The Rakehell's Seduction*

Traduzione dall'inglese di Ernesto Pavan

L'estratto da *La seduzione della canaglia* (Titolo originale: *The Rogue's Seduction*) è un'opera di Lauren Smith, Copyright © 2018

Covert art di Carpe Librum Book Design

ISBN: 978-1-947206-72-4 (ebook)

ISBN: 978-1-947206-73-1 (print)

❀ Creato con Vellum

Lothbrook, Inghilterra – Settembre 1821

Ambrose Worthing stava partecipando a un ballo di campagna.

L'idea stessa era risibile. Lui, celebre libertino che detestava la vita di campagna, si ritrovava intrappolato in una stramaledetta sala pubblica che avrebbe potuto passare per un granaio. Anzi, mentre si guardava attorno giunse alla conclusione che l'ambiente ricordava decisamente quello di una fattoria, con un branco di mammine altolocate che starnazzavano come oche, i turbanti decorati da lunghe piume di struzzo.

Gemette quando vide che quelle donne lo osservavano, mormorando dietro i ventagli mentre gli passavano lo sguardo addosso per valutare il suo potenziale come marito. A giudicare dai sorrisi astuti che Ambrose intravide, dovevano essere pronte a buttare ai suoi piedi le loro innocenti figlie.

Un corno. Ambrose non intendeva 'compromettere' accidentalmente nessuna delle giovani presenti lì quella sera. Era venuto in cerca di una donna in particolare, per sedurla, vincere una scommessa che aveva fatto a Londra la settimana prima e, sperava, salvarla. Non avrebbe lasciato che quello schieramento di mammine altolocate lo intimidisse al punto da spingerlo a ballare con le loro figlie, anche se faceva concorrenza all'antica Orda d'Oro mongola guidata da Gengis Khan. Molti libertini erano caduti preda dell'astuzia di quelle donne, per poi ritrovarsi mesi dopo incatenati a una ragazzetta timida e a una suocera insopportabile.

A ventinove anni, Ambrose era riuscito a schivare numerosi tentativi di accasarlo da parte dei suoi amici e dei suoi parenti. Se chi gli voleva bene non era riuscito a farlo andare all'altare, nessuna sciocca ragazza di campagna ci sarebbe riuscita. Ambrose era uno scapolo inveterato e gli piaceva esserlo. Il matrimonio non era fatto per gli uomini come lui. Ritrovarsi legato a una sola donna per il resto della vita e dover sopportare un'esistenza domestica invece che vivere ed esplorare il mondo? Santo cielo, no. Non avrebbe rinunciato alla sua libertà per nulla al mondo.

Alcune mammine aspiranti sensali coraggiose si distaccarono dalla folla e si incamminarono verso di lui. Dannazione; persino la necessità che un maestro di cerimonie facesse le presentazioni non era d'ostacolo per quelle donne.

Ambrose girò sui tacchi, cercando disperatamente di evitare la conversazione. Se avesse dovuto ascoltare l'ennesima storia di come questa o quella figlia fosse brava a suonare il pianoforte o a ricamare, sarebbe scappato urlando.

Aveva incontrato quasi tutte le persone presenti al ballo e non aveva alcun desiderio di approfondire la loro conoscenza. L'unico motivo per cui si trovava lì era una scommessa scritta nel libretto di White's. Un dannato imbecille di nome Gerald Langley aveva dichiarato che chiunque avesse colto il frutto dal ramo di quella particolare ragazza avrebbe ricevuto da lui cinquemila sterline. Langley era una bestia d'uomo, con scarso buonsenso e troppo denaro. Ambrose non aveva idea del perché Langley ce l'avesse con la figlia del conte di Rockford, ma così era. Dopo aver letto la scommessa, Ambrose aveva scritto il suo nome e reso noto a Langley che aveva accettato la sfida.

Per una volta, in vita sua, stava cercando di fare la cosa giusta quando c'era di mezzo una donna. Era vagamente ironico che il salvataggio della donna in questione richiedesse di comprometterla. Ma il conte di Rockford era stato amico di suo padre ed Ambrose riteneva suo dovere nei confronti di Rockford vincere la sfida e tenere la signora al riparo dai veri farabutti. Nessun altro si sarebbe preso lo stesso disturbo per assicurare che la prima volta della giovane con un uomo fosse un'esperienza piacevole.

Aveva un mese per sedurre la figlia di Rockford e portarne la prova a Londra. Poiché la signora in questione non era mai stata nella capitale, c'erano numerose speculazioni tra gli uomini del suo club: costei era un diamante purissimo o una creatura scialba? Il libro delle scommesse diceva che aveva ventidue anni: abbastanza giovane da non essere una 'conduttrice di scimmie', espressione offensiva con la quale si indicavano le donne prossime all'età dello zitellaggio.

A quanto pareva, Rockford non era un uomo di stampo tradizionale. Qualunque padre avesse voluto assicurare il futuro della figlia l'avrebbe portata a Londra a diciassette o diciotto anni, l'avrebbe presentata alla Regina e le avrebbe fatto girare tutti i balli a caccia di marito.

Invece, Rockford non aveva fatto nulla del genere. Aveva tenuto sua figlia in campagna, facendole vivere una vita tranquilla. Un frutto non colto che aveva tentato i peggiori tra i frequentatori di White's a scommettere sulla presa della verginità della giovane per il proprio divertimento.

In circostanze normali, Ambrose non amava partecipare alle scommesse, soprattutto se queste prevedevano la corruzione delle innocenti. Di mezzo non c'erano principi morali, quanto piuttosto la sua scarsa passione per le vergini: queste ultime tendevano a innamorarsi e ad aggrapparsi all'uomo che aveva sottratto loro l'innocenza. Ma dopo aver visto coi suoi occhi il genere di uomini che discutevano sull'accettare o no la scommessa, quella famosa sera, Ambrose aveva deciso di fare un favore a quella donna innocente. Aveva scritto il suo nome nel libro delle scommesse, accettando la sfida, e inviato una lettera a Rockford, rinnovando la loro conoscenza.

La risposta di Rockford era giunta appena pochi giorni dopo, invitando Ambrose a quel ballo e a trascorrere qualche settimana come ospite a casa del conte. Era l'opportunità perfetta, per Ambrose, di entrare nelle grazie della figlia del conte e vedere che razza di creatura si sarebbe presto portato a letto.

Se solo avesse saputo che faccia avesse quella donna. In mezzo a quel chiasso di balli e di musica, non riusciva a trovare una singola giovane donna con cui fosse disposto a giacere. Non che le giovani presenti non fossero belle: lo erano, ma non corrispondevano ai suoi gusti. Le giovani innocenti non lo avevano mai interessato. Se il suo amico Gareth Fairfax fosse stato lì con lui, gli avrebbe riso in faccia. Gareth era a sua volta intrappolato in un inferno tutto suo: il povero imbecille era sposato. *Sposato!* Ambrose non riusciva a pensare a nulla di più spaventoso che ritrovarsi incatenato a una donna per il resto della propria vita. Helen era una cara ragazza, perfetta per Gareth, ed Ambrose doveva ammettere che non sarebbe stato poi terribile condividere il letto con una come lei. Ma incatenarsi per una caviglia?

Preferirei morire mille morti orribili piuttosto che finire in una dannata chiesa a vincolarmi a una donna sola per il resto dei miei giorni.

"Signor Worthing! Oh, signor Worthing!" chiamò la signora Hester Darby con voce acuta.

Ambrose ebbe un sussulto e si diede alla fuga, serpeggiando tra i ballerini impegnati in una vivace quadriglia. Evitò per un soffio di andare a sbattere contro due uomini mentre trovava riparo in una soglia che portava ai giardini sul retro. Se c'era una donna da temere al di sopra di tutti, quella sera a quel ballo, era la signora Darby, una mammina aspirante sensale dalla particolare determinazione. Ambrose la sospettava il genere di donna disposta a stordire un uomo col suo parasole, trascinarlo dietro un cespuglio e buttargli la figlia addosso prima di 'sorprendere' la coppia e annunciare l'inevitabile fidanzamento.

Ambrose sbirciò dietro l'angolo, sollevato nel vedere una via di fuga libera. Se la signora Darby avesse saputo qualcosa di Ambrose, avrebbe chiuso a chiave la figlia nella torre più vicina e arruolato un esercito di draghi sputafuoco per farle la guardia. Ma la reputazione da libertino di Ambrose non aveva ancora raggiunto Lothbrook. Il paese era abbastanza piccolo da consentirgli di percorrere, in dieci passi, buona parte dell'unica strada che meritasse il nome di via.

"Scusate, avete visto il signor Worthing?" La voce della signora Darby era pericolosamente vicina al suo nascondiglio, dietro un alto cespuglio in giardino.

"Temo di no, signora. Forse si è recato al gabinetto dei gentiluomini," rispose un uomo. Ambrose non riusciva a vedere costui dal suo nascondiglio. Era probabile che l'uomo non lo conoscesse affatto, ma che non volesse proseguire la conversazione con la signora Darby. E il modo migliore per scacciare una donna era accennare alle funzioni corporali. Ambrose non riuscì a trattenere una risatina; era stato davvero fortunato.

E tuttavia, non era sicuro restare troppo vicino alla porta che conduceva alla sala da ballo, nel caso la signora Darby avesse deciso di sbirciare in giardino e lo avesse visto nascondersi come un ragazzo colpevole dietro i cespugli.

Voltatosi di scatto e allungato il passo, girò l'angolo dei cespugli più vicini.

Bam!

Ambrose andò a sbattere contro una persona proveniente dalla direzione opposta.

I loro corpi collisero e il secondo emise un gemito femminile di sofferenza. Caddero a terra. Nella luce soffusa, Ambrose non riuscì a vedere chiaramente la donna che giaceva sotto di lui. I seni pieni di costei gli premevano contro le costole e il suo profumo di acqua di rose gli stuzzicava il naso.

"Vi dispiacerebbe... se... Non riesco a respirare," ansimò la donna sotto di lui.

"Oh! Mi dispiace tanto." Ambrose le si tolse frettolosamente di dosso e si rialzò barcollando, levandosi di dosso foglie e terriccio prima di chinarsi per aiutare la giovane.

"Chiedo scusa, signorina. Non stavo guardando." Continuava a non riuscire a vederla nella luce fioca, ma la voce di lei era bassa e roca. Gli fece pensare alla pelle nuda, a lenzuola di satin e a lievi gemiti di piacere. Il suo corpo reagì all'istante, eccitandosi, e i suoi muscoli si tesero.

"È stata tutta colpa mia." La giovane donna si alzò col suo aiuto; la mano guantata di lei era calda nella sua. Si allontanarono dall'ombra delle alte siepi ed entrarono nella zona illuminata dalle lampade nei pressi dell'ingresso che conduceva alla sala da ballo.

La luce illuminò un corpo ben tornito avvolto nella mussolina bianca, con delle viole ricamate attorno alla vita e sull'orlo. La donna in sé non era una gran bellezza secondo gli standard patrizi, perlomeno non a prima vista: il suo naso era troppo pronunciato, il suo mento leggermente troppo aguzzo. Ma quando la osservò più attentamente, Ambrose trovò che i lineamenti di costei avevano una loro armonia e che ella era molto attraente. I suoi occhi azzurri erano a forma di mandorla piuttosto che rotondi. L'inclinazione degli occhi e lo sguardo languido che sembrava venirle naturale avevano un che di sognante e le folte ciglia color fuliggine che incorniciavano gli occhi accentuavano il loro colore azzurro. Era come fissare dei fiordalisi freschi. Ambrose pensò a corpi nudi che si contorcevano per la passione in mezzo ai fiori di un giardino. Mentre lei continuava a restituirgli teneramente lo sguardo, le sue labbra si schiusero ed Ambrose capì che chiunque sarebbe andato a letto con quella donna l'avrebbe guardata fisso negli occhi e avrebbe amoreggiato come in un sogno. Scosse la testa, disperdendo la nebbia della curiosità e del desiderio.

"Vedo che non sono l'unica a cercare rifugio da quell'orda là dentro," scherzò lei. Le sue labbra si curvarono leggermente quando parlò, come se sorridere le venisse naturale. Ciò la rese molto più attraente di quanto Ambrose avesse originariamente pensato.

Lui stesso aveva voglia di sorridere, cosa che non faceva da anni. Sghignazzava quando possibile, sogghignava quando ce n'era bisogno e, quando necessario, tirava fuori l'occasionale sorrisetto lascivo... ma un sorriso genuino era raro, per lui.

"Non ce la facevo più," ammise. Per un attimo, si dimenticò della scommessa. Era palese che non avrebbe trovato la figlia di Rockford quella sera, al ballo. Se ella fosse stata presente, l'avrebbe incontrata quando era arrivato, durante le prime presentazioni. Poteva concedersi un momento per godersi quella donna e la sua compagnia prima di affrontare la folla all'interno. Lei sarebbe rimasta là fuori con lui e avrebbe continuato a parlargli? Oppure avrebbe cercato rifugio dentro e lo avrebbe evitato, come avrebbe fatto qualunque giovane assennata?

La donna sollevò un ventaglio di pizzo e lo sventolò vicino alle proprie guance, che erano un poco troppo colorite. "Non vi biasimo. Non sopporto il calore quando la gente comincia a ballare. Sono uscita a prendere un po' di fresco." La giovane fece un passo indietro; non era esattamente una fuga, ma Ambrose agì spinto da un istinto primordiale e rispecchiò il suo movimento facendo un passo verso di lei.

Forse, quella sera non sarebbe stato un completo spreco di tempo. Avrebbe potuto rubare qualche bacio a qualche donna fino a quando non avrebbe trovato la sua preda per la scommessa. Non gli avrebbe certo fatto male trascorrere qualche piacevole minuto in compagnia di quella creatura incantevole.

"Non essendoci nessuno che possa presentarci, potrei avere l'onore di conoscere il vostro nome?" Ambrose appoggiò con fare noncurante una spalla al muro di pietra di fronte alla giovane, bloccandole di fatto la strada per la sala da ballo. I giardini erano *sempre* il luogo migliore per rubare dei baci.

"E permettervi di creare uno scandalo?" La donna cercò di usare un tono di voce imperioso e scandalizzato, ma poi scoppiò in una risatina adorabile.

Di norma, Ambrose destava il suono stucchevole delle risatine, ma in quel caso era completamente diverso.

"Molto bene; diamo scandalo, allora." La giovane lo ricompensò con un sorriso che fu come una martellata dietro alle ginocchia.

Negli occhi di lei brillavano vera allegria e buonumore, e contro ogni buonsenso Ambrose scoppiò a ridere. Era... bello. Negli ultimi anni era diventato così cinico che non rideva spesso.

"Mi chiamo Alexandra."

"La gente vi chiama Alex, dunque?"

"No." Un barlume di allegria scintillò negli occhi della giovane, che tuttavia inarcò un sopracciglio in un'espressione di sfida. Era chiaro che stava mentendo, e che lo stava anche provocando.

"Posso?" Ambrose si spinse lontano dal muro e si raddrizzò in tutta la sua altezza, facendo un altro passo avanti.

"Volete chiamarmi Alex?" La giovane si sporse leggermente verso di lui, gli occhi semichiusi mentre gli fissava la bocca. Sarebbe stata una conquista facile, ma decisamente meritevole.

"Sì," mormorò lui, prendendole il mento in mano. Il suo pollice percorse l'arco di Cupido delle labbra di lei, schiudendole un poco. Il respiro rapido e affannoso della donna gli scaldò il pollice e gli fece ribollire il sangue. Il suo membro si indurì dolorosamente nei pantaloni in pelle di daino.

"E io come devo chiamarvi?" Le labbra della giovane si mossero in una danza sensuale mentre parlava.

Ambrose si perse per un istante in visioni di baci rubati e di lui che la inchiodava al muro, mostrandole tutte le delizie perverse di cui erano capaci le sue mani e la sua bocca mentre i suoni soffusi della sala da ballo sommergevano i gemiti di piacere della donna. Era una dote che aveva perfezionato nel corso degli anni, che lo rendeva pericoloso a qualunque ballo in cui delle giovani venissero lasciate sole da chaperon o madri.

"I miei amici mi chiamano Ambrose."

"Oh?" Il naso della giovane si arricciò in maniera adorabile e lui vide chiaramente che ella stava cercando di soffocare un nuovo attacco di risa. "È il vostro modo per dirmi che siamo amici?"

Ambrose ridacchiò. "No, ma mi piacerebbe che lo diventassimo. Il mio nome completo è Ambrose Worthing."

La foschia del desiderio svanì da un istante all'altro. "Worthing!" La donna indietreggiò mentre trepidazione e riconoscimento le lampeggiavano sul viso.

"Avete sentito parlare di me?" Dunque, la sua reputazione aveva raggiunto almeno una persona a Lothbrook. Forse, quel minuscolo villaggio non era poi tanto isolato come lui credeva. Prima della reazione di lei, aveva cominciato a credere di non essere abbastanza perverso da far sì che il suo nome arrivasse al di fuori della periferia di Londra.

"Sì, ho sentito parlare di voi. La vostra fama vi precede."

"Oh? E di che fama si tratta?" Ambrose non riuscì a trattenersi: voleva sapere se lei lo avrebbe detto o meno. Era stata così ardita, prima. Avrebbe smesso di essere tanto affascinante e ammaliante di fronte a un vizioso di prim'ordine uscito dalle bische di Londra?

"Siete un libertino," annunciò Alex con un tono d'accusa che lo fece sorridere.

"Vero. E dunque?" Dannazione, non riusciva proprio a non sorridere. La giovane aveva spalancato gli occhi e si leccava nervosamente le labbra. Sapeva cosa implicava l'essere un libertino... e non solo per la sua reputazione.

"Non posso farmi vedere qua fuori con voi. Non *da sola*." Alex indietreggiò, ma Ambrose era troppo affascinato per lasciarla fuggire. Non era un farabutto e non avrebbe mai costretto una donna a fare qualunque cosa lei non volesse, ma che gli venisse un colpo se non intendeva trattenerla abbastanza da rubarle un bacio.

Quando aveva dato per scontato che lui fosse solo un gentiluomo come tanti, Alex si era lasciata toccare le labbra e si era sporta a sufficienza per un bacio, ma ora si stava dando alla fuga a causa di una parolina... *libertino*. Ora che l'inseguimento era cominciato, Ambrose non riusciva a resistervi.

"Alex, tesoro, dove pensate di andare?" Intrappolò la donna tra le sue braccia e il muro. Lei toccò il muro con la schiena e il suo mento si sollevò mentre incrociava lo sguardo di Ambrose con aria di sfida.

"Lasciatemi rientrare." C'era una forte determinazione dietro a quel tono sensuale e lui non poté non ammirarla per quello. Dunque, Alex non era un semplice fiorellino.

"Cosa vi spaventa? Un attimo fa conversavamo amabilmente, e ora state fuggendo solo perché vi ho rivelato il mio nome."

La donna inarcò un sopracciglio. "Stavamo conversando amabilmente fino a quando non ho appreso che siete il genere d'uomo che potrebbe rovinarmi con la sua semplice presenza. Ora, se volete essere così gentile da lasciarmi passare..."

Ambrose sorrise, inchiodandola col peso della sua morsa seducente. "È un peccato che temiate la passione."

Alex sbuffò, completamente indifferente di fronte all'occhiata che Ambrose aveva usato per infrangere numerosi cuori e diversi letti.

"Credevate che avrebbe funzionato? Sfidarmi a restare e lasciarmi compromettere in nome della sconfitta delle mie paure? Non sono una pavona di campagna." La donna spinse duramente contro il petto di Ambrose; la sua determinazione la rendeva ancora più allettante.

Ambrose le passò un braccio attorno alla vita, attirandola contro di sé. "Non vi darei mai della pavona. Mi ricordate una cerva, piuttosto. Occhi profondi ed espressivi, membra snelle. Quello di cui avete bisogno è un vero cervo, uno che vi monti e vi faccia sua coi suoi affondi profondi e potenti." Sottolineò quell'immagine mentale sfregando lentamente l'inguine contro quello di Alex.

Il rossore si diffuse sulle guance di lei e le sue labbra si schiusero per lo sconvolgimento. Probabilmente, Ambrose aveva esagerato, ma provava uno strano piacere nel provocare quella donna.

"Vi piacerebbe, Alex? Volete che un uomo vi *possieda,*

che vi prenda con vigore fino a farvi urlare?" Le sue parole provocanti ebbero l'effetto desiderato.

La giovane rimase di stucco; nel suo sguardo, il desiderio lottava con l'indignazione. Alex era una donna affamata di passione, ma sapeva che volerla era pericoloso. Era intelligente.

"Sapete cosa voglio?" chiese lei con voce roca.

"Sì?" Ambrose si premette completamente contro di lei, il suo corpo pronto a prendere quello di lei. Sarebbe stato facilissimo sollevarle le gonne, avvolgersi le sue belle gambe attorno ai fianchi e prenderla lì. Avrebbe potuto zittire le sue grida con le labbra. Dio, voleva farlo più di quanto avesse voluto qualunque altra cosa da dannatamente tanto.

"Voglio che vi leviate di mezzo." Ambrose percepì il movimento troppo tardi per fermarla e avvertì un dolore terribile lacerarlo in due quando il ginocchio di Alex si sollevò di scatto in un fruscio di sete e satin e lo colpì violentemente, schiacciandogli i testicoli e devastandolo. La sua gola si serrò per il panico e lui si afferrò l'inguine; non riusciva più a respirare, ma in compenso vedeva le stelle.

"Cristo!" sibilò.

Nell'agonia, si accorse a malapena di Alex che se ne andava; l'abito della donna fruscò mentre lei lo oltrepassava e rientrava nella sala da ballo, lasciandolo solo e distrutto a tenersi in mano il membro dolorante che, un istante prima, aveva premuto contro la donna. Appoggiò un palmo al muro di mattoni, ansimando e cercando di controllare il dolore devastante che dai testicoli gli arrivava dritto al petto.

Per tutti i diavoli, quella donna picchiava duro.

Quando, alla fine, il dolore si placò, Ambrose cominciò a ridere. Alex era una gran donna e lui non vedeva l'ora di portarsela a letto. Avrebbe pensato l'indomani alla figlia del conte di Rockford. Quella sera, avrebbe interpretato il ruolo del cervo.

2

"Santo cielo, non riesco a credere di averlo fatto davvero." Alexandra si coprì la bocca per soffocare una risata. Era nascosta in fondo alla sala pubblica con la sua migliore amica, Perdita Darby. Il cuore le batteva all'impazzata e il suo corpo tremava. Per fortuna, la musica copriva il suono delle loro risate. Non appena era corsa dentro, Alex era andata subito a cercare la sua amica e insieme erano svicolate dietro a una muraglia di matrone compassate che osservavano le danze con occhio critico, per capire quali fossero i giovani potenzialmente degni delle loro figlie.

"Davvero hai colpito un uomo con un calcio tra le gambe?" Perdita pareva combattuta tra le risate e i gemiti di scandalo. Ecco perché Alexandra adorava la sua amica: entrambe erano fondamentalmente delle reiette a Lothbrook, perché nessuna delle due era incline a sposarsi, e il pensiero di prendere un uomo a calci nei testicoli le faceva ridere entrambe.

Dio, siamo condannate a rimanere zitelle, ma almeno rimarremo insieme, pensò Alex, continuando a ridere.

"Certo! Non so cosa mi abbia preso, ma lui era lì, che parlava di... possedermi, e io... gli ho dato un calcio!" Alex arrossì e si coprì il volto con le mani per un minuto, il tempo di riprendersi. Se qualcuno avesse scoperto che si era comportata in maniera tanto aggressiva, avrebbe corso grossi guai. Il pensiero che sua madre avesse rinunciato a darla in sposa e se ne fosse andata da sola a Londra era un sollievo. Se fosse stata lì e avesse visto cosa aveva combinato Alex...

Non smetterei mai di sentirle su.

"Se quell'uomo stava cercando di baciarti, hai fatto benissimo a porre fine al suo comportamento molesto. Non puoi permetterti di venire compromessa da un uomo come Ambrose Worthing, anche se lui è l'uomo *più attraente* che si sia mai visto. Anche se, magari, per un bacio avrebbe potuto valere la pena..." Perdita rispose in tutta serietà, ma le sue labbra guizzarono quando menzionò il bacio.

"Perdita!" gemette Alexandra, parlando a bassa voce. "Non baceresti davvero un libertino come lui, vero?" L'affermazione di Perdita era sconvolgente. La sua amica stava davvero prendendo in considerazione l'idea di mettersi a baciare libertini? Non l'assennata, dolce Perdita. Tra tutte e due, Perdita era di sicuro la più abile nel destreggiarsi in situazioni sociali, ma probabilmente ciò era dovuto al fatto che sua madre dava costantemente feste, balli e picnic nel tentativo di convincere qualche gentiluomo a corteggiare Perdita. Alex era più che altro un maschiaccio ed era pronta ad ammetterlo. Era molto meglio galoppare per la campagna che ritrovarsi chiusa in casa, come avveniva per molte altre donne della sua età.

"Certo che lo farei. Non sei nemmeno un po' curiosa di come sarebbe baciare un uomo come quello? Uno che sa come si tratta una donna?" I capelli castano scuro di Perdita erano fermati in alto sulla testa, ma alcuni riccioli sciolti le sfioravano la curva del collo e, quando lei spostava lo sguardo, le danzavano sulla pelle. "Sai cosa dicono di lui a Londra..."

"Vuoi dire quelle voci secondo cui..." Le parole di Alex le morirono sulla lingua quando Ambrose si incamminò dritto verso di lei. La furia scuriva gli occhi dell'uomo, ma un sorriso sensuale aleggiava ai margini delle sue labbra dalla curva perfetta, come se egli avesse già pianificato la sua vendetta. Qualunque cosa gli fosse venuta in mente, Alex sapeva che non sarebbe stata piacevole.

"Santo cielo. Perdy, salvami!" Alex spinse la sua amica di fronte a sé proprio mentre Ambrose li raggiungeva.

"Il signor Worthing, suppongo?" Perdita rivolse all'uomo un sorriso ammaliante. Non era quello che si diceva uno splendore, ma gli uomini sembravano gradire trascorrere del tempo con lei nelle occasioni mondane.

Perdita aveva una vivacità e una spigliatezza che la rendevano istantaneamente amabile. Era raro l'uomo che non gradiva stare vicino a Perdita quando ella interpretava la parte della giovane affascinante. Ma Ambrose non parve influenzato.

"Sì. Voi dovete essere la signorina Darby. Ho avuto il piacere di conoscere vostra madre."

Sebbene la risposta fosse diretta a Perdita, lo sguardo dell'uomo percorse ardente il corpo di Alex, nonostante lo scudo umano rappresentato dalla sua amica.

Perdita ridacchiò in tono sarcastico. "Dubito che fare la conoscenza di mia madre sia stato un grande piacere, ma siete gentile a dirlo. Vi fermerete a lungo a Lothbrook?" Perdita era un'abilissima conversatrice e il fatto di essere usata come scudo non la turbava minimamente. Alex non era mai stata più grata di averla come amica.

All'improvviso, Perdita le diede una gomitata di sottecchi, incoraggiandola ad allontanarsi furtivamente da lei ed Ambrose. Era una splendida idea... una rapida fuga...

Ambrose, con la scusa di evitare una coppia che ballava nei paraggi, si avvicinò a loro due, bloccando la via di fuga di Alex. "Soggiorno alla locanda, ma ho ricevuto un invito da parte del conte di Rockford per raggiungerlo nella sua tenuta."

Alex sbiancò. Suo padre aveva invitato uno dei libertini più famigerati di Londra in casa propria? Cosa diamine gli era saltato in mente? Di sicuro non lo avrebbe fatto se fosse stato a conoscenza della reputazione di Ambrose.

"Voi conoscete mio padre?" disse di getto Alex.

"Vostro padre?" L'occhiata confusa con cui Ambrose reagì la colse alla sprovvista. L'uomo era all'oscuro della sua identità.

"Sì: James Westfall, conte di Rockford."

Questa volta fu Ambrose a impallidire. "Voi siete la figlia di Rockford?" Un'espressione illeggibile colmò i suoi profondi occhi marroni. Poco prima, nel giardino buio, Alex non era riuscita a distinguere i suoi lineamenti con altrettanta chiarezza; aveva visto solo che Ambrose era un uomo alto e muscoloso, con la voce suadente e un viso discreto. Ma ora, nella luce della sala da ballo, dove lei era costretta a guardarlo sul serio, Alex non riuscì a non odiarlo un poco. Era troppo bello. Con i capelli e gli occhi scuri, le labbra piene che sembravano più a loro agio arricciate in un sorriso leggermente sardonico, e il mento forte e il naso dritto, era l'esemplare ideale di uomo. Proprio come lo era stato Marshall...

Alex scacciò il pensiero di Marshall. L'ultima cosa che voleva fare era pensare al giovanotto che le aveva spezzato il cuore cinque anni prima, per poi partire per Londra.

Si costrinse a guardare Ambrose con occhio critico. Le piaceva riuscire a leggere le persone e il non avere idea di cosa egli stesse pensando la turbava. Spostò il peso del corpo da un piede all'altro, irrequieta. Se non avesse saputo che non era così, avrebbe pensato che quella fosse un'occhiata di calcolo rapidamente mascherato.

"Il signor Worthing conosce tuo padre?" Perdita spostò lo sguardo dall'uno all'altra, il divertimento che le sollevava gli angoli delle labbra.

Ambrose si riprese e sorrise calorosamente. "L'ho conosciuto quando ero ragazzo. I nostri padri sono vecchi amici. Solo di recente ho avuto l'occasione di rinnovare la conoscenza."

"Oh," sospirò sollevata Alex. "Dunque non vi fermerete a lungo."

"Alex!" Perdita diede una violenta gomitata tra le costole di Alex.

"*Ah!*" Alex gemette per il dolore provocato dal colpo inaspettato e fulminò con lo sguardo la sua amica.

"Alex? Avevate detto che nessuno vi chiama così." Ambrose incrociò le braccia e Alex non poté non ammirare il bel taglio del suo gilet blu scuro. Con le spalle larghe, i fianchi stretti e le gambe muscolose nei pantaloni in pelle di daino, Ambrose Worthing era una visione di perfezione mascolina. Era un peccato che non fosse altro che un farabutto, il quale traviava signore di buona famiglia seducendole per il proprio piacere. Un uomo del genere avrebbe dovuto avere un carattere dolce e un cuore gentile, ed essere fedele alla propria splendida moglie. Ma, purtroppo, gli uomini più attraenti erano sempre i più pericolosi: i libertini, le canaglie... tutti diavoli, dal primo all'ultimo.

"I suoi amici la chiamano Alex." Perdita aprì il ventaglio con uno scatto del polso e guardò Alex da dietro lo schermo di pizzo, celando un ampio sorriso.

"Beh, Alex, in tal caso sono felice di fare la vostra conoscenza e sono sicuro che conquisterò la vostra amicizia." Ambrose catturò la mano di Alex e si chinò per baciarle l'interno del polso. Il sangue di Alex ribollì alla calda pressione delle labbra dell'uomo. Questi fece guizzare la lingua e le leccò la vena; Alex ritrasse di scatto la mano, sorpresa. Aveva sopportato cento baciamano negli ultimi anni e nessuno di essi le aveva fatto lo stesso effetto di quello di Ambrose.

Perché mai lui dovrebbe essere diverso? Probabilmente perché mi fa infuriare, con la sua arroganza e la sua determinazione a sedurmi. Beh, io non mi lascerò sedurre.

"Signorina Darby." Ambrose baciò la mano di Perdita in maniera molto più elegante. "Gradireste un ballo?" Nel dirlo, l'uomo sorrise a Perdita e ignorò completamente Alex.

L'espressione di Perdita crollò. "Mi dispiace molto, signor Worthing. Il mio carnet è pieno. Alex, tuttavia, è libera per il prossimo valzer."

"A voi è permesso ballare il valzer, qui?" Ambrose aggrottò le sopracciglia con aria perplessa.

"Ad Alex sì. Suo padre ha convinto le matrone di Lothbrook a darle il permesso." Perdita diede l'annuncio con grande orgoglio. Dopotutto, ciò era avvenuto dopo una richiesta del suo, di padre, e Alex aveva dovuto comportarsi al meglio per due stagioni per dimostrare alle matrone che ci si poteva fidare a permetterle di ballare lo scandaloso valzer.

"Balliamo sull'orlo dello scandalo?" Ambrose increspò le labbra, leggendo nel pensiero di Alex.

"Ho ventidue anni, signor Worthing. Pur non essendo sposata, è giusto che io possa ballare il valzer. Mio padre e le matrone sono d'accordo. A ciò contribuisce il fatto che la mia reputazione sia irreprensibile."

"Non per molto," mormorò Ambrose.

"Chiedo scusa?" domandò Alex.

"Balliamo, allora?" Ambrose girò attorno a Perdita e si impadronì ancora una volta della mano di Alex, trascinandola verso i ballerini che stavano prendendo posizione per ballare il valzer.

Poi la prese tra le braccia, facendo aderire il corpo di Alex al proprio.

"Allontanatevi, signor Worthing. Siete troppo vicino," protestò Alex. Vampate di calore avvolsero il suo corpo in minuscole fiamme, che le lambivano i seni e in mezzo alle gambe. L'essere premuta contro quell'uomo la privava quasi del buonsenso. Aveva ballato altre volte il valzer, ma nessun uomo le aveva fatto quell'effetto. La cosa non le piaceva.

"È questo il punto di ballare il valzer, Alex. A un uomo piace tenersi stretta la sua donna, sentire i seni di lei contro il proprio petto. Vuole sentire tutto il corpo di lei contro il proprio."

"Ma io non sono la *vostra* donna," gli fece notare Alex. Se la vita fosse andata come voleva lei, non sarebbe mai appartenuta a nessun uomo. Sarebbe stata ben felice di vivere il resto dei suoi giorni da sola e al timone del proprio destino. Suo padre le concedeva parecchia libertà e, un giorno, le avrebbe lasciato le terre e il denaro in un fondo fiduciario di cui suo zio avrebbe avuto il controllo; ma lo zio di Alex era un caro vecchio e le avrebbe lasciato fare ciò che voleva. Non c'era alcuna necessità di sposarsi. Dopo ciò che Alex aveva sofferto quando Marshall aveva lasciato Lothbrook, lei non sopportava l'idea di innamorarsi di un altro uomo e di sicuro non avrebbe sposato nessuno, a meno di amarlo.

"Ma potreste esserlo. Vi basterà dire 'Vi prego, Ambrose' e io sarò ai vostri ordini. Non desidero altro che inginocchiarmi di fronte all'altare della vostra bellezza." Il tono di voce dell'uomo era basso e suadente; scherzoso, ma non sarcastico, come invece lei si sarebbe aspettata.

Alex sbuffò, cercando di ignorare il modo in cui la voce stregata dell'uomo la faceva sentire. "Queste belle frasette funzionano davvero? Le donne cadono ai vostri piedi implorando le vostre attenzioni?"

"Tutte le volte," le assicurò lui con un sorriso ardito mentre il ballo aveva inizio.

Beh, posso giocare anch'io. Alex ricambiò il sorriso di Ambrose.

Poi prese bene la mira e gli pestò un piede. L'uomo

strinse gli occhi, ma non diede altri segni di essersene accorto. Le sue dita affondarono nella vita di Alex, che trattenne un gemito quando quel tocco primitivo e possessivo la colpì dritta al sesso, facendola bagnare. Quello era un problema.

Alex non era estranea al desiderio sessuale. Una volta, d'estate, era incappata per caso in uno degli stallieri di suo padre. L'uomo si era tolto gilet e camicia mentre spalava il letame dalle stalle. Alex si era appoggiata alla porta, nascosta alla vista mentre osservava il gioco di luci e ombre sul corpo muscoloso dello stalliere. Era la prima volta in cui il suo corpo si era risvegliato, ma lei non aveva agito sulla spinta del desiderio. E molto tempo dopo, quando si era innamorata di Marshall, loro due avevano condiviso baci rubati tra le ombre della scuderia e dietro le siepi del giardino, ed era stato splendido. La sensazione sconvolgente del desiderio che andava crescendo l'aveva lasciata sofferente e bisognosa di soddisfazione. Ma non era mai andata oltre i baci. Non avrebbe permesso a un uomo come Ambrose di sedurla con parole mielate o sguardi ardenti. La cosa le ricordava troppo Marshall e pensare a lui la feriva sempre nel profondo.

Una vocina nella sua testa le mormorò che Ambrose non era Marshall.

Alex non voleva volere Ambrose. Non poteva permettersi di cedere alla fame di un uomo come lui. Egli l'avrebbe rovinata e non avrebbe più ripensato a lei dopo che la sua carrozza avrebbe lasciato Lothbrook.

Alex sollevò lo sguardo sul suo viso. Il naso aquilino e la mascella scolpita dell'uomo erano magnifici. La tentazione di lasciarsi sedurre era incredibilmente forte, ma lei non intendeva cedere.

Per mia fortuna, la sua arroganza lo rende meno attraente.

"Sapete, non andrei mai a letto con un uomo come voi. Siete un cretino arrogante e pomposo, per non usare termini più volgari."

Per un istante, l'uomo rimase di stucco, come se la risposta acida di Alex lo avesse colpito. Poi si riprese e sorrise. "Voi non sapete un bel niente di volgarità, mia cara."

Alex sussultò di fronte allo sguardo fiero, leonino, nei suoi occhi.

"Percepisco che non vi piaccio, ma mi chiedo se siano gli uomini in generale, cara Alex, a provocarvi un simile scorno," rifletté ad alta voce Ambrose. Quando lei non rispose, proseguì. "Amavate un altro? È così? Qualcuno vi ha spezzato il cuore?" L'uomo stava scherzando, ma Alex mise un piede in fallo; tirando a indovinare, egli ci aveva azzeccato.

"Per favore, non voglio più ballare," mormorò lei, cercando di interromperlo. Non voleva parlare di Marshall, non voleva pensare a lui o ai sogni che lei stessa aveva costruito e visto infranti quando lui l'aveva abbandonata per sposare un'altra donna in un matrimonio più danaroso.

Ambrose la fissò e lei distolse lo sguardo; non voleva vederlo sogghignare orgoglioso.

"Non credevo... Mi dispiace... Non mi ero reso conto che poteva essere davvero andata così. Stavo scherzando. Per favore, Alex, concludiamo il ballo." Il tono di voce dell'uomo era gentile e attirò nuovamente lo sguardo di Alex. Lo sguardo di quegli occhi marroni era caldo, tenero e colmo di scuse.

Continuarono a ballare il valzer in silenzio, con la musica che li avvolgeva nel suo pulsare ritmico. Alex ed Ambrose trovarono un ritmo rilassato, le gambe perfettamente sincronizzate, i corpi alla distanza giusta. L'uomo, bisognava riconoscerglielo, era un ballerino magnifico.

"A cosa state pensando?" chiese lui quando raggiunsero l'angolo della stanza e cominciarono a tornare verso le coppie volteggianti.

"Hmm?" Alex ascoltava a malapena. Era distratta dalla splendida sensazione che era ballare con Ambrose.

"Sembrate al tempo stesso rilassata e perplessa."

"Oh. Stavo pensando che siete un ballerino magnifico. La maggior parte degli uomini di Lothbrook mi hanno pestato i piedi troppo spesso perché io potessi amare il ballo. Fino a ora." Persino Marshall non era stato un buon ballerino. Passabile, sì, ma non certo divino. Alex aveva sempre desiderato ballare il valzer con un uomo che lo sapesse fare e ora era lieta di aver scoperto che quel desiderio non era stato uno spreco. Quella era un'esperienza più che gradevole: era splendida. Quasi troppo, e lei sapeva che sarebbe finita.

"Dunque ammettete che non sono poi *così* male." Il

sorriso di Ambrose era piratesco. Era possessivo, predatorio e assolutamente inebriante. La sua potenza la colpiva nel profondo, come un'esplosione di sensazione e di voracità.

Ecco perché i libertini sono così pericolosi. Le donne avrebbero fatto qualunque cosa per guadagnarsi un sorriso del genere.

"Restate *piuttosto* male," rispose Alex; ma fu impossibile non ridere un poco mentre lo diceva.

Anche Ambrose rise. "Lo prendo come un riconoscimento del mio fascino irresistibile."

"Immagino che ora mi direte che i libertini redenti sono i migliori tra i mariti."

"Dio, no. Ma sarei molto felice se voi cercaste di redimermi." L'uomo la attirò un poco più vicino e abbassò lo sguardo sulle sue labbra. "Magari potremmo discutere i modi in cui potreste domare la mia perversione. Potreste legarmi e torturarmi con quella bella boccu... Argh!" Ambrose gemette quando Alex gli pestò nuovamente un piede di proposito.

"Porco d'un cane! Questa è violenza," ringhiò l'uomo, staccandola da sé proprio mentre la musica sfumava e le coppie di ballerini si separavano.

"Lasciatemi andare," sibilò Alex. Se qualcuno li avesse notati, lei avrebbe potuto finire rovinata, soprattutto considerato quanto egli la stesse tenendo stretta e il fatto che le avesse messo una mano sul sedere. La sensazione era piacevole – troppo piacevole – e nemmeno quello era di suo gradimento.

Ambrose esitò per un istante di troppo prima di indietreggiare e rivolgerle un inchino cortese.

"Alex, vi ringrazio per lo splendido ballo. Credo che ci rivedremo presto. Forse più tardi questa sera."

"Perché?" La voce di Alex era più roca di quanto lei avrebbe gradito.

"Devo tornare alla locanda e far trasportare i miei effetti personali alla tenuta di vostro padre. Il suo invito a rimanere come suo ospite per due settimane è molto cortese. Non vorrei offenderlo."

Oh, no. Alex non avrebbe lasciato che un libertino come quell'uomo dormisse sotto il suo stesso tetto.

"Mio padre non vi permetterà di mettere piede in casa nostra. Non dopo che gli avrò riferito quello che mi avete detto."

Ambrose si produsse in una risata bassa e cupa. "Io non lo farei, Alex. Potrei dirgli quanto bene ci conosciamo. Vostro padre insisterebbe allora per sistemare le cose come si conviene, e naturalmente lo farei anch'io."

"Come si conviene?" Alex non capiva.

"Mettete in guardia vostro padre contro di me e io gli dirò che vi ho sollevato le gonne e vi ho fatta mia questa stessa notte. Così, voi vi ritroverete il sottoscritto come marito."

La mascella di Alex grattò il pavimento. "Perché mai dovreste fare una cosa del genere? Voi non volete sposarmi. Non mi *conoscete* nemmeno."

"No, non vi conosco. Ma ci sono stati matrimoni basati anche su meno. So che nemmeno voi volete sposare me, per cui terremo entrambi la bocca chiusa; a meno che, naturalmente, voi non vogliate usare quelle labbra per scopi diversi dalla parola."

Alex soppesò le parole di Ambrose, cercando di trovare un modo per aggirare la minaccia, da parte dell'uomo, di dire a suo padre che lei era stata rovinata. Anche se quella sarebbe stata una menzogna, il padre di Alex sarebbe stato incline a credere a Ambrose, che era un gentiluomo. Ed Ambrose sembrava proprio il genere d'uomo che l'avrebbe sposata per pura e semplice vendetta.

"Siete l'uomo più perverso che io abbia mai conosciuto," ringhiò Alex, appiccicandosi un sorriso fasullo sul viso. Ambrose aveva vinto quella piccola battaglia, ma lei era decisa a vincere la guerra. Si sarebbe assicurata che il soggiorno dell'uomo a casa sua fosse sgradevole al punto che egli sarebbe fuggito urlando verso Londra.

"Ma grazie." Ambrose le sfiorò le nocche con le labbra e svanì tra la folla.

3

Alex uscì dalla carrozza coi piedi doloranti per quanto aveva ballato quella sera. Aveva una gran voglia di un bel bagno caldo e di un fuoco prima di andare a letto, oltre che del dolce post-ballo che la cuoca le aveva lasciato pronto. Per quanto cercasse di controllare i suoi pensieri mentre si dirigeva verso casa, la sua mente continuava a tornare all'unico argomento proibito: Ambrose Worthing, famigerato libertino londinese.

Dopo l'incontro di Alex con Ambrose e dopo quel valzer, l'uomo aveva lasciato la sala pubblica, la qual cosa aveva fatto sentire lei al sicuro, ma anche stranamente contrariata. Non voleva ammetterlo, ma aveva avuto molta voglia di un ulteriore ballo con Ambrose, anche se aveva deciso che egli non le piaceva. L'uomo era uno splendido ballerino.

Suo padre, James Westfall, conte di Rockford, la accolse sulla soglia di casa.

"Papà, cosa ci fai ancora sveglio a quest'ora! È quasi mezzanotte. Dovresti essere a letto." Alex lo abbracciò, notò il suo sorriso radioso e cominciò a provare un senso di disagio. Un lacchè le prese il mantello mentre lei entrava in casa.

"Abbiamo un ospite! Mi sono dimenticato di dirtelo questa mattina, quando eri qui, ma ho invitato il figlio di un vecchio amico a stare da noi per qualche settimana."

"Ma—"

"Non c'è bisogno di agitarsi. Una stanza è già stata preparata per lui e sono già d'accordo con la cuoca per quanto riguarda i pasti. Non preoccuparti: ho pensato io a tutto." Dopo quella dichiarazione colma d'orgoglio, il padre di Alex si voltò verso la porta del salotto, che era semiaperta. "Worthing, venite a salutare mia figlia Alexandra!" chiamò.

Worthing? No... no... no... Doveva essere un incubo. Alex aveva sperato di avere qualche ora di sollievo prima dell'arrivo dell'uomo. Lo fulminò con lo sguardo quando questi apparve sulla soglia del salotto e le rivolse un sorriso malizioso e colmo di complicità.

"Alex, ti presento il signor Ambrose Worthing."

"Piacere," disse Ambrose mentre le prendeva la mano e se la portava alle labbra, baciandole il dorso delle dita.

Lei si acciglò; per fortuna, suo padre non se ne accorse.

"Perché non ci sediamo di fronte al fuoco per un minuto prima di andare a letto? Vorrei che voi due vi conosceste come si deve," propose allegramente il padre di Alex mentre accompagnava lei ed Ambrose in salotto.

Alex non lo seguì immediatamente. Rimase dov'era, come paralizzata, mentre la sua mente rifletteva spasmodicamente. E se Ambrose avesse detto a suo padre che lei gli aveva sferrato un calcio all'inguine? E se suo padre avesse indovinato che lui aveva cercato di baciarla? E se—

"Venite, lady Alexandra?" chiese Ambrose, appoggiando una spalla allo stipite della porta, un gesto che l'avrebbe costretta a ritrovarsi faccia a faccia con lui se avesse voluto entrare nella stanza. Alexandra si avvicinò con esitazione, per poi fermarsi a pochi centimetri dall'uomo.

"Ahem," tossicchiò educatamente. Con un sorriso da schiaffi, Ambrose si fece da parte, lasciandola passare in modo che lei potesse prendere posto di fronte al fuoco.

Le fiamme crepitavano e scoppiettavano, mandando scintille fino ai margini del caminetto. Alex vi si scaldò le mani prima di sedersi.

"Grazie ancora per l'invito, milord. Sono trascorsi anni dall'ultima volta in cui sono stato qui." Ambrose prese posto e si mise comodo su una poltrona a vela. Un sorriso smargiasso gli curvò le labbra quando Alex trovò il coraggio di guardarlo. La rabbia mandò scintille sotto la pelle di lei e un rossore carico di imbarazzo la colse quando ripensò a quel bacio. Come osava Ambrose venire lì, sorridere in quel modo... in casa sua! Alex cercò faticosamente di ricomporsi.

Posso farcela. Posso affrontarlo.

E così, Ambrose pensava di potersi mettere a suo agio? Alex si morse il labbro per trattenere una risata. Non sarebbe durato a lungo. Ci avrebbe pensato lei.

"Sono trascorsi secoli, non è vero? L'ultima volta è stata prima che partiste per Eton. Alex era ancora una bambina nella nursery quando voi e vostro padre siete venuti a pescare." L'espressione del padre di Alex si era intenerita mentre parlava e la nostalgia gli faceva brillare gli occhi.

Alex non aveva mai pensato che suo padre si sentisse solo – entrambi non erano amanti delle occasioni mondane – ma forse il conte avrebbe gradito vedere più spesso i propri amici. Lei andava spesso a trovare Perdita, ma suo padre usciva di rado, se non quando era Alex a convincerlo. Il conte preferiva i libri nel suo studio, la caccia e la pesca, ma le ultime due attività erano assai più gradevoli in compagnia.

Il vecchio risentimento nei confronti di sua madre – che trascorreva metà dell'anno a Londra e, quando era a casa, aveva sempre da fare – riprese vita in Alex al pensiero della solitudine di suo padre. Sapeva che quello dei suoi genitori non era un matrimonio d'amore, ma politico. L'unione di due potenti famiglie inglesi era stata più importante della passione. Alex era cresciuta fin troppo consapevole di quel fatto. Non che i suoi genitori non si volessero bene: a modo loro, si amavano. Ma c'era ben poca passione in quell'amore.

"Come sta vostro padre, Ambrose? È stato qui per l'ultima volta l'anno scorso, prima di Natale." Il padre di Alex posò gli occhiali sul piccolo tavolino da lettura accanto a lui e si sporse verso l'ospite.

"Sta molto bene. Lui e mia madre sono da alcuni amici a Edimburgo per la Piccola Stagione."

"Ah sì? Buon per loro. Ma dovete dirgli di venire qui a cacciare con me, quest'autunno. La caccia è stata molto fruttuosa negli ultimi anni. Anche voi dovreste venire, se non avete altri impegni."

Alex scelse proprio quel momento per intervenire. "Papà, sono certa che il signor Worthing abbia cose molto migliori da fare che venire qui a sparare."

Suo padre sbuffò. "Sciocchezze, cara; agli uomini piace sparare. Vero, Worthing?"

"Verissimo." Ambrose ammiccò ad Alex, facendola tremare di rabbia. "Agli uomini piace cacciare ogni genere di cose." I suoi occhi parvero dirle ciò che le sue labbra tacevano: *Ad esempio i fagiani, le volpi e... le donne.*

"Ottimo! Vi inviteremo per questo autunno." All'improvviso, il padre di Alex si alzò. "Santo cielo, non vi ho nemmeno presentato come si deve alla mia cara figliola."

Alex sospirò. Quella era la ragione per cui sua madre non portava suo padre a Londra. Il conte non aveva la testa per le convenzioni sociali in materia di presentazioni e formalità.

"Ho avuto il piacere di conoscerla e di ballare con lei questa sera, alla sala pubblica." Ambrose sorrise.

"Ah, bene, bene." Il padre di Alex era ancora rosso in viso. "Alex, cara, ci verseresti un po' di brandy?" Il conte accennò col capo al decanter, appoggiato su un tavolo in fondo alla stanza.

"Ma certo, papà." Alex lanciò un'occhiata seccata a Ambrose, quindi si alzò per versare da bere ai gentiluomini.

"Come sta la contessa di Rockford?" Ambrose si stava comportando da perfetto gentiluomo. Non c'era la minima traccia di sconvenienza in lui, nemmeno un barlume di lussuria nei suoi occhi mentre conversava con suo padre come se fossero stati vecchi amici.

"Irene sta bene. Anche lei è andata a trovare delle persone. Trascorrerà il resto del mese a Londra, con sua sorella. Alex e io non ne possiamo più dalla noia, vero?" Il padre di Alex stava scherzando, naturalmente.

Lei non riuscì a trattenere una risata. Entrambi erano lieti di essere rimasti da soli a Lothbrook.

La prospettiva di trascorrere un mese tranquillo in casa era stata per loro fonte di entusiasmo. Sua madre adorava ricevere ospiti e partecipava a ogni evento mondano che le capitasse di trovare. Ma per Alex e suo padre, questo era fonte di grande affaticamento.

"Siamo lieti che siate venuto a trovarci. Vero, Alex?" esclamò allegramente suo padre.

"Sì," rispose freddamente Alex. Suo padre non notò il suo tono di voce; Ambrose, sì. Alex avrebbe potuto giurare che le labbra dell'uomo si fossero leggermente curvate. Aveva davvero sorriso senza lo scopo di sedurre? Ogni volta che il suo sguardo correva a lei, quelle labbra sensuali si curvavano. E ogni volta, Alex era attratta da quelle labbra e le osservava, pur detestandosi.

"Beh, ormai è tardi. Voi due avete ballato per tutta la notte. Senza dubbio, vorrete andare a letto. Venite, Worthing; vi farò accompagnare nella vostra stanza da un lacchè."

Non appena il padre di Alex gli voltò le spalle, Ambrose si leccò le labbra e guardò Alex come un gatto avrebbe guardato un canarino grasso. Alex arrossì. Era fondamentale che lei uscisse da quella stanza e raggiungesse la sicurezza delle sue stanze, dopo aver avuto modo di mettere in moto i suoi piani.

"Buonanotte, papà, signor Worthing." Alex baciò suo padre sulla guancia e, senza degnare Ambrose di uno sguardo, se ne andò.

Corse in cucina. Il grosso ambiente era stato spazzato con cura e le pentole erano appese alla rastrelliera di legno sopra al banco per le preparazioni principale. Le spezie penzolavano dallo spago vicino alle finestre, profumando la stanza di basilico e rosmarino. Alex trovò la cuoca, la signora Cooper, intenta a fare l'inventario della dispensa.

"Uova, farina... sale e limoni. Voglio preparare della meringa tra qualche giorno."

La sguattera, Beth, aveva in mano carta e matita e

stava prendendo appunti di ciò che era necessario. Alex sorrise. Se c'era una cosa che lei amava di suo padre al di sopra di ogni altra era l'insistenza del conte sul fatto che il suo staff imparasse a leggere e scrivere; non solo i servitori di rango più elevato, ma anche i più umili, fino alla sguattera.

Beth contrasse le labbra mentre scriveva 'limoni'. Poi sollevò lo sguardo, vide Alex e, con un sorriso sorpreso e timido, toccò le spalle della cuoca.

"Cosa c'è?" La signora Cooper si voltò e si ravviò una ciocca di capelli scuri che era sfuggita alla cuffia. "Oh, lady Alex, cosa posso fare per voi?"

Sentendosi un po' in colpa, ma decisa a non cambiare idea, Alex avvicinò la cuoca. "Signora Cooper, il nostro ospite, il signor Worthing, ha gusti molto particolari."

"Ah sì? Cosa gli piace? Voi mi conoscete, milady. Posso preparare qualunque cosa." La signora Cooper si mostrò orgogliosa.

"Purtroppo, il signor Worthing preferisce fare colazione e pranzo a base di porridge. E desidera essere servito nella sua stanza alle sei in punto, su un vassoio. Non ama mangiare con gli altri."

"Porridge? Va bene..." La signora Cooper si acciglió e si grattò la testa.

"Sì," disse Alex. "E non addolcitelo con zucchero o frutta. Lui lo preferisce amaro e molto salato."

Beth fece una faccia disgustata di fronte a quella descrizione e Alex non poté biasimarla. Il porridge era già una brutta cosa di per sé, ma del porridge salato... beh, quello era un orrore a parte.

"Siete proprio sicura, milady? Sarei lieta di preparare delle buone uova e–"

"Solo il porridge, signora Cooper." Alex dovette mordersi le labbra per non ridere al pensiero di come avrebbe reagito il povero Ambrose quando gli sarebbe toccato mangiare porridge salato l'indomani mattina.

"Molto bene," sospirò la signora Cooper. Non era nella sua natura preparare cibi disgustosi. Era orgogliosa delle proprie doti culinarie.

"Ah, e dite alla signora Marsden che avremo bisogno che un lacchè faccia da valletto per il signor Worthing, questa sera. Il suo arriverà da Londra domani."

"Certamente." La signora Cooper annuì e andò in cerca dell'ufficio della signora Marsden. La governante avrebbe certamente saputo quale, tra i giovani servitori, sarebbe stato più adatto nel ruolo di valletto temporaneo. Alex avrebbe concesso almeno quello a Ambrose. Sorrise e dovette trattenersi dallo sfregarsi gioiosamente le mani. Se l'uomo avesse continuato a metterla alla prova, lei avrebbe fatto in modo che altre cose andassero storte durante il suo soggiorno.

Dovrei vergognarmi di me stessa. Ma così non è.

Alex salì al piano di sopra e andò in camera sua. La sua cameriera personale, Mary, stava sistemando il tavolo da toeletta e sorrise all'ingresso di Alex.

"Buonasera, milady." Una fossetta si formava nella guancia di Mary quando sorrideva.

"Buonasera, Mary." Alex chiuse la porta della camera da letto e si voltò per permettere alla sua cameriera di slacciarle abito e corsetto.

"Il ballo è stato piacevole?" chiese Mary in tono speranzoso. Alex condivideva sempre con lei i dettagli degli eventi a cui partecipava; sembravano piacerle molto le storie delle furiose cacce al marito delle giovani.

"Sì, ma solo perché ho incontrato il famigerato signor Worthing."

Mary gemette. "Non è l'ospite che è arrivato questa sera?"

Alex lasciò cadere a terra il vestito da ballo, vi uscì e si sfilò il corsetto allentato prima di togliersi le scarpe.

"Sì, ma ti ricordi che ti avevo parlato di lui? È uno dei libertini più famigerati di Londra." Alex appoggiò un piede sul letto e si slacciò la giarrettiera prima di sfilarsi le calze, una alla volta.

Mary recuperò abito e corsetto dal pavimento, appoggiandoli allo schienale di una sedia mentre prendeva le calze.

"Ricordo." Gli occhi verdi della cameriera erano spalancati. "Dunque soggiorna qui?" aggiunse in un mormorio scandalizzato. "Sua Signoria non è quindi al corrente della reputazione del signor Worthing?"

Alex scosse la testa. "Papà non presta orecchio ai pettegolezzi da Londra e di sicuro non darebbe più credito a essi che ai suoi presentimenti. Lui e il padre del signor Worthing sono buoni amici. Per cui, stai attenta quando sei vicina a lui, Mary. I libertini hanno lo sguardo attento e le mani lunghe." Onestamente, non credeva che Ambrose avrebbe cercato di sedurre una cameriera personale, ma voleva che Mary stesse comunque in guardia.

"Non preoccupatevi per me, milady. Ho due fratelli. Non esiste uomo capace di cogliermi alla sprovvista." Mary ridacchiò mentre lo diceva, raccogliendo la camicia da notte bianca dal letto e aiutando Alex a indossarla.

Una brezza all'esterno della finestra trascinò all'improvviso i rami sul vetro, provocando un suono stridente e facendo sobbalzare entrambe le ragazze.

"La signora Cooper, a cena, ci ha detto che probabilmente questa sera ci sarà un temporale," disse Mary.

Alex era d'accordo. Quando era uscita dal ballo, l'aria era carica del profumo della pioggia. Prese la vestaglia blu scuro e se la infilò prima di avvicinarsi alla finestra e sbirciare nella notte. Un velo cominciò a calare sul giardino mentre le nuvole liberavano una pioggia intensa. Le gocce d'acqua si schiacciarono contro la finestra.

"Avete bisogno d'altro, milady?" chiese Mary mentre prendeva i vestiti di Alex.

"No, grazie."

Alex guardò la pioggia continuare a cadere a scrosci in giardino e cercò di dimenticare com'era stato ballare con Ambrose. Era terribile avere uno splendido ricordo come quello che continuava a perseguitarla da quando era uscita dalla sala da ballo. Ma non riusciva a levarselo dalla testa.

Non dovrei essere tentata da lui.

Ma per quanto cercasse di convincersi, Alex *era* tentata. Per fortuna disprezzava ogni altra caratteristica di quell'uomo. Non avrebbe ceduto a un cretino tanto arrogante e pomposo.

Persa nell'idea di spaventarlo col porridge cattivo, rimase sconcertata quando il suo stomaco brontolò. Avrebbe dovuto prendere qualcosa dalla cucina quando vi si era recata.

Tanto vale tornare di sotto. La signora Cooper le lasciava sempre una deliziosa crostatina per quando lei tornava da un ballo. E poi, Alex non avrebbe dormito comunque bene: il suono della pioggia la rendeva sempre irrequieta. Avrebbe aspettato la fine del temporale mangiando qualcosa di dolce.

E non avrebbe più pensato a ballare con un libertino.

✿ 4 ✿

Per tutti i diavoli. Sono attratto da quella furbetta.

Ambrose camminava avanti e indietro nella sua camera da letto, meditando sugli strani sviluppi di quella serata.

Alex era una creatura affascinante. Astuzia, ferocia e desiderio represso, il tutto compresso in un corpo che lui bramava tenere tra le braccia. Diamine, voleva fare ben altro che abbracciarla, ma dubitava che sarebbe andato lontano quella sera. In ogni caso, era deciso a portare fino in fondo la scommessa e sedurla.

Quando si era reso conto di chi ella fosse, la scommessa gli era parsa meno importante del desiderio genuino di portarsela a letto. Parte di lui sapeva che era condannato, perché, una volta vinta la scommessa, non sarebbe mai più stato accolto in quella casa, da lei o dal padre di lei. Nessuno dei due avrebbe mai saputo che l'intento di Ambrose era stato quello di salvare Alex da una sorte in compagnia di un uomo molto peggiore di lui.

Seppellì il senso di colpa nel profondo di sé, una dote che aveva padroneggiato dopo anni trascorsi a praticare i suoi vizi con le signore del *ton*. Piuttosto che continuare a pensare a troncare i rapporti con un uomo che era come un secondo padre per lui, Ambrose rivolse i propri pensieri ad Alex e alla sua personalità piena di deliziosi contrasti.

Chi lo sapeva che Rockford avesse una figlia tanto incantevole? Da ragazzo, prima di partire per il collegio, Ambrose era venuto spesso in quella casa, ma non l'aveva mai notata. Con i suoi sei anni meno di lui, la piccola era stata confinata nella nursery. E, da giovane, Ambrose non aveva mai badato alla vita privata del conte.

Era rimasto sorpreso nello scoprire che Rockford aveva una figlia, quando aveva sentito Langley vantarsi della scommessa che aveva fatto scrivere nel libretto di White's. Era stato allora che Ambrose aveva deciso di sedurla, in nome del senso del dovere nei confronti dell'amico di suo padre e per evitare alla giovane il peggio, seducendola in maniera veloce e indolore. Ma ora che era lì e l'aveva vista, che aveva parlato con lei, Ambrose voleva rendere la seduzione della donna lunga e piacevole. Avrebbe potuto trascorrere dei mesi a trasformare lentamente l'ira di Alex contro di lui in un irresistibile appetito sessuale.

Sapeva che non avrebbe dovuto godere dell'ospitalità del conte quando il suo piano era cogliere la verginità della figlia di lui come un'albicocca matura. Un'albicocca i cui dolci succhi avrebbero avuto il sapore del nettare quando lui avrebbe tuffato la testa tra le sue cosce. Poteva anche essere un farabutto, ma era comunque meglio lui degli altri uomini al club che avrebbero voluto accettare la scommessa. L'ex-amico di Ambrose, Vaughn, ora visconte Darlington, era stato indeciso se scrivere o meno il proprio nome nel libretto.

Un brivido percorse Ambrose al pensiero. Una testa calda come Alex non sarebbe durata a lungo nel letto con un uomo come Vaughn. Questi amava giocare duro. Non faceva del male alle donne, ma il suo bisogno di dominare era onnipresente e una signora di buona famiglia come Alex avrebbe potuto spaventarsi. Ambrose non aveva le stesse necessità del suo amico. Ogni tanto, gli piaceva legare una donna per torturarla con lenti baci e carezze che ella sarebbe stata troppo timida per permettere altrimenti. Con certe donne, sottrarre loro il controllo era un modo per aiutarle a rilassarsi e a godersi la passione.

Una donna come Alex, dall'atteggiamento ribelle, non era domabile. Andava sedotta e convinta a lasciarsi andare. Alex sarebbe divenuta una creatura splendidamente sensuale e l'uomo che le avrebbe aperto gli occhi ne avrebbe guadagnato una grande ricompensa.

Qualcuno bussò delicatamente alla sua porta.

"Avanti," disse lui.

Entrò un ragazzo di diciotto o diciannove anni, il cui abbigliamento lo identificava come un lacchè.

"Buonasera, signor Worthing. Mi chiamo Ben. La padrona di casa mi ha mandato a farvi da valletto."

"Grazie, Ben." Ambrose sorrise al ragazzo, che si mise a disfare i suoi bagagli.

Dopo essersi tolto gli stivali, Ambrose si appoggiò al letto e cominciò a sbottonarsi il gilet. Ben lo aiutò, raccogliendo i suoi vestiti mentre lui se li toglieva uno alla volta. Quando rimase in pantaloni e camicia bianca, si passò una mano tra i capelli e si concentrò sul futuro. La signora Darby lo aveva invitato al suo picnic annuale, allungandogli un invito quando lui aveva dovuto passarle vicino mentre usciva dalla sala da ballo, ed Ambrose sapeva che Alex ci sarebbe andata, perché lei e la giovane Darby, Perdita, erano amiche. Le labbra di Ambrose si curvarono in un sorriso di deliziosa malizia. I picnic erano ottime occasioni di seduzione. Era incredibilmente facile portare una donna dietro una siepe o un albero e fare ciò che si voleva di lei. Il rischio di essere scoperti in qualunque momento non faceva altro che rendere più intenso il piacere.

Ben sollevò la banyan di Ambrose e lui se la infilò. L'indumento gli calzava a pennello. Per il momento, Ambrose tenne i pantaloni; aspettava sempre a toglierseli, fino a quando non era sicuro che sarebbe andato a letto.

"Grazie, Ben. Per questa sera è tutto."

"Buonanotte, signor Worthing." Il giovanotto uscì in

corridoio e chiuse la porta, lasciando Ambrose solo coi suoi pensieri.

Stava cercando di decidere se andare o meno a letto quando udì lo scatto sommesso di una porta che si apriva in corridoio. Affascinato, appoggiò l'orecchio alla porta e ascoltò un rumore di piedi nudi che oltrepassavano la sua porta. Era un suono distintamente femminile. Ambrose sorrise. La servitù non si sarebbe mai aggirata per casa scalza, ma la figlia del conte di Rockford avrebbe potuto farlo.

"Che non si dica che io abbia perso una simile occasione." Ambrose ridacchiò e aprì lentamente la porta.

La sagoma svolazzante della camicia da notte di Alex, parzialmente coperta da una vestaglia, era come un faro nel corridoio buio. La ragazza aveva i capelli sciolti, le cui lunghe ciocche le ricadevano fino a metà della schiena, le estremità leggermente arricciate. Mentre ella percorreva il corridoio in punta di piedi, le sue caviglie attiravano l'attenzione come mai aveva fatto un paio di caviglie. Non erano sottili o delicate, ma erano seducenti. Ambrose avrebbe voluto averle strette attorno alla vita o ai polpacci mentre pompava in lei, facendola contorcere dal piacere.

Presto. Presto.

Seguì la lucentezza dei capelli castani che rimbalzavano sciolti lungo la schiena della donna. Senza nemmeno rendersene conto, lei lo mise a dura prova quando svoltò ed entrò in cucina. Ambrose si nascose prima che lei potesse vederlo. Il grattare del legno contro la pietra gli fece capire che la ragazza aveva allontanato una sedia da uno dei piani di lavoro. Dopo aver udito un tintinnio di posate e un gemito di piacere, non ce la fece più a negarsi la vista di qualunque cosa lei stesse facendo. Entrò in cucina ostentando noncuranza, come se trovarla lì fosse una sorpresa per lui.

Alex si immobilizzò con la forchetta vicino alle labbra schiuse, un pezzo di quella che sembrava crostata di mirtilli infilzato sui rebbi. Le sue ciglia scattarono verso l'alto, gli occhi particolarmente spalancati mentre posava lo sguardo su Ambrose.

"Mi dispiace di aver interrotto... ehm... cos'è che state facendo, esattamente?" Ambrose passò lo sguardo sulla cucina prima di avvicinarsi al lato opposto del piano e prendere posto di fronte alla donna.

Alex era rossa come una ciliegia. "La signora Cooper mi lascia sempre una crostatina per dopo i balli. Sa che mi viene fame, perché non si riesce mai a mangiare con tutte quelle danze."

"La vostra cuoca è una donna intelligente. Vi dispiace se ne mangio un boccone?" Ambrose prese la forchetta dalla mano di Alex e si mise il pezzetto di crostata in bocca.

"Hmm, che bontà. È davvero squisita. Proprio come andare a letto con una cortigiana."

L'espressione sul volto di Alex ripagò quella scelta di parole colorita.

Con stupore di Ambrose, Alex rise. "Paragonate il cibo a... quella cosa?"

"Al sesso, volete dire? Assolutamente sì. Ma insieme, le due cose sono ancora meglio."

La dilatazione delle pupille degli occhi di Alex che seguì a quelle parole gli fece venire l'acquolina in bocca. Alex era una contraddizione affascinante. Era vergine, ma anche una donna che provava un desiderio molto intenso e che era consapevole di come il letto potesse riservare piacere a entrambi i partner, non solo all'uomo. Una donna che conosceva il sesso, ma non lo aveva sperimentato. Una rarità nella sua classe sociale.

Era curiosa; Ambrose lo capiva dal modo in cui lo guardò rubare un altro boccone di crostata e leccarsi le labbra. Non era minimamente intimorita da lui. Titubante per quanto riguardava il contatto fisico, forse, ma non intimorita. Era terrorizzata dalla sua reputazione, ma da lui? No. Ed era rara la donna in grado di separare le due cose.

"Credo che diciate cose del genere di proposito, per sbilanciarmi." Alex incrociò le braccia sotto il seno, la qual cosa non fece altro che sollevare quest'ultimo e metterlo meglio in mostra.

"Avete ragione, Alex, tesoro mio. Trovo che l'impresa di sbilanciarvi sia una sfida deliziosa." Per la precisione, gli sarebbe piaciuto molto sbilanciarla sul piano e fare banchetto di lei piuttosto che della crostata, ma era ancora troppo presto.

"Avete mai avuto una conversazione decente con una donna? Senza cercare di sedurla?"

La domanda colse Ambrose alla sprovvista. La

schiettezza di Alex era un tratto ammirevole.

"Ma certo," sbuffò.

"Davvero? Con chi?" chiese la donna in tono di sfida.

Ambrose le rivolse un sorriso sornione. "Con mia madre e con mia sorella."

"Avete una sorella?" Alex distese le braccia e si sporse in avanti, gli occhi che brillavano per l'interesse.

"Sì. Violet ha diciassette anni. Ha appena avuto la sua prima stagione. Ho dovuto allontanare gli uomini da lei prendendoli a bastonate. Anche se ho il sospetto che ciò fosse dovuto più che altro alla sua eredità. Violet è molto bella, ma timida." Ambrose adorava Violet. Era una ragazzina adorabile.

C'era qualcosa di particolare nelle sorelle minori, nel modo in cui erano come l'ombra costante dei loro fratelli. Ambrose non era mai stato contrariato dal fatto che lei lo seguisse sempre e, insieme, loro avevano condiviso più di un'avventura mentre visitavano degli amici in campagna, fino a quando Violet non era stata ritenuta troppo grande per continuare a inseguire Ambrose per i campi. Lui aveva odiato il fatto che sua sorella fosse cresciuta, odiato il fatto che fosse diventata una bella, giovane donna che un giorno avrebbe sposato un uomo e se ne sarebbe andata via di casa. Non lo avrebbe mai ammesso ad alta voce, ma Violet era una cara amica per lui, al livello di come un tempo lo era stato Vaughn. E, quando si sarebbe sposata, la sua vita sarebbe stata piena di bambini e lei si sarebbe dimenticata di lui. Il pensiero colmava il cuore di Ambrose di un peso gravoso. Violet era educata, gentile e premurosa. Qualunque uomo che credesse di meritarla avrebbe dovuto superare un esame rigoroso prima che Ambrose approvasse l'unione. Se non avesse ritenuto degno il candidato, lui avrebbe raccomandato a suo padre di negare il consenso all'unione.

"È a Edimburgo coi vostri genitori?" chiese Alex.

Ambrose scosse la testa e le restituì la forchetta. Con suo divertimento, la donna non la mise da parte, ma mangiò un altro boccone. C'era qualcosa, nel fatto che loro due condividessero una forchetta, che gli scaldava il sangue. Era qualcosa di intimo, ma diverso dall'intimità a cui lui era abituato.

"È ancora a Londra. La poverina vive con nostra zia Gertrude, al momento." Per la qual cosa Ambrose compativa sua sorella. Se non fosse stata una questione di supervisione, avrebbe portato Violet nel suo alloggio di scapolo a Jermyn Street, ma ciò non sarebbe stato appropriato.

Alex diede un altro morso alla crostatina e trasse un sospiro di evidente piacere. La signora amava i dolci; un pensiero gradito per Ambrose. Imboccare una donna con dei dolciumi era un'esperienza piacevole per entrambi, soprattutto quando lui sentiva lo zucchero sulle labbra di lei durante un bacio...

"Dunque vostra zia Gertrude è una persona difficile?"

Ambrose sbuffò. "A voler essere generosi. Quella donna ha un'intera stanza piena solo di cappelli. E non fatemi parlare delle sue scarpe. Violet non ama la moda e trascorrere del tempo con Gertrude dev'essere una tortura per lei. Sono sicuro che vadano a fare acquisti in Bond Street ogni singolo giorno!" Il pensiero gli strappò una smorfia. Violet avrebbe preferito di molto trovarsi una libreria e trascorrere ore intere nascosta in un angolo, a leggere di filosofia antica o di scienza.

Alex ridacchiò, ma poi tornò seria. "So come ci si sente a essere intrappolati in città con una persona che non ha gli stessi gusti in fatto di passatempi. Forse, un giorno, potrei incontrare vostra sorella a Londra." Alex allungò una mano e prese la sua; Ambrose notò il gesto solo quando ormai era troppo tardi. Avrebbe potuto fare la sua mossa in quel momento, ma evitò. La pelle gli bruciava nel punto in cui lei lo toccava e non voleva che Alex togliesse la mano. Per cui, si limitò a coprire la mano della donna con la propria e rispose onestamente, senza tentare di sedurla o di affascinarla.

"Sono sicuro che mia sorella gradirebbe." Poi si alzò da tavola, staccando le loro mani.

Non gli sfuggì l'espressione di disappunto che apparve per un attimo negli occhi di Alex. La ragazza aveva trovato piacevole quanto lui il loro contatto. Ambrose girò attorno al tavolo e la raggiunse, puntellandosi appoggiò una mano sul tavolo accanto alla donna. Poi si chinò e le sfiorò con le labbra la sommità del capo.

"Questo per cosa era?" chiese la donna.

"Per una serata piacevole, Alex." Ambrose si

congedò; detestava voltare le spalle a un'occasione, ma Alex era una donna che andava sedotta con delicatezza. Una volta che sarebbe stata sua, tuttavia... Ambrose l'avrebbe presa in mille luoghi, in mille modi. Avrebbe alimentato il fuoco interiore di lei fino a trasformarla in un incendio irrefrenabile di passione.

La piccola arpia sarebbe stata una gioia a letto. Ma quella notte, Ambrose era lieto di aver lasciato il proprio corpo insoddisfatto, perché il resto di lui aveva tratto grande piacere dalla conversazione. Parlare con Alex era diverso dal solito. Ambrose non parlava mai della sua famiglia con le donne che voleva portarsi a letto: ciò le avrebbe spinte a desiderare un'intimità di tipo emotivo. Non temeva che Alex si sarebbe innamorata di lui. Non glielo avrebbe permesso. La scommessa richiedeva che la donna venisse sedotta e rovinata, ma lui voleva godersi il tempo trascorso in sua compagnia. Si fermò di colpo all'esterno della sua stanza, sconvolto da ciò di cui si era appena reso conto.

Mi è piaciuto stare con una donna fuori dal letto. Era la prima volta. Con l'eccezione di sua madre e di sua sorella, Ambrose trovava noiose le donne, a meno di non averle nude sotto di sé; eppure, Alex lo aveva ammaliato. Quella consapevolezza lo turbò.

Perché? Cosa rendeva quella donna tanto diversa dalle altre? Metà di lui voleva girare sui tacchi, prendere il cavallo e tornare a Londra, ma il resto era deciso a restare e a capire cosa rendesse tanto affascinante lady Alexandra Rockford.

❧ 5 ❧

Ambrose era perso nel sogno di baciare Alex in un giardino. Il glicine fiorito copriva un graticcio sopra di loro e la donna giaceva sotto di lui su una coperta, le guance arrossate dall'eccitazione e le labbra schiuse. Quegli occhi azzurri sognanti, come petali di fiordaliso, lo attiravano sempre più a fondo dentro di lei. Le loro labbra si incontrarono languidamente, ogni bacio umido, tenero e di un ardore impossibile. Quanto tempo era trascorso dall'ultima volta in cui Ambrose si era crogiolato in un singolo bacio e basta?

Troppo... da quella volta in cui, da ragazzo diciassettenne, aveva rubato un bacio a una cameriera di sopra. Allora, i baci erano stati l'apice della sua conoscenza erotica e la cosa migliore al mondo.

"Davvero mi rovinereste, Ambrose? Mi spezzereste il cuore?" mormorò l'Alex del sogno, percorrendogli la mascella con le dita mentre lui la guardava. Attorno a loro, il profumo della terra – un misto di suolo aspro e dolci fiori – era inebriante quasi quanto il tocco della ragazza.

"Devo farlo, amore mio... Meglio il sottoscritto che un altro." Ambrose rispose a bassa voce mentre accarezzava la clavicola di Alex con l'indice e osservava i rigonfiamenti dei seni sollevarsi e abbassarsi a ogni respiro. "Devo..." ripeté; ma il senso di colpa che cresceva lentamente lo divorava.

Le ciglia di Alex calarono e la donna chiuse gli occhi. Ambrose chinò il capo, pronto a catturare le labbra della donna con le sue–

Un bussare alla porta lo svegliò di colpo. La luce fioca precedente l'alba era di un grigio slavato, che penetrava a malapena dalle finestre.

Dio, che ore erano?

"Sì?" chiamò Ambrose quando il bussare si ripeté.

La porta si aprì e Ben, il lacchè che lo aveva assistito la notte prima, entrò portando un vassoio.

"Mi dispiace molto, milord. Sono venuto a portarvi la colazione, come da voi richiesto." Ben raggiunse il letto e posò il vassoio nel grembo di Ambrose prima di scostare gli spessi tendaggi damascati del letto, lasciando entrare una luce debolissima.

"Da me richiesto?" Ambrose fissò la grossa scodella di porcellana a fiori azzurri posata sul vassoio, accanto a un bicchiere di succo d'arancia.

"Ehm... sì," rispose Ben con una certa timidezza. "Il vostro porridge mattutino, da servirvi alle sei di mattina. La nostra cuoca, la signora Cooper, l'ha preparato apposta per voi, secondo i vostri gusti."

Lo sguardo di Ambrose cadde sulla scodella incriminata; sospirando, lui prese il cucchiaio e lo riempì. Magari un po' di porridge non sarebbe stato poi così male. Nel giro di qualche ora, avrebbe potuto scendere a mangiare col resto della famiglia. Soffiò sul porridge fumante e si mise il cucchiaio in bocca.

Un sapore amaro e salato colpì le sue papille gustative come un colpo in pieno viso.

"Argh!" Ambrose sputò la disgustosa mistura e afferrò il tovagliolo dal vassoio per pulirsi la bocca.

Ben, che stava preparando un nuovo paio di pantaloni, si immobilizzò, gli occhi spalancati mentre fissava Ambrose.

"Chi ha detto che io avrei ordinato una cosa del genere?" Ambrose accennò alla scodella, schioccando ripetutamente le labbra prima di bere un lungo, lungo sorso di succo, che tuttavia bastò a malapena a cancellare il sapore del porridge troppo salato.

"Ehm..." Ben si mosse a disagio. "Me lo ha detto la governante, che lo ha saputo dalla cuoca, che credo fosse stata informata da lady Alexandra."

"Mi stai prendendo per..." Le parole di Ambrose sfumarono in un basso ringhio.

"Ecco... beh, vi lascio mangiare..." Ben cominciò a indietreggiare verso la porta, un po' pallido in viso.

Ambrose lo lasciò andare. Era chiaro che il ragazzo aveva paura e lui sapeva perché: Ambrose stava lasciando emergere la sua rabbia in superficie. Ma l'unica a pagare sarebbe stata Alex, e lui sarebbe stato spietato... facendole venire una voglia disperata di lui. Non ci sarebbe andato piano o leggero: avrebbe sopraffatto i sensi di Alex e l'avrebbe travolta con la passione.

Alex, amore mio, le regole le avete stabilite voi e io ho intenzione di vincere.

ALEX ERA APPOLLAIATA SUL BORDO DELLA SEDIA E SI stava delicatamente leccando il resto del miele dalle punte delle dita quando la porta della sala da pranzo si aprì. Entrò Ambrose, le gambe lunghe e snelle messe in bella mostra dai pantaloni in pelle di daino. L'uomo si raddrizzò distrattamente il gilet a righe mentre passava lo sguardo sulla stanza. Quando esso si posò su Alex, Ambrose sorrise.

"Ah, la colazione," annunciò, andando a sedersi di fronte a lei. "Ho una fame da lupi." L'uomo allungò una mano verso il vassoio del pane tostato, poi aggiunse bacon e uova al suo piatto.

Pulendosi attentamente le mani sul tovagliolo, Alex sorseggiò il suo tè e osservò l'uomo. Questi aveva i capelli leggermente in disordine, come se ci avesse infilato le mani. Le ciocche scure rivelarono una traccia di rosso quando il sole di metà mattina le illuminò. Che cosa curiosa. Le prudevano le mani per la voglia di toccare i capelli di Ambrose, di guardarli più da vicino.

Alex si riscosse bruscamente da quelle bizzarre fantasticherie.

"Avete dormito bene, signor Worthing?" chiese, sapendo benissimo che il povero Ben aveva svegliato l'uomo quattro ore prima portandogli del porridge salato. Il lacchè era corso dalla cuoca, che aveva riferito alla governante, che era andata da Alex, sconvolta per aver contrariato l'ospite. Alex aveva rassicurato la donna dicendole che l'ospite non era per nulla contrariato, anche se sapeva benissimo che lo era. Ma il punto era proprio quello: far infuriare Ambrose e convincerlo ad andarsene.

"Abbastanza, grazie." L'uomo canticchiò mentre spalmava della marmellata sul suo pane tostato e le labbra di Alex si schiusero per lo stupore. Quella non era la reazione che si era aspettata. Dunque egli non intendeva ammettere di essere stato svegliato troppo presto? Interessante...

"E voi?" chiese l'uomo. "Avete dormito bene? Immagino che cenare a base di crostatine prima di andare a letto vi abbia portato dolci sogni." I suoi occhi marroni erano caldi come il miele nel vasetto accanto ad Alex.

Sconcertata dalla mancanza di reazioni al suo colpo basso da parte di Ambrose, Alex rispose onestamente. "No... la pioggia... il suono che produce cadendo sul tetto e sui timpani mi innervosisce." Rabbrividì al ricordo e lo sguardo di Ambrose si incupì.

"Siete sicuro di aver dormito bene? Vedo dei cerchi scuri sotto i vostri occhi." Alex lo mise alla prova, in attesa di vedere se egli avrebbe menzionato la piccola sorpresa mattutina da lei programmata.

"Abbastanza." Lo sguardo di Ambrose si fece più penetrante, come se egli avesse capito cosa Alex stava cercando.

"Potreste saltare la battuta di caccia progettata da mio padre." Alex sorrise con arroganza al pensiero di Ambrose che si perdeva un'attività da lui palesemente favorita.

"No, va tutto bene. Sono un uomo resistente, sapete," mormorò lui, la voce un po' troppo bassa di quanto fosse prudente a colazione.

Alex rimase di stucco e cercò di formulare una risposta, ma non ne aveva.

"Inoltre, parteciperò al picnic di lady Darby tra una settimana; per cui, tesoro mio, se avete intenzione di tormentarmi fino a farmi andare via, rimarrete sonoramente delusa." Ambrose ridacchiò quando lei si produsse in uno sbuffo offeso.

"Non vi tormenterei mai per mandarvi via, signor Worthing. Voi siete ospite di mio padre; una signora beneducata non farebbe mai una cosa del genere." Alex sollevò il mento e incrociò con fare sprezzante lo sguardo divertito di Ambrose.

"Sono convinto che voi fareste proprio una cosa del genere, Alex."

Lei lo fulminò con lo sguardo e, prima che Ambrose potesse dire altro, uscì di corsa dalla stanza.

LA SETTIMANA SUCCESSIVA PASSÒ IN UN LAMPO. ALEX si controllò per quanto riguardava il punire apertamente il suo ospite; non voleva fargli capire che era stata tentata di spingerlo ad andarsene. Questo significava che aveva interpretato il ruolo della figlia devota e della cordiale padrona di casa nei confronti del libertino. E doveva ammettere che, negli ultimi sette giorni, l'uomo si era comportato in maniera molto cordiale e gentile.

Quando non litigavano su tutto, si rese conto Alex, andavano d'accordo su parecchi argomenti. Anche Ambrose amava le attività all'aria aperta e più di una volta Alex si era vista raggiungere da lui quando era uscita a fare una cavalcata mattutina. A volte parlavano, a volte no. Anche il silenzio era amichevole e le ricordava ciò che l'uomo aveva detto del suo amico Gareth e di come l'amicizia tra due persone potesse nascere in quella maniera.

Era possibile che la figlia di un conte e un famigerato libertino diventassero amici? Se ignorava i provocanti accenni dell'uomo al fatto che gli sarebbe piaciuto molto sedurla, Alex riusciva quasi a immaginare che loro due stessero davvero diventando amici.

Ora, mentre sedeva al tavolo della colazione a meditare su quanto le piacesse trascorrere del tempo con Ambrose, Alex si rese conto di essere una sciocca.

Era esattamente come quando si era innamorata di Marshall. Se non fosse stata attenta, avrebbe rischiato di mettere in pericolo il proprio cuore e quella era *l'ultimissima cosa* che lei volesse fare. Ambrose le aveva fatto abbassare la guardia, come qualunque canaglia degna di tale nome avrebbe fatto con una donna ignara.

Alex doveva opporsi, riprendere il controllo della situazione prima di ritrovarsi coinvolta in uno scandalo dal quale non sarebbe riuscita a riprendersi. Essere amica di un libertino era già abbastanza grave, ma peggio ancora era avere un coinvolgimento sentimentale con un individuo simile, anche se solo nelle voci e nei pettegolezzi.

Mentre lei era distratta dai suoi pensieri, Ambrose era entrato furtivamente in sala da pranzo, tenendo un singolo fiore in mano. L'uomo prese posto accanto a lei e si sporse, infilandole con delicatezza il fiore all'orecchio. I suoi polpastrelli le scottarono deliziosamente la pelle quando le toccò l'orecchio, e poi quando le accarezzò la guancia col dorso delle dita.

"Ho sentito la vostra mancanza quando sono uscito a cavalcare. Perché non mi avete aspettato?"

Il cuore traditore di Alex spiccò un piccolo balzo mentre si toglieva con delicatezza il fiore da dietro l'orecchio e lo osservava.

Era un bucaneve. Il suo fiore preferito.

"Perché me lo avete portato?" La sua voce era bassa, roca.

Ambrose spostò lo sguardo dal fiore alle sue labbra e lo posò quindi sui suoi occhi. "Perché avete detto che questo è il vostro fiore preferito. *Galanthus nivalis*. Il bucaneve. Pallido e bellissimo, allettante e dolce, con un tocco d'inverno, proprio come voi."

"Un tocco d'inverno?" Alex stava fissando Ambrose, mentre cercava di decidere se quello fosse un insulto o un complimento.

"Hmmm," mormorò l'uomo. "L'inverno è una stagione splendida. Tutto è argentato, leggero e pieno di mistero. Quando penso a voi, penso a quelle silenziose mattinate invernali in cui la neve ha appena coperto i sentieri della foresta e tutto sembra diverso, nuovo e misterioso."

Alex capiva perfettamente. Era quella la ragione per cui preferiva l'inverno a tutte le altre stagioni. Moltissime donne della sua età amavano la primavera o l'autunno, ma per lei, l'inverno e i suoi umori misteriosi erano sempre stati fonte di fascino – proprio come lo era ora Ambrose.

"Ecco..." Alex si schiarì la voce, continuando a stringere in mano il bucaneve e sentendosi sciocca, perché non voleva mollare la presa.

"Il picnic di lady Darby è oggi pomeriggio. Presumo che verrete." Ambrose non si allontanò da lei, ma rimase scandalosamente vicino.

"Al picnic? Ma certo," si affrettò a rispondere lei. Se non avesse ripreso presto il controllo di sé, avrebbe commesso un errore. Era ora di tornare ai suoi scherzi e rimandare quel libertino a Londra prima di fare qualcosa di stupido come innamorarsi. Aveva ancora un trucco da giocare contro Ambrose, e il pensiero le restituì il buonumore.

"Temo che dovrò arrivare in anticipo per aiutare Perdita con una faccenda personale. Dovrete prestare attenzione nel cercare il luogo dove si terrà il picnic: non si tratta di Darby House, ma di un terreno un chilometro e mezzo più a nord. C'è una splendida collina, dalla quale si gode di una buona vista sul villaggio sottostante. Sarei felice di darvi delle indicazioni scritte." La voce di Alex era colma di allegria fasulla; dentro di sé, detestava il pensiero di aver ripreso i suoi tentativi di mandare via Ambrose, ma era meglio così.

Gli occhi dell'uomo si strinsero, ma le sue labbra si curvarono. "Grazie. Ve ne sarei grato."

Non si fida di me. Alex glielo vedeva negli occhi, ma l'uomo stava cercando di ingannarla. Furbo.

"Mi stupisce che non stiate cercando di convincermi a non venire al picnic," disse Ambrose.

Alex fece spallucce. "Non fareste comunque ciò che desidero, e il fatto che siate qui ha reso mio padre più vivace di quanto non lo vedevo da tempo. Sarei una figlia terribile se vi allontanassi quando lui è tanto felice." Era vero: Alex era una figlia terribile, perché voleva che Ambrose sparisse quando questi faceva palesemente la gioia di suo padre. Ma Ambrose la stava inducendo in tentazione e lei *non voleva* essere tentata. Non dopo che Marshall le aveva spezzato il cuore. Basta fare la sciocca innamorata.

"Sono lieto di essere venuto a trovarvi. Vostro padre è stato buono con me quando ero ragazzo," ammise Ambrose. Ancora onestà. Alex non smetteva di stupirsi. "È strano pensare che sono stato qui da bambino, quando voi eravate a dormire nella vostra culla nella nursery." L'uomo ridacchiò a bassa voce, un suono ricco e invitante.

Effettivamente, era davvero strano. Alex non riusciva a togliersi dalla testa il fatto che uno dei libertini più famigerati di Londra avesse gironzolato per Rockford House da ragazzo, probabilmente con delle rane nelle tasche e inseguendo le oche lungo il sentiero in giardino che conduceva al laghetto dove il padre di Alex amava pescare d'estate. Quell'immagine la fece sorridere.

"State sorridendo," osservò Ambrose mentre beveva un sorso di caffè.

Era vero; Alex non intendeva negarlo. "Vi stavo immaginando da ragazzo e mi chiedevo quali guai aveste combinato mentre eravate qui."

Ambrose sollevò il mento con aria sprezzante. "Sciocchezze. Ero il ragazzo più bravo d'Inghilterra."

Alex non riuscì a trattenersi: ridacchiò. "Bugiardo." Si coprì la bocca per soffocare ulteriori risate. Non aveva mai conosciuto un uomo che la facesse ridere tanto. Era splendido.

"D'accordo: ero un ragazzino terribile, che faceva sempre un sacco di scherzi, ma vi assicuro che avevo buon cuore. Non ho mai colpito un uccello con una fionda, né tirato sassi ai gatti randagi," rispose Ambrose in tutta serietà.

"A questo ci credo." Alex non riusciva a immaginarlo come un bambino scatenato e crudele, sebbene egli fosse diventato un distruttore di cuori.

"E che mi dite di voi, Alex? Come eravate da bambina?" L'uomo si mise comodo sulla sedia e congiunse le punte delle dita mentre la osservava. "Ve ne stavate sempre col naso nei libri? O correvate per le colline, sporcandovi il vestito?" Lo disse in un tono talmente caldo e genuino da farle venire voglia di rispondere onestamente.

"Ho sempre amato leggere, ma ero decisamente una ragazzina che correva per le colline, sporcando più di un vestito." Alex sorrise affettuosamente, pensando che era ancora il genere di donna che correva per i campi. "Perdita e io leggevamo molto insieme, da bambine, quando non ci cacciavamo nei guai nei campi. Suo padre e il mio costruirono una casa tra i rami di un albero, sul confine del giardino. Era un bel posticino tranquillo, dove ci nascondevamo a leggere per ore." I ricordi luminosi della piccola casa sull'albero erano tra i suoi preferiti.

"Voi e Perdita siete legate?" chiese Ambrose, sporgendosi leggermente in avanti.

Alex annuì. "Siamo come sorelle, ma senza la competitività che sussiste tra alcune sorelle di sangue. Nessuna di noi ha alcun desiderio di sposarsi e non siamo mai state gelose l'una dell'altra per quanto riguarda gli uomini. È solo..." Cercò le parole giuste.

"Insieme, abbiamo un senso. Temo di non sapermi spiegare."

Ambrose annuì. "So cosa volete dire. Potete starvene sedute in una stanza per ore in silenzio e godere semplicemente della reciproca compagnia. Il mio amico Gareth è la stessa cosa per me. Una volta, potevo restare seduto fino a tarda notte nel suo salotto, con lui, a bere brandy, senza bisogno di dire una parola. Ma ora le cose sono cambiate..." Il volto dell'uomo si incupì per l'emozione.

"In che senso?" chiese Alex, chiedendosi se Ambrose avrebbe risposto o se sarebbe tornato a celare i propri segreti nel proprio cuore.

"Gareth è sposato, ora. Helen è una donna meravigliosa, ma quando io sono con lui, non è più la stessa cosa. C'è una parte di lui che comincia a sentire la mancanza di sua moglie dal momento in cui ella esce dalla stanza. Glielo vedo negli occhi. Non c'è nulla di innaturale, in questo, ma... Sto blaterando." Ambrose ridacchiò sarcastico. "Il senso è che quei due si completano al punto da sentire la mancanza l'uno dell'altra quando sono divisi."

Alex aveva provato qualcosa di simile una volta, molto tempo prima... con Marshall. Quel bisogno di stare con lui, anche quando l'uomo era semplicemente dall'altra parte della stanza. Dopo che lui era partito per Londra, Alex aveva creduto che si sarebbe consumata senza di lui. Ma, col tempo, si era resa conto di essere stata troppo giovane, troppo sciocca. Non sempre una ragazza di diciassette anni sapeva riconoscere la differenza tra amore e infatuazione. E sebbene l'uno fosse più duraturo e profondo dell'altra, il dolore della separazione era lo stesso. Alex aveva giurato di non lasciare mai che un altro uomo le facesse del male in quel modo.

E tuttavia, sapeva che il suo sciocco cuore voleva dare un'occasione a Ambrose, lasciarlo entrare in modo che egli potesse distruggerla quando sarebbe andato via. Quella condivisione di ricordi e racconti d'infanzia era troppo pericolosa.

Alex si alzò dalla sedia e l'uomo la imitò. "Per favore, sedetevi e finite la vostra colazione." Indicò la sedia occupata da Ambrose, che vi riprese posto, seppur con riluttanza. Persino i libertini sapevano comportarsi da gentiluomini, ogni tanto.

"Sarei felice di venire con voi dai Darby in anticipo," si offrì l'uomo.

Scuotendo la testa, Alex fece un passo indietro. "No, insisto: restate qui, per favore. Scriverò delle indicazioni per raggiungere il luogo del picnic e le lascerò a un lacchè."

"Molto bene." Ambrose la stava ancora guardando e lei capì che l'intimità che c'era tra loro si stava nuovamente indebolendo, come se lei ed Ambrose stessero rafforzando le mura attorno ai loro cuori.

Alex si riscosse internamente a quel pensiero mentre usciva dalla sala da pranzo e in corridoio. *Chi avrebbe mai detto che io avessi tante cose in comune con un libertino?*

❦   6   ❦

P*er tutti i diavoli.*

Ambrose si trovava nel bel mezzo di un campo coperto di vacche.

Il pendio collinoso su cui si trovava era pieno di vacche, di una razza che lui riconosceva dai discorsi a tema bestiame che suo padre faceva tutte le volte che lui tornava a casa dal collegio per trascorrere il fine settimana in campagna. Le bianche mucche Park avevano le corna ricurve e una bella pelle bianca, punteggiata di macchie nero chiaro. Erano animali piuttosto docili, ma ritrovarsi circondato da esse era un'esperienza inquietante.

Riprendendo in mano il foglio, Ambrose fissò le indicazioni dategli dal lacchè. Non era stato sciocco al punto da fidarsi delle indicazioni di Alex e aveva chiesto conferma al servitore.

Percorrete il viale verso sud, oltre la guardiola di legno, poi svoltate a destra lungo il sentiero del giardino e dritto nella foresta per quattrocento metri... quindi salite la collina...

Ambrose borbottò le ultime parole ad alta voce e si asciugò la fronte. La camminata lo aveva fatto sudare. Non che non fosse abituato agli sforzi fisici – boxava e tirava di scherma con regolarità – ma non era vestito in maniera adeguata a camminare per le colline e le valli di Lothbrook.

"Dove diavolo è il picnic?"

"Signore? Vi siete perso?" Una vocetta attirò l'attenzione di Ambrose, che vide un ragazzo in piedi lungo il confine del campo, a circa cinque metri da lui. Il ragazzo aveva con sé una rozza canna da pesca e una sacca di tela piena di pesci.

"Ragazzo, conosci la strada per Derby House?" chiese lui, incamminandosi verso il giovane.

Ciak!

Ambrose scivolò e quasi cadde sul posteriore. Ritrovò l'equilibrio e fissò i suoi stivali nuovi, ora coperti di sterco di vacca.

Il ragazzino ridacchiò, poi ebbe un sussulto e si coprì la bocca con una mano. Per poco Ambrose non lo imitò.

"Darby House è..." Il ragazzino si stava premendo una mano sul ventre per trattenere le risate. "A circa un chilometro e mezzo dalla parte opposta, signore."

Ambrose avrebbe dovuto saperlo. "Ovviamente." Si pulì gli stivali sull'erba, cercando di rimuovere il regalino delle mucche, ma inutilmente. Avrebbe dovuto presentarsi al picnic dei Darby puzzando di sterco di vacca.

Il lacchè gli aveva dato indicazioni sbagliate? Ambrose frugò nella sua mente, rivivendo il momento in cui il giovanotto aveva fissato il foglio che lui gli aveva mostrato e annuito rapidamente.

"A me sembrano giuste, signore!" aveva detto il lacchè prima di correre al lavoro.

Di certo, lady Alexandra Rockford non si sarebbe abbassata al punto da coinvolgere la propria servitù in piani per far incollerire Ambrose. Lady Alexandra non lo avrebbe fatto... ma la sua piccola, astuta Alex sì. E dopo tutti quei discorsi che avevano fatto quella mattina, quando lui aveva la sensazione di aver cominciato a conoscerla. Appallottolò il foglio con le indicazioni nel palmo della mano. Quando l'avrebbe incontrata, al picnic, si sarebbe vendicato.

Ambrose trascorse la camminata di ritorno a pianificare la sua vendetta per lo scherzo di Alex. A elaborare il modo in cui l'avrebbe allontanata dal resto di quei campagnoli e le avrebbe mostrato cosa significava essere l'unico oggetto della sua attenzione. Quando trovò Darby House, il resto della cittadina e della zona circostante si era radunato di fronte alla grande casa di campagna in stile georgiano. Erano stati eretti dei padiglioni e dei tavoli imbanditi a tè erano già affollati di signore e signori. La brezza leggera comprimeva le gonne delle signore, facendo aderire il tessuto ai loro corpi. Fu una bella visione quando Ambrose notò Alex vicino ai tavoli da tè, assorbita dalla conversazione con Perdita. Entrambe le donne si stavano distrattamente tenendo ferme le gonne mentre ridevano.

Alex era splendida; impossibile negarlo, ora. Ambrose l'aveva ritenuta passabilmente attraente in precedenza, ma più tempo trascorreva con lei, più lei lo frustrava e lo sfidava, più lui si trovava ad ammirarla... ammirarla e *desiderarla*. Voleva prendere in mano quel suo bel mento piccolo e sfiorarle la guancia col pollice e guardare i suoi occhi scurirsi mentre chinava la testa a baciarla.

Quando lei lanciò un'occhiata nella sua direzione, Ambrose le rivolse un sorriso da lupo prima di incamminarsi verso il punto dove un gruppo di uomini stava vicino a una delle grandi fontane.

"Ambrose, ragazzo mio, venite qui!" Rockford lo invitò ad avvicinarsi con un gesto, un ampio sorriso e l'allegria negli occhi.

Impossibile ignorare il calore che sbocciò all'improvviso nel petto di Ambrose di fronte all'accoglienza tanto amichevole dell'uomo più maturo. Rockford era molto simile al padre di Ambrose, un uomo gentile che non si trovava mai senza amici. Una vocina nella mente di Ambrose sollevò una questione.

Perché tu non sei come lui? Cosa ti ha resto tanto freddo e distante?

Lui e il suo amico Gareth erano stati, un tempo, giovani felici a Eton e, più tardi, all'università, ma in un qualche momento tra la fine degli studi e l'età adulta, avevano perso la gioia interiore. Nel caso di Gareth, naturalmente, ciò era giustificato dal fatto che si fosse sposato e avesse perso la moglie, che era morta di parto; questo avrebbe distrutto anche il più forte degli uomini. Ma ora lui aveva Helen ed era tornato a essere il vecchio Gareth che Ambrose aveva creduto di non rivedere mai più.

Io non ho perso nessuno. Non mi sono mai innamorato, né sono mai stato sposato. Allora perché sono così freddo?

Si immobilizzò mentre raggiungeva il gruppo di uomini vicino alla fontana. Sì che aveva perso qualcuno. Lui e Gareth erano stati grandi amici di Vaughn, che ora era il visconte Darlington.

Il padre di Vaughn era morto lasciando al figlio una montagna di debiti, e questi aveva cercato di riprendersi in tutti i modi possibili, spesso vincendo piccole fortune da altri uomini al gioco... non che, a lungo termine, la cosa avesse funzionato. Il patrimonio dei Darlington era ancora impoverito. E quando Vaughn aveva cominciato a usare metodi meno onorevoli per ottenere il denaro che gli serviva, Gareth ed Ambrose si erano allontanati da lui. Non erano riusciti a tollerare i metodi duri che il loro ex-amico aveva usato per mantenere intatte le proprietà di famiglia. Era dura stare dalla parte di un uomo pronto a distruggerne economicamente altri con debiti di gioco. Ma ciò non bastava mai a tenere Darlington House al sicuro dai creditori. Vaughn aveva bisogno di una moglie ricca, che potesse fornirgli una grossa quantità di denaro.

Più di una volta Ambrose e Gareth avevano cercato di convincere Vaughn a rinunciare alla dimora di famiglia e a venderla. Ma lui aveva rifiutato anche solo di prendere in considerazione l'idea e aveva troncato ogni legame con loro.

Perdere il suo amico era stato terribile e il cuore di Ambrose si era tramutato in ghiaccio.

"Sono lieto di vedere che avete trovato la strada! Non vi siete perso, vero?" lo prese in giro Rockford mentre gli dava una pacca sulla spalla quando Ambrose si unì al capannello.

"Perso? No, certo che no." Ambrose ridacchiò e lanciò un'occhiata nella direzione di Alex, che lo stava ancora guardando.

Presto lui l'avrebbe sorpresa da sola e avrebbero avuto una discussione riguardo alle tattiche diaboliche da lei usate per farlo alterare. Una discussione che avrebbe visto la partecipazione di numerosi baci.

❦

IN CIRCOSTANZE NORMALI, ALEX SI SAREBBE divertita al picnic di lady Darby, ma non oggi. Era assonnata e nervosa.

"Hai un aspetto orribile," mormorò Perdita quando Alex là raggiunse vicino ai tavoli da tè.

"Ah sì? Beh, non mi sento meglio." Alex sapeva di essere imbruttita, se era la sua amica a dirglielo. Il suo riflesso, quella mattina, era stato quello di una donna pallida con le borse sotto gli occhi. Era stato impossibile dormire, con la stanza di Ambrose così vicina alla sua. E quella mattina si erano parlati di nuovo, come avevano fatto la notte prima in cucina, condividendo l'uno con l'altra frammenti di loro stessi. L'intimità di quei momenti aveva spaventato Alex. L'uomo aveva dimostrato un grande affetto per sua madre e sua sorella e un'infanzia piena di ricordi felici al pari di quella di Alex.

Ciascuno di noi protegge il suo cuore. Quell'elemento in comune la inquietava.

"Ma ho una notizia che ci rallegrerà entrambe. Ho messo in moto un piano per rispedire il signor Worthing a Londra!"

La sua amica si coprì la bocca. "Oh, no. Alex, cos'hai fatto?"

"Un paio di cose... Gli ho dato indicazioni false, per spedirlo al campo dove pascolano le vacche del signor Merryweather piuttosto che a casa tua. Se il mio piano avrà successo, il signor Worthing potrebbe perdersi completamente il picnic."

Perdita e Alex scoppiarono entrambe a ridere.

"Sei stata davvero cattiva. Ma non capisco. Pensavo che, magari, tu e il signor Worthing potevate aver deciso di trovarvi simpatici e che non eravate nemici mortali."

Perdita abbassò lo sguardo, passando un palmo sull'abito da passeggio verde pallido.

"Simpatici? Santo cielo, Perdita, io non trovo certo simpatico quell'uomo."

Perdita si versò una nuova tazza di tè e vi lasciò cadere dentro due zollette di zucchero. "Ero davvero convinta che, forse... perché, ecco..."

"Perché..." Alex fissò la sua amica, chiedendosi cosa volesse dire Perdita. Il fatto che la sua più cara amica sembrasse ritenere che tra lei ed Ambrose ci fosse della simpatia non era rassicurante.

"Non sei andata a letto col signor Worthing, vero?" Perdita aveva cambiato leggermente argomento e ad Alex non piaceva dove la domanda stava andando a parare.

Sbiancò. "No! Certo che no. Perché hai detto una cosa del genere?"

Le guance della sua amica si imporporarono. "Oh, Alex, mi dispiace. Non volevo insinuare nulla; è solo che, dopo il ballo, una settimana fa... tu e lui sembravate così... Ma tu guarda, sembra che sia sfuggito alle mucche del signor Merryweather..." Perdita non concluse il discorso. Il suo sguardo era fisso su qualcosa alle spalle di Alex.

Alex voltò la testa per seguire lo sguardo della sua amica. C'era un gruppo di uomini vicino a una fontana al centro del giardino. Ambrose era appena arrivato e, quando la vide, le sorrise. Era un'espressione predatoria, ma invece che spaventarla, essa la fece arrossire e le provocò un formicolio in certi punti segreti.

Dopo che loro due si furono semplicemente fissati

per un istante, Ambrose raggiunse il capannello di uomini, tra cui era presente il padre di Alex. Il conte gli diede una pacca sulla spalla e lo accolse tra gli uomini. Ambrose prese subito posto tra di loro e appoggiò uno stivale sul bordo della fontana, per poi chinarsi con un avambraccio posato sul ginocchio sollevato. Cominciò a parlare e, a occhio, gli uomini di Lothbrook ascoltarono avidamente, compreso il padre di Alex.

Lei sospirò e si voltò verso Perdita. "Ci siamo visti, dopo il ballo."

Lo sguardo di Perdita corse a lei. "Ma avevi detto..."

"Abbiamo solo parlato. Lui mi ha trovato in cucina, mentre mangiavo la mia crostatina post-ballo."

"Avete parlato?" Perdita ridacchiò. "Di cosa parlano i libertini?"

"Delle loro sorelle, a quanto pare." Alex non riuscì a trattenere un sorriso al ricordo.

"Il signor Worthing ha una sorella?" Perdita rizzò le orecchie di fronte alla notizia, la qual cosa spinse Alex ad ammettere quanto le sarebbe mancata la sua amica. Perdita sarebbe partita per Londra nel giro di qualche settimana, perché sua madre era decisa a portarla ad alcune cene e ad alcuni balli nella speranza di accalappiare un aristocratico impoverito e disperato. Il padre di Perdita era un umile gentiluomo di campagna e sua madre era sempre alla ricerca di un titolo.

"Sì, Violet sembra proprio una cara ragazza. A quanto pare, vive con una zia ossessionata dalla moda."

"È un peccato che tu non abbia potuto invitarla qui.

Sarebbe stato un modo sicuro per smorzare l'ardore del signor Worthing: di certo, lui non ti sedurrebbe con la sorella qui."

"Sedurmi? Perdita, lui non farà nulla del genere."

Perdita inarcò le sopracciglia, ma nessuna di loro disse nulla mentre due signore si recavano ai tavoli per prendere alcuni sandwich. Alex e la sua amica sorseggiarono il loro tè, rivolsero cenni del capo alle altre signore e mormorarono saluti di circostanza. Una volta che le signore si furono allontanate, Perdita avvicinò il viso a quello di Alex.

"Il modo in cui il signor Worthing ha reagito a te durante il ballo suggerisce diversamente. Sembrava che volesse mangiarti come se *tu* fossi la deliziosa crostatina."

"Perdy!" Alex scoppiò a ridere.

Gli uomini vicino alla fontana si voltarono nella loro direzione, curiosi di vedere cosa l'avesse fatta scoppiare a ridere tanto fragorosamente. Gli occhi marroni di Ambrose erano caldi e scuri quando si posarono su di lei. Qualcosa di altrettanto caldo e scuro si risvegliò in Alex. Lo sguardo dell'uomo prometteva baci sconvolgenti, mani vagabonde e predominio appassionato.

"Stai arrossendo, cara," mormorò Perdita da dietro la tazza di tè.

Alex rimase di stucco e abbassò la testa. Gli uomini attorno ad Ambrose si separarono e lui si incamminò nella loro direzione.

"Dovremmo chiedergli delle mucche del signor Merryweather?" mormorò ridacchiando Perdita.

"Ah, taci!" Alex si morse il labbro per non ridere. Sarebbe stato decisamente poco signorile, anche se lei aveva una gran voglia di mettersi a saltellare per la gioia.

"Signore." Ambrose inclinò la testa.

"Signor Worthing." Perdita si alzò e lanciò un'occhiata ad Alex. "Qualcuno vuole dell'altro tè?" offrì.

Alex ed Ambrose scossero entrambi la testa.

Non appena Perdita si fu allontanata fino al tavolo più lontano, lasciandoli soli, Ambrose offrì la mano ad Alex.

"Facciamo una passeggiata?"

Era un'idea terribile, lei lo sapeva, ma non riuscì a trattenersi. Mise la mano in quella di Ambrose, permettendogli di farla alzare. Lui la prese sottobraccio; l'azione li avvicinò e l'intimità che ne derivò scaldò Alex dentro.

"Muoio dalla voglia di sapere per cosa steste ridendo voi e la signorina Darby." Ambrose la accompagnò lungo il tortuoso roseto e verso un'arcata distante che conduceva lontano dai giardini.

"Non stavamo parlando di voi, se è questo che credete." Il tono di voce di Alex era leggermente piccato, ma lo era perché lei si sentiva decisamente in colpa, considerato che l'accusa dell'uomo era fondata.

"A dire il vero, lo credo."

Raggiunsero l'arcata e la oltrepassarono. Si lasciarono alle spalle il giardino pieno di ospiti, mentre di fronte a loro c'era una radura boscosa.

"Dove stiamo andando?" Alex si fermò quando si rese conto che erano quasi fuori portata di vista e di grida dagli altri ospiti.

"A fare una chiacchierata, mia cara. È ora di parlare del porridge salato, del pascolo, ed è ora che io faccia questo..."

Ambrose la fece voltare e lei si ritrovò spinta contro la sua bocca mentre l'uomo la faceva sua con un bacio.

Ambrose catturò le sue labbra in un bacio vorace. Alex gli percosse il petto con le mani in un misto di sorpresa e protesta, ma quando lui le circondò il viso con le mani e approfondì il bacio, le dita ruvide contro la sua pelle, lei dovette ammettere che non voleva che l'uomo si fermasse.

Un brivido la percorse quando sentì la lingua di Ambrose percorrere le sue labbra chiuse, premendo contro la linea che era la sua bocca, e lei si chiese cosa fare. Era nuova a quel genere di intimità, mentre lui ne era esperto. Chiuse gli occhi sbalordita, in attesa di sperimentare ciò che lui le avrebbe insegnato con le mani e la bocca.

"Apritevi a me, tesoro," mormorò Ambrose contro la sua bocca; e lei obbedì.

Un piccolo gemito le sfuggì quando la lingua

dell'uomo si infilò tra le sue labbra. La sua lingua cercò quella di lui, giocando con essa, e Alex si crogiolò nella sensazione perversa di baciare un uomo in quel modo. Non c'era nulla di casto, nulla di dolce. Era un bacio intenso, carnale, piacevole, che lei non voleva finisse.

Ambrose le passò un braccio attorno alla vita, ansimando piano mentre la faceva muovere all'indietro. Alex inciampò su un mucchietto d'erba e tutti e due caddero a terra. Condivisero una risata sconcertata, ma Ambrose richiese poi nuovamente la sua attenzione, modellando il corpo di lei al suo. L'uomo rallentò il proprio dolce assalto ai suoi sensi, tirandosi indietro per guardarla. Appoggiato com'era sui gomiti, l'inguine premuto contro quello di Alex, l'aveva intrappolata completamente; e tuttavia, fu la domanda negli occhi di Ambrose a distruggerla. In quel momento, lei capì che, se gli avesse ordinato di alzarsi, lui avrebbe dovuto liberarla. Era un'idea rassicurante, eppure anche lei si sentiva al comando della situazione, il che la faceva sentire al sicuro, anche se stavano facendo qualcosa che avrebbe potuto portare alla rovina di Alex nel caso fossero stati scoperti.

"Dio, quanto siete bella," mormorò Ambrose.

L'uomo chinò la testa, le leccò le labbra e le mordicchiò. Alex piagnucolò, sfregando l'inguine contro il suo, in cerca di qualcosa che comprendeva a malapena. Era difficile da descrivere, ma dal momento in cui lui l'aveva baciata, lei aveva cominciato a cedere agli impulsi selvaggi nati dall'oscurità che aveva dentro, a un bisogno perverso di sentirlo, di giacere nuda con lui nell'erba senza curarsi di ciò che avrebbero pensato gli altri.

"Voi mi state uccidendo, dolcezza," ringhiò Ambrose a mo' di avvertimento.

"Mi fa male... pulsa," confessò lei contro il collo dell'uomo. Gli mordicchiò il lobo dell'orecchio destro prima di dargli una serie di baci sul collo. La pelle di Ambrose era leggermente salata a causa di un sottile velo di sudore e lei trovò la cosa stranamente erotica. Ambrose non era una fantasia da lei creata: era un uomo vero, che la stava baciando e la stava facendo impazzire dalla voglia.

Le mani di Ambrose si fecero frenetiche, strattonandole l'abito, sollevandoglielo sopra i fianchi. L'uomo le sollevò le sottogonne fino a infilarle una mano nelle mutande e toccarle il sesso. Alex ebbe un sussulto di fronte a quel tocco improvviso, possessivo ma delicato.

"Se volete che mi fermi, ditemelo," mormorò l'uomo, tra un bacio sulle labbra e l'altro.

"No, non... fermatevi..." Alex respirava affannosamente mentre cercava di tenere il passo dell'eccitazione incontrollata che andava accumulandosi nel suo corpo. Era un'idea assolutamente terribile e lei non riusciva a capire perché volesse che l'uomo la toccasse e la baciasse, quando si conoscevano da un giorno, ma c'era qualcosa in lui che la faceva impazzire un poco...

Ambrose rubò un altro bacio prima di infilarle un dito tra le cosce e dentro di lei.

"Oh!" Alex si ritrasse di fronte al senso di intrusione.

Era spaventoso, eccitante e strano. Lui la stava toccando lì, dentro. Alex fremette e si aggrappò ad Ambrose, guardandolo negli occhi, cercando indizi del fatto che si sarebbe spinto troppo in là prima che lei fosse pronta. Ma nello sguardo dell'uomo c'era solo una fame dolce e bruciante, che si sovrapponeva al senso di urgenza che Alex provava dentro di sé.

"Shh... rilassatevi, dolcezza," la incoraggiò l'uomo.

Lei gli circondò il viso con le mani e lo baciò, rilassandosi di fronte al suo tocco.

Il respiro di Alex la abbandonò in un soffio leggero quando Ambrose cominciò a fare dentro e fuori col dito. La penetrazione si fece più profonda e più rapida. Ambrose la manipolò in maniera sensazionale con le mani e con le labbra, creando una sinfonia fisica di piacere. Essa crebbe sempre di più, la tensione dentro Alex serrata come una fascia di ferro. Quando la lingua dell'uomo cominciò a imitare gli affondi erotici del suo dito, fu troppo per il suo corpo. Alex esplose in un milione di stelle luccicanti, l'orgasmo che la lacerava come una violenta ondata di marea.

Quando fluttuò finalmente a terra, era vagamente consapevole della mano di Ambrose che la abbandonava e le riabbassava le gonne fino alle ginocchia. L'uomo gemette nel cambiare posizione sul terreno.

"Per tutti i diavoli, per un po' non potrò camminare," ansimò in preda a una palese frustrazione.

Confusa, Alex abbassò lo sguardo sul grembo di Ambrose e vide il rigonfiamento nei suoi pantaloni.

"Siete... avete bisogno che io..." Doveva ammettere di essere molto affascinata dall'idea di toccare l'uomo come lui aveva toccato lei. Ambrose le aveva dato piacere e, di certo, era giusto che lei ricambiasse... anche se non aveva la più pallida idea di cosa fare, a parte toccarlo.

Ambrose buttò la testa all'indietro e sospirò. "Non vi chiederò una cosa del genere, tesoro. Siete molto gentile, ma..." Scosse la testa.

"Voglio farlo." Alex allungò la mano verso la pattina dei pantaloni dell'uomo e il corpo di questi reagì con un sussulto al suo tocco esplorante.

"Cazzo!" La volgare imprecazione di Ambrose avrebbe fatto arrossire Alex, se lei non fosse stata già paonazza per la determinazione di scoprire i segreti del corpo di lui.

"Cosa devo fare?" chiese in un respiro roco, passando le dita lungo l'asta eretta dell'uomo.

Una luce feroce illuminò gli occhi di Ambrose mentre la guardava stuzzicarlo delicatamente con le dita.

"Dovete muovere la mano su e giù, dolcezza. Per favore." Ambrose si sporse in avanti, seppellendo il viso nell'avvallamento ansimante dei suoi seni mentre appoggiava una mano sulla sua, facendole da guida. L'uomo ondeggiò contro il corpo di Alex, riecheggiando i movimenti del sesso mentre la mano di lei manteneva una presa ferma attorno al suo membro liscio e duro.

Ambrose sollevò la testa al momento della sua

gloriosa venuta, fissando lo sguardo in quello di Alex. Ciò che lei vide le mozzò il fiato: desiderio violento e squisito, mescolato allo stupore e a qualcosa di tenero. Ambrose era bellissimo, un dio, e si stava muovendo in mezzo alle cosce aperte di Alex come se lei fosse stata il suo paradiso personale. Qualcosa di caldo spruzzò la mano di Alex ed Ambrose grugnì per il piacere, fremette e si lasciò cadere pesantemente su di lei.

Ansimando, le appoggiò di nuovo la testa sul petto, sfregando il viso contro i capezzoli eretti a malapena celati dall'abito. Di certo non esisteva al mondo nulla di meglio di quello: il sole caldo sulla pelle nuda, la sensazione dell'erba fresca come seta sotto di lei e il peso di Ambrose sopra di lei. L'uomo le diede teneri baci sulla guancia, il respiro lento e rilassato come se fosse sul punto di addormentarsi. Ogni muscolo del corpo di Alex era rilassato e lei si sentiva languida, quasi pigra. Ci sarebbero volute la signora Darby e il resto delle matrone di Lothbrook in parata anche solo per farle sollevare la testa.

L'improvvisa immagine di quelle matrone fece sussultare Alex e la lucidità cominciò a penetrare la deliziosa foschia che aveva invaso la sua mente. La signora Darby, o chiunque altro, avrebbe potuto spostarsi in quel luogo e vederli!

La razionalità cominciò a ritornare, lentamente e dolorosamente. Alex giaceva appena fuori dal giardino, con un libertino dal cuore di ghiaccio in mezzo alle gambe; la sua vita avrebbe potuto essere distrutta se qualcuno li avesse visti.

"Cosa abbiamo fatto?" gemette, cercando di spingere via Ambrose. Con un grugnito di protesta, l'uomo le si levò di dosso e si sdraiò sulla schiena, noncurante del fatto che le sue parti maschili fossero completamente esposte.

"Abbiamo appena avuto uno dei picnic migliori di sempre." Ambrose ridacchiò; quando guardò nella sua direzione, un sorriso da scolaretto lo rese assolutamente irresistibile.

Alex dovette trattenersi dal ricambiare il sorriso. Mentre si risistemava, diede uno scappellotto sulla spalla dell'uomo. "Bontà divina, sistematevi i pantaloni! Avete tutto al vento e qualcuno potrebbe vederci! Vedere voi!" Non riusciva a immaginare quali orrori si sarebbero verificati se le matrone di Lothbrook avessero posato lo sguardo sulla notevole appendice mascolina di Ambrose mentre lui se ne stava sdraiato in mezzo all'erba come un dongiovanni italiano. Forse sarebbero morte di paura, o sarebbero rimaste sconvolte dallo scandalo.

Con una risatina sensuale, l'uomo si sistemò i pantaloni e poi le palpeggiò una coscia nuda con fare possessivo. "Godetevi i postumi, dolcezza. Potrete darmi una lavata di capo in seguito."

Alex avrebbe voluto ribattere, ma quando Ambrose allungò una mano, le tappò la bocca e la fece sdraiare nuovamente sull'erba accanto a sé, lei si immobilizzò e si rilassò. L'uomo le tolse la mano dalla bocca e le accarezzò delicatamente le clavicole.

Era bello... troppo bello.

"Rilassatevi per un momento," la incoraggiò lui. "Non lasciate che quello che abbiamo fatto si guasti. A volte, questo momento è piacevole quanto l'estasi in sé." Ambrose parve quasi sorpreso di fare quell'ammissione.

"Non vi capita spesso di stare così, dopo?" gli chiese lei, appoggiandogli una mano sul petto. La seta del gilet dell'uomo era morbida sotto le sue dita e lei rimase meravigliata dalle complesse cuciture di quello splendido indumento.

"Ecco... di solito, no," disse Ambrose in un sospiro. "Mi sento raramente così... soddisfatto." Un sorrisetto gli curvò le labbra e, per qualche ragione, Alex adorò ancora di più quel sorriso, perché esso non era forzato o falso. Ambrose era se stesso; semplicemente Ambrose, non un libertino intento a lasciarsi alle spalle una scia di cuori infranti.

Alex ed Ambrose giacquero insieme, i corpi premuti l'uno contro l'altro, i respiri che si mescolavano, senza che nessuno dei due parlasse. Ogni tanto, il corpo di Alex si contraeva, i suoi muscoli profondi colti da uno spasmo di piacere.

"Mi pare di capire che sia stato il vostro primo orgasmo," disse Ambrose poco dopo. Alex annuì tremante. "Che ne pensate?"

Lei rise piano. "Capisco perché le persone proteggono sempre le donne nubili da uomini come voi. Siete pericoloso. *Questo*," disse, accennando alla posizione dei loro corpi, "è pericoloso."

Ambrose strinse la presa del braccio attorno alla vita di Alex e sospirò. "Lo prendo come un complimento."

Alex era convinta che presto si sarebbero alzati, ma Ambrose continuava a stringerla e a lei piaceva sentirsi così vicina a lui. L'uomo le scostò un ricciolo vagabondo dalla guancia.

"Alex, perché non siete mai venuta a Londra? Non avete debuttato. La figlia di un conte sarebbe molto richiesta durante la stagione." Il dorso delle dita dell'uomo le accarezzò la guancia, poi lui le prese il mento in mano. L'altra mano giocherellava col tessuto dell'abito di Alex; erano gesti troppo intimi, cose che avrebbe fatto un amante.

"Londra non mi interessa. Mi piace la campagna."

"Alex," la ammonì Ambrose. "So che c'è dell'altro. Non avete mai tentato di mettervi sul mercato dei matrimoni. Perché?"

Alex arrossì. Non voleva parlare di Marshall o di come il suo cuore non si fosse mai ripreso dalla sofferenza che era stata la rottura, da parte dell'uomo, del loro fidanzamento segreto. Andare a Londra avrebbe significato affrontare Marshall e la sofferenza del passato.

"Sarebbe meglio andare. Siamo già stati lontani troppo a lungo. Qualcuno potrebbe accorgersene."

Ambrose si mise seduto e la guardò con aria scettica.

"Vi è permesso avere dei segreti, dolcezza. Dio sa che io ne ho così tanti che potrei riempirci una casa in Half Moon Street. Ma la gente parla."

"La gente parla?" Dio, come suonava stridula, la voce di Alex. "Quale gente?"

"La gente." Ambrose distolse lo sguardo.

"Chi?" Alex lo afferrò per il fazzoletto e gli diede uno strattone, attirando la sua attenzione.

"Gli uomini nei club."

"Volete dire che si parla di me nei club?" Era un vero e proprio tabù. Nessun gentiluomo avrebbe mai dovuto anche solo pronunciare il nome di una signora in un club. E se ciò accadeva, era un male. Un grosso male. Un fremito di terrore la percorse, lasciando dentro di lei una sensazione di vuoto che sembrava allargarsi a ogni istante che passava.

"Sì, più o meno."

Alex ingoiò il terrore e cercò di introdurre l'argomento in maniera più logica possibile. Si acigliò. "Sono nei libri delle scommesse?"

Ambrose inarcò le sopracciglia. "Sapete dei libri?"

"Ma certo che lo so. Non sono stupida. Su cosa si scommette?"

Ambrose aprì la bocca, i suoi occhi marroni improvvisamente guardinghi. Prima che lui potesse rispondere, si udì la voce di Perdita che li chiamava dall'altro lato del muro del giardino.

"Faremo meglio ad andare." L'uomo la aiutò ad

alzarsi e le controllò capelli e abito in cerca di foglie e fili d'erba. Quando entrambi furono presentabili, Ambrose la riaccompagnò in giardino.

Perdita corse da loro e spalancò gli occhi. "Dove eravate? Non crederete mai a quello che è successo!" Stava blaterando talmente in fretta che Alex le afferrò il mento e strinse dolcemente fino a quando il viso di Perdita non si rilassò e lei guardò la sua amica con le labbra contratte.

"Scusa, Perdy, ma stavi blaterando." Alex sorrise e lasciò cadere la mano. "Ora, cosa c'è?"

"È uno scandalo, ecco cosa c'è!"

Alex lanciò un'occhiata colma di panico a Ambrose. Qualcuno li aveva visti? L'uomo scrollò furtivamente le spalle.

"Quale scandalo?"

"È arrivato il visconte Darlington. Nessuno l'ha invitato: è semplicemente venuto qui con la sua carrozza ed è entrato! La mamma è svenuta quando lui si è chinato a baciarle la mano. Tutte le donne hanno fatto capannello attorno a lui. Non c'è nulla come un gentiluomo titolato e impoverito, col corpo di un dio romano. Sai che qualunque donna con una dote decente sarebbe felice di sposarlo. Dio, spero che mia madre non si metta in testa di comprarmi un titolo. Detesterei essere sposata a un uomo che mi vuole solo per il mio denaro, non importa quanto egli sia bello da guardare."

Quando Perdita, finalmente, smise di parlare, Alex

ebbe modo di trarre un sospiro di sollievo. Ma quando guardò Ambrose, vide che egli non era calmo. Le spalle dell'uomo erano tese e i suoi pugni leggermente serrati.

Mentre Perdita li riaccompagnava verso la residenza dei Darby, Alex si avvicinò furtivamente a Ambrose.

"Cosa c'è?"

Le narici di Ambrose fremettero. "Darlington? Promettetemi che lo eviterete, Alex. Al confronto, io sono lo stramaledetto Principe Azzurro."

"Ho sentito dire che era un uomo pericoloso, ma pensavo fosse una metafora."

"Non lo è. Darlington ha ucciso degli uomini in duello ed è un uomo dominante, Alex. Mi capite?"

Alex rimase di stucco. "Sono certa vogliate dire che non è di gusti difficili..."

Ambrose gemette in preda all'esasperazione. "È il genere d'uomo che lega le donne e le percuote sul sedere, Alex. Non voglio che vi avviciniate a lui. Promettete." La prese per un braccio, fermandola un attimo prima che entrassero nei giardini dei Darby.

"Per quanto mi piacerebbe non essere d'accordo con voi, credo che forse abbiate ragione. Mi terrò lontana da lui."

Ambrose trasse un sospiro di sollievo.

La visione che li accolse al centro del giardino era in parte comica e in parte sconvolgente. Un uomo dalla pelle baciata dal sole e i capelli biondo ghiaccio era in piedi nel bel mezzo del giardino, con le braccia incrociate, a guardare storto il cerchio di signore che si contendevano le sue attenzioni. La luce fredda nei suoi occhi azzurri gelò il sangue di Alex. Quello non era un uomo da contrariare. La sua corporatura muscolosa e le sue grosse mani avevano un'aria assolutamente letale, proprio come il sorriso letale e seducente che sfoderò quando intravide lei ed Ambrose.

"Worthing. È bello rivedervi." Darlington inclinò la testa. Le signore si voltarono come un solo essere, momentaneamente distratte.

"Darlington."

Alex non poté ignorare l'acciaio sotteso nella voce vellutata di Ambrose.

Darlington mosse una mano con fare imperioso e le signore che cinguettavano attorno a lui come uccellini colorati si divisero, in modo che lui potesse recarsi da Alex. L'uomo si chinò sulla sua mano, stuzzicandole le nocche con le labbra, i suoi capelli biondi un'allettante aureola di colore. Quando egli sollevò la testa, i suoi occhi azzurri le parvero profondi laghi di zaffiro, illuminati da un fuoco interiore.

"Ho sentito parlare molto di voi, lady Alexandra Rockford." Darlington le lasciò la mano e si raddrizzò.

"Immagino." Il tono di voce di Alex era leggermente più freddo di quanto fosse decoroso.

Avvertì l'insidioso sospetto che anche il visconte avesse letto il libretto delle scommesse. Alex poteva anche essere, sotto molti aspetti, innocente, ma non era stupida. L'arrivo inaspettato del visconte Darlington al tranquillo villaggio di Lothbrook non era una coincidenza. Qualunque fosse la scommessa a cui aveva accennato Ambrose, c'era di mezzo lei. Probabilmente, Darlington puntava a vincere. Dal canto suo, Alex temeva il contenuto di una scommessa capace di preoccupare un libertino come Ambrose Worthing.

❧ 8 ❧

"Cosa vi porta a Lothbrook, lord Darlington?" chiese Alex, usando un tono di voce deliberatamente freddo. Sentiva il calore emanato dal corpo di Ambrose, subito alle sue spalle, che le ricordava le parole dell'uomo riguardo al fatto che Darlington fosse pericoloso. Se il visconte si era fatto vivo lì e non altrove, doveva esserci una ragione specifica – come il desiderio di vincere una scommessa.

All'improvviso, Alex fu molto felice della presenza di Ambrose. Questi poteva anche essere un libertino, ma fino a quel momento si era comportato in maniera assolutamente onesta. Alex aveva la sensazione che quel tale lord Darlington si sarebbe rivelato l'esatto opposto. L'uomo aveva occhi fatti per nascondere segreti e labbra che sembravano fatte per pronunciare dolci menzogne capaci di sedurre una fanciulla innocente e farle commettere un errore. Ambrose non era meno pericoloso, ma non sembrava mai nascondere i propri desideri o le proprie intenzioni, e per quel motivo da solo lei lo rispettava e si fidava di lui.

"Oh, il bisogno di crogiolarmi in questa idilliaca campagna. Londra è ormai noiosa; non siete d'accordo, Worthing?" Mentre il visconte parlava, il suo sguardo penetrante si spostò dal viso di Alex per posarsi su qualcosa appena oltre la sua spalla. L'atteggiamento dell'uomo proiettava un'apparenza annoiata, come se qualunque luogo in cui si trovasse – Lothbrook incluso – gli fosse del tutto indifferente.

Alex resistette all'impulso di seguire lo sguardo di Darlington. Sapeva d'istinto che l'uomo stava guardando Ambrose.

"Non sono d'accordo: Londra offre numerosi svaghi. Forse dovreste tornarci, considerato che ve li state perdendo," suggerì Ambrose, la voce contenente una leggera nota di minaccia che Darlington non mancò di notare.

La tensione tra i due uomini divenne palpabile al punto da attirare l'attenzione della madre di Perdita e di un gruppo di signore non molto distanti. Il cinguettio remoto delle matrone era cessato quanto queste avevano concentrato la loro attenzione su Alex e il suo gruppetto.

"Detesto interrompere," mormorò Perdita, "ma le temibili madri ci stanno guardando. Potremmo sederci a bere un po' di limonata?"

"Ottima idea, signorina Darby. Vi accompagno," si

offrì Darlington, tutto buone maniere mentre offriva la mano a Perdita. Quest'ultima esitò per un istante, per poi arrossire mentre accettava infine l'offerta. Non appena Darlington voltò le spalle, Ambrose afferrò la mano di Alex e la avvicinò a sé, avvicinandole la testa all'orecchio. Lei si guardò attorno nervosamente, ma dato che Darlington si era incamminato verso i tavoli della limonata, il libertino e Alex non erano più così interessanti.

"Alex," mormorò Ambrose, "quell'uomo è pericoloso. State lontana da lui. Non rimanete da sola con lui. Vi rovinerà."

Alex aprì la bocca per parlare, ma poi annuì. C'era una disperazione ferina, negli occhi e sul viso di Ambrose, che la spaventava. Se lui, un libertino inveterato, era preoccupato da un uomo come Darlington e dalle sue intenzioni nei confronti di Alex, beh... Alex non sapeva come descrivere la cosa, ma una paura profonda le lacerò le interiora, provocandole tensione e facendole girare un poco la testa. Per la seconda volta, si chiese se Ambrose non sapesse esattamente quale fosse la scommessa scritta nel libretto che riguardava lei e se Darlington fosse coinvolto.

"Bene." Ambrose si rilassò un poco. "Bene," ripeté.

Perdita e Darlington, coi loro bicchieri di limonata in mano, li raggiunsero. Alex deglutì e cercò di sorridere.

"Tutto bene?" chiese Darlington, muovendo lo sguardo tra lei ed Ambrose.

"Certo," risposero loro due all'unisono, la qual cosa attirò l'attenzione tanto di Perdita quanto di Darlington.

L'amica di Alex, astuta come sempre, non mancò di notare la silenziosa ammonizione di Alex e distrasse immediatamente Darlington.

"Quanto rimarrete con noi, lord Darlington?" chiese Perdita, prima di sollevare il bicchiere di limonata e berne un sorso. Di loro quattro, Perdita sembrava la più composta. Alex notò l'espressione lupina di Ambrose e il rilassamento leonino di lord Darlington, e ne rimase confusa.

C'era qualcosa che non tornava, nell'arrivo inaspettato di Darlington, e lei non aveva dimenticato l'ammonizione di Ambrose sul fatto che lei fosse nel libretto delle scommesse di un club di gentiluomini. Il che non era mai un bene. Ma cosa poteva farci Alex? Le donne non avevano alcun controllo su ciò che accadeva nei club. Qualunque cosa stesse succedendo, non c'entrava solo il fatto che Ambrose sospettasse di Darlington in base alla scommessa, quale che essa fosse. Lo scambio di occhiate tra i due – il cipiglio di Ambrose e il divertimento di Darlington – sembrava troppo... personale. La turbava.

"Pensavo di restare fino a quando nessuno mi caccerà," rispose Darlington, lo sguardo ancora su lei ed Ambrose.

"Allora potrebbe volerci un po'. Mia madre è molto felice della vostra presenza." Perdita finì la sua limonata e guardò Alex. "Alex, cara, stavo pensando di andare a prendere un altro bicchiere. Tu ne gradisci ancora uno?"

Alex fissò il proprio bicchiere, ancora pieno di limonata, e tanto Ambrose quanto Darlington ne presero nota, Ambrose accigliandosi e Darlington con un sogghigno ironico.

Alex si lasciò trascinare da Perdita fino al tavolo della limonata e, insieme, loro due si misero a confabulare.

"È palese che l'arrivo di Darlington non è una coincidenza," mormorò Perdita.

"No, temo di no. Ambrose mi ha detto di stare lontana da lui e io credo..." Alex si morse il labbro prima di proseguire. "Credo che c'entri qualcosa una scommessa scritta nel libretto di uno dei club di Londra.

"Cosa?" sibilò Perdita, gli occhi spalancati per la sorpresa. "Il tuo nome è in un libretto di scommesse?"

"Shh!" la ammonì Alex quando alcune signore vicine guardarono nella loro direzione.

"Che genere di scommessa?" chiese Perdita mentre lei e Alex si inoltravano nel giardino. Perdita era pallida e si leccò le labbra. "Alex, non è un bene che il tuo nome sia in quel libretto. Hai idea di quale sia la scommessa?"

"Non lo so. Ambrose non vuole dirmelo." Alex era stupita dalla reazione della sua amica. "Qual è il problema?"

Perdita aggrottò le sopracciglia, lo sguardo troppo serio, e questo non fece che incrementare l'ansia di Alex. "Mio fratello Thomas mi ha parlato di quei libretti. A volte, le scommesse sono frivole, ma altre volte sono molto serie. Ho paura per te, Alex. Se tu sei l'oggetto di una scommessa, ciò non può essere un bene. Di solito, significa che un uomo ha scommesso che riuscirà a sedurti."

Alex deglutì a fatica. Sì, sarebbe stato un male – un grosso male. Se degli uomini a Londra stavano complottando per rovinarla, la situazione era decisamente seria. Lei aveva sentito parlare di uomini che avevano fatto di tutto per rovinare delle donne. C'erano sempre storie di cacciatori di dote disperati che convincevano qualche giovane a fuggire a Gretna Green per sposarsi clandestinamente, contro il volere della famiglia. Ma non era tutto. Di recente, Alex aveva appreso che un duca aveva rapito una giovane donna il cui zio lo aveva defraudato di un investimento. Per fortuna, la coppia aveva finito per sposarsi, ma lo scandalo era stato per mesi sulla bocca di tutti, a Londra. Alex poteva immaginare che un uomo fosse disposto a rapire una donna per vincere una scommessa, nel caso ci fosse di mezzo una forte somma di denaro.

"Devi convincere il signor Worthing a raccontarti i particolari della scommessa. In questo modo, potremo stare meglio in guardia," suggerì Perdita.

Ambrose non aveva voluto rivelarle tanti dettagli, prima. Alex dubitava che fosse in grado di convincerlo a fare qualcosa che non desiderava.

"Perdy, potresti distrarre lord Darlington finché rimarrà qui? Temo che Lothbrook sia un posto troppo piccolo e, quali che siano le sue intenzioni, lui potrebbe anche avere successo." Sapeva che stava chiedendo molto alla sua amica, la quale avrebbe rischiato a sua volta la rovina distraendo un noto farabutto, ma non avevano molta scelta.

"Posso provarci. Sono sicura che la mamma ci aiuterà – senza saperlo, naturalmente. È innamorata dell'idea di accoppiarci."

"Cosa?" Era una novità per Alex. "Come fai a saperlo?"

La sua amica colse un fiore selvatico dal folto mucchio che un giardiniere distratto non aveva rimosso. Perdita giocò coi petali rossi e sospirò.

"La mamma vuole comprarmi un marito, e un lord titolato con un disperato bisogno di denaro è una preda facile. Sicuramente, lei cercherà di accalappiarlo per me. Abbiamo già avuto delle occasioni, ma nessuno degli altri lord impoveriti era..." Perdita arrossì. "Beh, la mamma vuole dei nipotini molto belli ed è svenuta dopo aver dato un'occhiata a lord Darlington. Lo inseguirà per conto mio, se vedrà una possibilità di convincerlo a sposarmi."

"Oh, Perdita." Il cuore di Alex si gonfiò di solidarietà e lei abbracciò la sua amica. "Non sposerai un uomo solo perché lo vuole tua madre, vero?"

Perdita esitò, gli occhi un po' troppo lucidi. "Normalmente, direi di no, ma... confesso che lord Darlington è piuttosto affascinante. È il genere d'uomo di cui potrei innamorarmi, ma non sono una ragazzina appena uscita da scuola. Lui mi spezzerebbe il cuore se io osassi affidarglielo. Onestamente, non so cosa farei se lui chiedesse la mia mano. Immagino che dovrei essere grata per il fatto che egli sia più interessato a te. Ma, d'altro canto, lui non vuole sposarti; probabilmente vuole solo rovinarti." Perdita ridacchiò con sarcasmo. "Cara Alex, siamo messe proprio bene, eh?"

"Già." Alex sollevò il mento e gettò un'occhiata attraverso il grande giardino dei Darby, trovando il punto in cui Darlington ed Ambrose stavano parlando.

"E se andassi a Londra?" chiese all'improvviso.

"Londra?" Perdita lasciò cadere a terra il fiore selvatico. "Perché Londra?"

"Non capisci? Potrei nascondermi in piena vista. Lord Darlington non avrà occasione di compromettermi se saremo sempre in pubblico. Io non abbasserò la guardia nemmeno per un istante e lui non avrà la possibilità di rovinarmi. A Londra c'è mia madre; penserà lei a fare in modo che ci sia sempre qualcuno ad accompagnarmi."

Lo sguardo della sua amica si fece più acuto mentre rifletteva su quel nuovo piano. "Sì, sì, hai ragione. Potrebbe funzionare."

Alex afferrò le mani della sua amica. "Verresti anche tu, Perdy?"

"Ma certo," confermò Perdita. "Ci sono alcuni luoghi che vorrei visitare; sono secoli che non vado a Londra."

Alex sorrise nella luce. "Allora affronteremo Londra

assieme." Sapeva che, nonostante il desiderio di sua madre di darla in sposa, Perdita aveva evitato Londra proprio come lo aveva fatto lei dal suo debutto in società. Nessuna di loro due aveva avuto alcun interesse a sposarsi semplicemente per compiacere qualcun altro.

"Siamo d'accordo, allora." Perdita ricambiò il sorriso. "Fuggiremo a Londra." Ed entrambe scoppiarono a ridere di gusto.

AMBROSE GUARDÒ ALEX E PERDITA GONGOLARE E scambiarsi occhiate complici all'estremità più remota del giardino. Accanto a lui stava Vaughn Darlington, cupo e silenzioso.

Com'erano cambiate le cose. Il petto di Ambrose si contrasse al pensiero. Anni prima, loro due avrebbero complottato insieme e rubato baci alle cameriere tra i cespugli.

"Immagino che abbiate letto il libretto delle scommesse di White's," disse.

Si erano visti la sera in cui la scommessa era stata messa per iscritto. Ambrose non avrebbe mai dimenticato la visione di Vaughn seduto a un tavolo a cinque metri scarsi dal libretto delle scommesse, mentre lui ascoltava il basso vociare degli uomini che discutevano della sorte di Alex e della sua futura rovina. Allora, la cosa lo aveva nauseato; ora, avendo conosciuto la donna, era colmo di giusta ira. Una donna aveva il diritto di godere del sesso senza essere oggetto della crudeltà di un uomo. Dopo ciò che loro due avevano condiviso in giardino, Ambrose sapeva che Alex sarebbe stata una buona amante e il pensiero di condividerla o di rinunciare a lei in favore di una qualche bestia di White's... Scosse nuovamente la testa, cercando di cancellare i pensieri di Alex fuori dal giardino, con lui sopra di lei, e della gloriosa passione che Ambrose bramava tutta per sé. Forse le sue motivazioni si erano fatte egoiste, ma non avrebbe lasciato che un altro uomo avesse Alex.

"Ho visto il libretto."

"E avete deciso di accettare la scommessa?" chiese prudentemente Ambrose.

Aveva firmato il libretto, assumendosi ufficialmente l'impegno di sedurre lui stesso Alex, ma era comunque possibile che un altro lo battesse sul tempo. Era quel pensiero, più di ogni altro, a tormentare Ambrose. Non perché lui volesse vincere per se stesso, ma perché voleva vincere per Alex.

"Può darsi." Vaughn stava guardando lui, non gli invitati alla festa. "E lo avete fatto anche voi, se non erro." Poi, Vaughn spostò lo sguardo su Perdita e Alex. "Lei sa che la state plagiando per riempirvi le tasche?"

La rabbia ribollì sotto la pelle di Ambrose. "Vedete, questa è la ragione per cui non siamo più amici. Voi date per scontato che io basi le mie scelte di vita sul mio bisogno di denaro. Ma non sono come voi, Vaughn. Sono amico di lord Rockford e ho accettato la scommessa per assicurare che la prima volta di Alex sia piacevole, non terribile come potrebbero renderla altri, spinti dal denaro. A differenza di voi, io ho un cuore."

Vaughn sorrise. "Dunque per voi si tratta di una nobile causa e io sono semplicemente il *bastardo* che si frappone sulla vostra strada? Beh, che vinca il migliore." Vaughn si allontanò, lasciando Ambrose titubante.

Non avrebbe voluto mettersi contro il suo vecchio amico, ma la situazione era cambiata. Un tempo, lui e Vaughn avevano corso per i campi, con le canne da pesca in mano, cantando canzoni ribalde nelle giornate estive. *E ora siamo nemici.* La cosa gli lasciò un sapore amaro in bocca. Raggiunse a grandi passi i tavoli della limonata e tranguiò un intero bicchiere in pochi, affrettati sorsi. Era un comportamento ben poco da gentiluomini. Alcune matrone inarcarono le sopracciglia e mormorarono dietro i ventagli.

Ambrose rivolse loro un sorriso di scusa prima di dirigersi verso Alex. Non voleva perderla di vista. Intravide lei e Perdita mentre si avvicinavano a un piccolo spiazzo nel giardino, dove era stato allestito un campo da croquet per gli invitati. Alex stava sventolando giocosamente la mazza mentre Perdita preparava le palline. Ambrose era a metà strada quando Vaughn lo batté sul tempo.

"Mi piacerebbe molto fare una partita con voi signore," disse Vaughn proprio mentre Ambrose raggiungeva il gruppetto. Tanto Alex quanto la sua amica parvero sorprese.

"Beh..." esordì Alex; ma Ambrose la interruppe.

"Anch'io vorrei giocare. Potremmo formare due coppie." Lui avrebbe potuto stare nella squadra di Alex e tenerla lontana da Vaughn.

"Ottima idea, signor Worthing," disse Alex, prendendo sottobraccio Perdita. "Noi signore giocheremo contro voi gentiluomini e ho il sospetto che vi stracceremo." Quando Alex guardò nella sua direzione, le sue labbra si contrassero diabolicamente, come se avesse indovinato le intenzioni di Ambrose.

"Giusto," grugnì lui, prendendo una mazza. Dopodiché, spostò a calci quella di Vaughn fino a farla atterrare di fronte alle scarpe di cuoio dell'altro uomo.

"Grazie." La gelida risposta di Vaughn grondava sarcasmo mentre egli raccoglieva la mazza.

"Perdita e io useremo la palla blu e quella nera. Voi signori potete avere la rossa e la gialla." Alex accompagnò la sua amica lontano dagli uomini e le due ripresero a mormorare.

"Non è questo il modo in cui intendevo trascorrere la festa in giardino," borbottò Ambrose mentre si impadroniva della palla rossa, lasciando quella gialla a Vaughn.

Alle signore fu concesso di cominciare per prime, perché... beh, perché dopotutto Ambrose stava cercando di comportarsi da gentiluomo. Alex fu la prima a colpire la palla e lui non poté non ammirare il modo in cui il vento le strattonò le gonne, la mussolina azzurra come un cielo estivo, il pizzo bianco lungo i bordi di abito e maniche simile a nubi delicate. I capelli della donna erano legati nettamente, con alcuni riccioli sottili che le accarezzavano il collo. Quella vista lo rese ancora più affamato di lei, anche dopo quello che avevano fatto in giardino poco prima.

Alex si era aperta e gli aveva lasciato vedere la vera se stessa, non la donna col cuore incassato nell'acciaio. La sua Alex era stata dolce, mozzafiato, appassionata, e una partner generosa. Lui non lo avrebbe mai immaginato. Troppe donne avevano paura di toccare a loro volta un uomo, di esplorarlo. Credevano che fosse loro dovere restare immobili e attendere che l'uomo si saziasse, ma il sesso non avrebbe dovuto essere così. Ambrose era fermamente convinto che una signora avesse lo stesso diritto alla passione e al piacere che aveva un uomo. Alex era stata una partner perfetta. Un giorno, avrebbe fatto di un uomo un marito molto felice.

Quel pensiero lo raggelò. La sola idea di Alex con un altro uomo gli fece digrignare nuovamente i denti.

Dopotutto, tu non la puoi mica sposare, gli ricordò la voce della sua coscienza. Ambrose non credeva nel legarsi a una donna sola per il resto della vita, né aveva alcun interesse in una casa di campagna stracolma di bambini urlanti e con una bambinaia sull'orlo di una crisi di nervi. Preferiva Londra, i suoi ritmi selvaggi e i suoi locali eccitanti.

E tuttavia, quando guardava Alex allegra e spavalda in giardino, che impugnava una mazza coi capelli sollevati dalla brezza e il caldo cielo azzurro che le arrossiva la pelle e le faceva brillare gli occhi... Forse la campagna non era poi così male, dopotutto.

In meno di un'ora, lui e Vaughn furono sonoramente battuti dal gentil sesso, e nel bel mezzo della sconfitta, lui e Vaughn risero e sorrisero. Una fitta di dolore al petto fece rimpiangere a Ambrose il passato, quell'amicizia che era avvizzita e morta. Si massaggiò il petto all'altezza del cuore mentre guardava Vaughn che si chinava a raccogliere gli archetti con l'aiuto della signorina Darby.

La ragazza era palesemente interessata a Vaughn, ma Ambrose sapeva quali ostacoli si parassero di fronte a Perdita, e il cuore gelido di Vaughn non era che parte della battaglia. I Darby erano una famiglia di campagna, senza alcuna reale influenza a Londra e senza un titolo. Non era difficile, per un gentiluomo privo di titoli come Ambrose, diventare uno dei favoriti del *ton*, ma le donne senza un lignaggio dal sangue blu di cui vantarsi avevano molta più difficoltà. Naturalmente, se Vaughn fosse stato abbastanza disperato, si sarebbe preso qualunque donna con del denaro a disposizione. La signorina Darby non meritava di sposare un mascalzone come Vaughn. Era una ragazza troppo gentile per cadere preda di una simile trappola.

"Qualcosa vi turba?" Alex apparve accanto a Ambrose, il volto atteggiato a una profonda riflessione, come se stesse studiando i suoi pensieri.

Ambrose si schiarì la voce e accennò furtivamente col capo in direzione di Perdita. La giovane stava parlando con Vaughn; il suo sorriso era caldo e il suo modo di fare amichevole, ma assolutamente non civettuolo. Stando a quanto Ambrose aveva capito dell'amica di Alex, Perdita aveva un cuore aperto e generoso. La qual cosa la rendeva la preda perfetta per un uomo come Vaughn.

"Quello mi turba. Vale la pena osservare." Ambrose non voleva approfondire l'argomento e, per fortuna, Alex sembrava conoscere le sue paure. La donna si aggiustò lo scialle bianco sulle spalle. L'indumento aveva dei boccioli di rosa ricamati lungo l'orlo; i petali rosso sangue attirarono lo sguardo di Ambrose mentre questi cercava di non guardarla di nuovo in viso. Era intrappolato nel sogno di baciarla, di impadronirsi di quella dolce bocca e di infilare le mani nei punti segreti del corpo di lei, ingoiando le sue grida d'estasi.

"E io che credevo che voi foste il più temibile, per noi donne di buona famiglia. Ma se lord Darlington spaventa persino voi, terrò in considerazione la vostra premura." Alex gli si mise di fronte e lui avvertì la forte attrazione magnetica del suo sguardo. Sollevò lo sguardo e seppe di essere dannato.

"Ambrose..." Alex inclinò la testa, come se avesse percepito la sua riluttanza.

Quando agganciò lo sguardo di Alex, Ambrose pronunciò ad alta voce le parole che sarebbero state la sua condanna.

"Non riesco a guardarvi senza ricordare com'è stato avervi tra le braccia," mormorò con voce roca. "Tutto ciò a cui riesco a pensare è baciarvi. La sensazione di voi sotto di me e dell'annegare nella vostra dolcezza. È una tortura." Ambrose non distolse lo sguardo e non lo fece nemmeno lei, anche se le guance di Alex si imporporarono. Se non altro, il campo di croquet era lontano dai tavoli da tè e nessuno poteva sentirli.

"Se cominciassimo, potremmo non smettere mai," mormorò Alex, lo sguardo fisso sulle labbra di Ambrose con un'espressione che pareva riecheggiare l'anima di Ambrose. Avevano imboccato una strada pericolosa fuori dai giardini, quando si erano dati piacere a vicenda, e lui sapeva che presto quel rapporto si sarebbe approfondito, quando finalmente avrebbero fatto l'amore. *Fatto l'amore.* Non aveva mai usato davvero quelle parole quando aveva pensato di andare a letto con una donna, ma Alex aveva fatto comparire nel suo cuore una tenerezza che lo spaventava.

Dio, volerla era la sua dannazione.

Sarebbe stato impossibile, per Ambrose, resistere e non baciare Alex una volta cominciato. Lei era tentazione avvolta nel peccato, come nessuna era mai stata per lui prima di allora.

"Se cominciassimo, potremmo non smettere mai... e io non dovrei volere queste cose – non con voi," confessò in un sussurro Alex. Erano così vicini da permettergli di sentire il calore di lei e lui detestava il fatto che non fossero in un luogo dove avrebbe potuto portarla via e baciarla come entrambi volevano.

"Sono così malefico, Alex?" La voce di Ambrose suonava un po' troppo roca e profonda e gli occhi di Alex si scurirono. Ambrose non poté esimersi dal proseguire. "Mi vedete come un fantasma pronto a intrufolarsi nel vostro letto dopo il calare del sole per farvi sua?" La sola idea fece indurire il suo corpo per l'eccitazione. Alex lo stava fissando con aria vorace, come se stesse immaginando la stessa cosa.

"Siete davvero malefico," rispose senza fiato la donna, "perché, in tal caso, io sarei tentata di lasciare la porta aperta..."

Lasciare la porta aperta? Era forse un invito? Buon Dio. Il poco spazio che si frapponeva tra di loro era talmente carico di tensione da far temere a Ambrose che, se uno dei due si fosse mosso, sarebbero scoccate delle scintille. In quel momento, nulla esisteva al di fuori della presenza di Alex. Erano in un mondo tutto loro, colmo di respiri ardenti e di promesse che brillavano nei loro occhi e agli angoli dei loro sorrisi.

"Alex, tesoro!" tuonò la voce del padre di lei, facendo sussultare Ambrose. Lord Rockford si stava dirigendo a grandi passi verso di loro con un sorriso radioso.

"Ho appena saputo che tua cugina Rachel si unirà a noi per cena, questa sera. Ha portato i bambini. Ho pensato che saresti stata felice di vederli." Rockford sorrideva da un orecchio all'altro; era chiaro che adorava i bambini. Non aveva nipoti e, una volta che la reputazione di Alex sarebbe stata fatta a pezzi sull'altare dei pettegoli della società, sua figlia avrebbe potuto non trovare mai marito, o perlomeno un buon marito. E, conoscendola, Alex avrebbe preferito accettare lo zitellaggio piuttosto che accontentarsi di un uomo che non amava.

E io sono il maledetto bastardo che infrangerà quei sogni quando la rovinerò.

Ambrose non aveva scelta. Un uomo si sarebbe preso Alex e l'avrebbe distrutta; meglio che costui fosse un uomo a cui importava di lei piuttosto che il contrario. Ma questo non cancellò il peso che gli gravava sul petto al pensiero di essere il responsabile di tutto ciò. Avrebbe rovinato due vite: quella di Alex e quella di Rockford.

"Dovrei andare a casa e dire alla cuoca di preparare degli ulteriori coperti," disse Alex, il sorriso contagioso mentre muoveva lo sguardo tra Ambrose e suo padre.

"Ottima ida. Verrei con te, ma la signora Darby mi ha coscritto per una partita a croquet. Che mi venga un colpo; non so proprio dire di no a quella donna," ridacchiò Rockford. "Il che mi porta alla richiesta che sto per fare, Ambrose. Vi dispiacerebbe accompagnare a casa mia figlia?"

"Ma certo. Sarebbe un piacere." Ambrose era sollevato ed entusiasta all'idea di trascorrere qualche minuto da solo con Alex, ma non guardò nella direzione di lei, per non tradire il proprio entusiasmo di fronte al padre della giovane.

"Vado a salutare la signorina Darby e potremo andare." Alex andò in cerca della padrona di casa ed Ambrose rimase con Rockford.

"La signorina Rockford ha una cugina?" chiese.

Il conte sorrise radioso. "Rachel. Lei e Alex sono molto legate, quasi come sorelle. È la figlia della sorella maggiore di mia moglie. Rachel ha sposato un bravo gentiluomo del Sussex. Non vengono mai a trovarci abbastanza spesso. Suo marito vi piacerà: il signor Brandon è un brav'uomo."

"Sono ansioso di conoscerli." Ambrose era sincero. Era curioso di conoscere una donna, oltre a Perdita, a cui Alex era legata, anche se non sapeva esattamente perché. Ma voleva sapere di più su di lei, quella bellezza che si nascondeva in campagna.

Un attimo dopo, Alex tornò e guardò Ambrose. "Sono pronta."

La donna prese scialle e cappello e parve ansiosa di andarsene. Alle sue spalle stava Vaughn, sul limitare del campo da croquet, leggermente accigliato. Doveva restare, dato che ufficialmente era ospite dei Darby e non dei Rockford. Ambrose non riuscì a trattenersi dal rivolgergli un sorriso soddisfatto, la qual cosa spinse l'altro uomo a voltare le spalle e cercare di liquidare le folle di signore attorno ai tavoli da tè.

Ambrose offrì il braccio ad Alex e insieme si allontanarono da Darby House, diretti verso la tenuta dei Rockford.

"È stata una splendida giornata." Alex sospirò sognante. "Davvero perfetta."

"Sono d'accordo. Mi hanno svegliato troppo presto, ho dovuto mangiare del porridge salato, mi sono perso in un campo pieno di vacche dove sono quasi caduto sul sedere quando sono scivolato nello sterco, e sono stato sonoramente sconfitto a croquet da due signore. Sì, è stata una giornata assolutamente splendida." Ambrose sorrise sfacciatamente. "A parte questo, tutto il resto è stato magnifico, soprattutto baciarvi fino a farvi perdere la testa." Questa volta, lasciò che la sua voce si arrochisse. Voleva che Alex ricordasse ogni bacio vividamente quanto li ricordava lui.

Pensò al momento in cui le aveva dato piacere in una zona isolata del giardino, facendogli gemere il suo nome, e di come avrebbe voluto giacere per sempre con lei in mezzo all'erba calda e ascoltare il ronzio delle api e il cinguettio degli uccelli. E poi a quando avevano giocato a croquet e Alex lo aveva fatto ridere per l'entusiasmo da lei dimostrato quando lo aveva battuto sonoramente. Ambrose era di norma un tipo competitivo, ma l'onesta vittoria di Alex lo aveva stranamente colmato di tranquilla gioia. C'era qualcosa, nel modo in cui gli occhi della donna avevano brillato e le sue labbra si erano curvate in un sorriso onesto.

"Anche se sono ancora in collera con voi per avermi mandato in mezzo a un campo pieno di vacche," aggiunse ridendo.

"Non sono riuscita a resistere." Alex si morse il labbro, ma Ambrose vide che stava sorridendo. "Non potevo permettere a un noto libertino di vivere sotto il mio tetto senza cercare di cacciarvi. È quello che avrebbe fatto qualunque signora perbene."

Imboccarono la strada e si lasciarono alle spalle case e picnic. Era un momento perfetto, per Ambrose, per riprendere Alex tra le braccia, lontano dagli occhi vigili delle matrone e dei gentiluomini di Lothbrook. Ambrose li fece fermare e lei si voltò verso di lui. "E ora? Cercherete ancora di respingermi?" chiese. *Vi prego, dite di no...* Era divertente inseguire una donna che opponeva resistenza, ma lui non voleva resistenza da parte di Alex: solo desiderio reciproco, perché voler stare con lei stava diventando sempre meno un gioco per lui, a ogni minuto che trascorreva con Alex.

"Ora..." Lo sguardo della giovane era offuscato dalla confusione. "Non voglio negare che, sebbene voi siate per me fonte di grande frustrazione, voi mi piacciate... e che mi piaccia quello che abbiamo fatto in giardino." Le ultime parole furono pronunciate in un sussurro accompagnato da rossore.

"Ma..."

Era chiaro che Alex stava esitando per qualche motivo.

"Cosa stiamo facendo, Ambrose? Tutto questo... i baci, il giardino e il resto?"

Il sorriso entusiasta di Ambrose svanì quando lui si rese conto di cosa Alex gli stesse chiedendo. Non ci sarebbe stata alcuna proposta di matrimonio, nessuna dichiarazione d'amore; lei meritava quelle cose, ma Ambrose non poteva dargliele. Non era il genere d'uomo che si sposasse, non importava quanto fosse allettante il pensiero di Alex. Non si fidava del suo cuore, perché esso non era un cuore fedele. Lui non sarebbe mai riuscito a concentrarsi su una donna sola e non intendeva essere un marito che abbandonava il letto nuziale. Meglio non essere per nulla un marito che essere un marito infedele.

"Alex, dolcezza, non lo so." Ambrose circondò con le mani il viso di Alex e la guardò nel profondo degli occhi. "So solo che, in questo momento, impazzirei se non vi baciassi."

Il fiato di Alex si mozzò e le sue ciglia sbatterono rapidamente. Era un invito irresistibile. Quando le loro labbra si incontrarono, il bacio fu tenero e ardente, bruciando lentamente Ambrose dall'interno. Come poteva un bacio essere così dannatamente bello? Era come bere un bicchiere di brandy caldo vicino al fuoco quando fuori nevicava. Ambrose pasteggiò con le labbra di Alex, assaporando la sua dolcezza e crogiolandosi nel modo in cui lei gli avvolse le braccia attorno al collo per restare vicino a lui. Ci volle molto tempo prima che loro due si separassero, costretti a riprendere fiato.

"Alex, non so cosa abbia in serbo il futuro. Andiamo avanti un giorno alla volta, un bacio alla volta."

Alex si mordicchiò il labbro inferiore e sospirò. "Un giorno alla volta." Annuì tra sé, poi raddrizzò le spalle. "Dobbiamo tornare a casa."

Ripresero a camminare. Il cuore di Ambrose era stranamente appesantito. Non gli piaceva lo sguardo triste e distante negli occhi di Alex. La voleva lì con lui, non lontanissima. Quella sera sarebbe andato da lei, avrebbe rivendicato la sua attenzione e il suo cuore il più a lungo possibile.

"RACHEL!" ALEX CORSE A SALUTARE SUA CUGINA. Rachel rise e la abbracciò vigorosamente.

"Mi sei mancata," mormorò Alex, gli occhi che bruciavano di lacrime. Il Sussex era lontanissimo e lei sentiva molto la mancanza di sua cugina. Erano state legate come sorelle, un tempo, prima che il matrimonio e i bambini le separassero col tempo e la distanza.

Sua cugina sorrise; poi, qualunque cosa avrebbero potuto dirsi fu interrotta dagli strattoni di piccole mani alle gonne di Alex.

"Zia Alex?" Un'angelica bambina di cinque anni la stava guardando con grandi occhi color fiordaliso.

"Emma!" Alex si chinò e sollevò la bambina tra le braccia. "Santo cielo, come sei cresciuta." La ragazzina sorrise e batté le mani.

"E dov'è Griffin?" chiese Alex, cercando tracce del figlio di tre anni di Rachel.

"Qui," tuonò una voce allegra. Randolph Brandon entrò dall'ingresso, tenendo tra le braccia un bambino piccolissimo.

"Randolph!" Alex abbracciò anche lui prima di baciare il piccolo Griffin sulla guancia. Il ragazzino si dimenò e si fregò il viso, accigliandosi come facevano sempre i maschietti quando fingevano di non amare i baci. Randolph posò il ragazzino e questi trotterellò sulle gambette grassocce fino a dove sedeva Ambrose, che si era tenuto sul margine della stanza come se fosse stato incerto sul fatto di fare o meno parte del ritrovo.

"Salve," cinguettò il ragazzino, tirando Ambrose per una gamba dei pantaloni.

"Ehm... salve..." disse Ambrose al ragazzino a mo' di saluto, Alex non riuscì a trattenersi dal ridacchiare di fronte alla sua espressione perplessa. Era chiaro che l'uomo non trascorreva molto tempo coi bambini e che non aveva idea di come comportarsi. Alex condivise con Rachel un'occhiata divertita mentre Randolph ed Ambrose si presentavano.

"Vieni, Alex; abbiamo tante cose da raccontarci." Gli occhi verdi di Rachel avevano una luce birbantesca mentre le due donne si spostavano dall'ingresso al salotto. La stanza dai muri coperti di satin verde era scaldata dalla luce del fuoco appena acceso nel caminetto di marmo bianco. Alex accompagnò la cugina e la piccola Emma a un divano. Emma si piazzò tra la madre e la zia, facendo dondolare i piedini dagli stivali minuscoli con le delicate manine giunte in grembo.

"Allora, Alex. Chi è quel bell'uomo che parla con mio marito?" Il tono di voce di sua cugina era colmo di scherzo e di curiosità.

"È il signor Worthing. È figlio di un vecchio amico di mio padre, che a quanto pare lo conosce fin da quando era bambino."

Rachel giocherellò coi guanti al gomito, soppesando con lo sguardo gli abiti costosi di Ambrose e il suo bel fisico.

"Ed è venuto a trovarti da Londra?" chiese.

"Non esattamente. È venuto a rinnovare la conoscenza di mio padre. Non ci eravamo mai conosciuti, prima.”

“Davvero?” Rachel mosse lo sguardo tra lei ed Ambrose. La piccola Emma imitò lo sguardo interrogativo e analitico della madre e Alex quasi si mise a ridere. La bambina stava crescendo troppo in fretta.

“Non è come pensi, Rachel.”

“Oh? Pensavo che tu avessi trovato un altro, dopo che Marshall...” Rachel si interruppe e Alex sussultò per una piccola fitta di dolore al petto. Non voleva pensare a Marshall o a come il tradimento, da parte di questi, del suo giovane e sciocco cuore l’avesse ferita tanto profondamente. Ferite come quella non guarivano da sole. Perduravano, come una brutta tosse nel cuore dell’inverno, lasciando un disagio e un senso di malessere che duravano per mesi.

“Cara, mi dispiace. Non avrei dovuto menzionare Marshall. È solo che...”

“Solo che cosa?” chiese Alex.

“Il signor Worthing non ti ha tolto gli occhi di dosso da quando siamo arrivati e, beh, un uomo non dedica un interesse tanto vistoso a una donna, a meno di non esserne rimasto davvero colpito.”

Alex e Rachel guardarono nella direzione di Ambrose e, con sua gioia, Alex lo vide mostrare l’orologio da taschino a Griffin. Il ragazzino stava allungando una mano per toccare il quadrante dell’orologio d’oro quando Ambrose fece finta di chiudergli il coperchio sulle dita e il ragazzino lanciò uno strillo di gioia di fronte a quel gioco. Era proprio come aveva detto Rachel: ogni qualche istante, lo sguardo di Ambrose correva a lei, poi le sue guance arrossivano leggermente e lui tornava a concentrarsi sul bambino.

"Come fai a saperlo?" chiese Alex.

Sua cugina sorrise. "È stato lo stesso con Randolph. Ci siamo conosciuti nel bel mezzo di un ballo e lui non riusciva a smettere di guardarmi. Naturalmente, io rimasi lusingata, ma ero abituata a essere guardata dagli uomini sin dal mio debutto. Ma quando lui inciampò nel bel mezzo di una quadriglia e fece cadere un'intera fila di uomini nel bel mezzo della sala da ballo perché stava guardando me e non dove metteva i piedi... beh... mi resi conto che c'era qualcosa di più di una semplice attrazione." Le labbra di Rachel si curvarono. "A volte, due persone sono semplicemente così attratte l'una dall'altra che tale attrazione non può essere negata o combattuta: ci si può solo arrendere."

"Arrendere?" Alex stava ascoltando rapita sua cugina, col cuore che batteva all'impazzata.

"L'amore è proprio questo: arrendersi, non combattere. Quando vuoi stare con qualcuno, devi donare a quella persona una parte di te e lei deve fare lo stesso con te. È uno scambio equo, di cuori e di anime."

"Davvero tu e Randolph avete capito così presto di essere fatti l'una per l'altro?"

"Sì, lo abbiamo capito, ma non è qualcosa di facile da spiegare. Non ci sono stati fulmini celesti o cori di angeli ad annunciare il nostro destino. È accaduto in sordina, quasi lentamente: un bisogno di vederci, di sentirci parlare a vicenda, di mormorare al buio e di ballare. Prima venne la lussuria, come spesso capita, ma persino quella si stempera col tempo, e quando ciò accade resta la passione più dolce e delicata di tutte. La passione del cuore."

La gola di Alex si serrò e lei cercò di deglutire. Pensare a quel genere di amore, qualcosa di così potente e onnicomprensivo, era stranamente spaventoso; eppure lei lo voleva, lo voleva al punto che le vennero le lacrime agli occhi.

Rachel aveva ragione? Ambrose era davvero innamorato di lei? Alex aveva troppa paura per sperare di avere ragione. Per quanto non volesse ammetterlo, Ambrose le piaceva *e non solo*, e rendersene conto la faceva sentire debole e vulnerabile. Non innamorarsi era molto più sicuro e lei temeva di essere già sulla strada dell'innamoramento. Poteva anche non essere possibile tornare indietro. E se fosse accaduto tutto di nuovo? E se lei avesse aperto il cuore a Ambrose, gli avesse dato accesso a quel punto vulnerabile, e lui l'avesse ferita? Sarebbe riuscita a sopravvivere a un altro colpo al cuore?

"La cena dovrebbe essere pronta," annunciò suo padre. "Rachel, ho ordinato al lacchè di aggiungere due coperti per i bambini."

"Grazie, zio." Rachel sorrise allegramente e diede una delicata stretta alla mano di Alex per trasmetterle il proprio sostegno.

Si incamminarono tutti verso la sala da pranzo,

Rachel e suo marito per primi, in modo da potersi occupare dei bambini. Ambrose si infilò alle spalle di Alex. Lei era intimamente consapevole del suo calore corporeo e la sensazione data dall'averlo così vicino le faceva girare la testa.

"I bambini mangeranno con noi?" chiese l'uomo in un basso mormorio, vicino abbastanza da smuoverle i capelli sottili dietro l'orecchio sinistro, facendola rabbrividire. Alex non mancò di notare la nota di stupore nella sua voce.

Voltò la testa per rispondere e rimase di stucco nel rendersi conto di quanto fossero vicini. L'uomo le appoggiò una mano sulla parte inferiore della schiena mentre uscivano dal salotto. L'abito indossato da Alex non era particolarmente sottile, ma il calore del palmo di Ambrose parve affondare negli strati di tessuto, lasciando una scottatura deliziosa.

"So che è inusuale, ma papà adora i bambini. L'idea di rinchiuderli in una nursery vecchia e polverosa lo turba."

"Ah." Le labbra di Ambrose guizzarono. "Vostro padre ha davvero il cuore tenero."

"Sì, è vero," concordò Alex, ricambiando il sorriso; ma una nuova fitta di dolore la colpì al pensiero di quanto doveva essere triste suo padre, che non aveva nipoti propri. Alex era figlia unica e non gli aveva dato quella grande gioia. Era forse stata troppo egoista, a tenersi nascosta per tutti quegli anni? Era perfettamente possibile che avrebbe potuto trovarsi un brav'uomo da sposare, uno che la amasse e tollerasse le sue velleità intellettuali e il suo amore per la campagna, ma non ci sarebbe stata passione. Non riusciva a immaginare di essere sposata e di non provare quella selvaggia disperazione che le faceva cantare il cuore e arrossire la pelle. Come sempre, tuttavia, si chiese se non stesse cadendo in una trappola alimentata solo dalla lussuria e non dall'amore.

Ma non ho più desiderato nessuno, dopo Marshall... se non Ambrose.

"Alex?" mormorò Ambrose, osservando attentamente il suo viso. Più che mai, in quel momento lei avrebbe voluto appoggiarsi a lui e trarre confronto dalle sue braccia. Era uno dei molti pericoli riguardanti Ambrose: questi le faceva sentire *nostalgia*. Anche solo di qualcosa di semplice come un abbraccio e una carezza.

"Non è nulla," mentì lei, costringendosi a sorridere radiosamente e ad allontanarsi da lui mentre entravano nella sala da pranzo.

I lacchè stavano facendo sedere Emma e Griffin tra i loro genitori. La bambina si stava piegando elegantemente il fazzoletto in grembo e osservava con attenzione la madre. Griffin, tuttavia, saltellava sulla sedia e soffiava con la bocca, il che divertiva Randolph anche mentre questi cercava di zittire il bambino.

"Sarà molto divertente," ridacchiò Ambrose mentre accompagnava Alex al posto di fronte a quello di sua cugina e le tirava indietro la sedia. Lei mormorò un ringraziamento cordiale e poi si irrigidì quando l'uomo si sedette accanto a lei. Era davvero strano averlo lì, a una cena intima in famiglia; e tuttavia, mentre le portate venivano servite e la conversazione aveva inizio, Ambrose si adattò all'ambiente familiare come se avesse sempre fatto parte di esso. Il petto di Alex si colmò di un calore rilassato che le rese impossibile smettere di sorridere.

"Dunque, Worthing, voi trascorrete la maggior parte del vostro tempo a Londra?" chiese Randolph.

"Sì, amo la carica vitale della città." Ambrose fece una pausa, quindi guardò Alex. "Ma la campagna sta dimostrando di avere un suo fascino."

Randolph sorrise, gli occhi marroni che brillavano. "È vero. Un uomo non si rende mai conto di quanto sia soddisfacente la vita di campagna, fino a quando non è felicemente sistemato in una bella casa con un giardino e della terra dove andare a caccia. Non c'è nulla di paragonabile."

"Sono completamente d'accordo. Qui c'è una pace che non avevo creduto fosse tanto godibile. I giardini sono molto piacevoli." Le labbra di Ambrose guizzarono mentre sorseggiava il vino dal suo calice di cristallo.

Un forte rossore si impadronì del viso di Alex quando lei si rese conto di cosa fosse ciò a cui si stava riferendo Ambrose: il loro incontro clandestino durante il picnic e il modo in cui entrambi si erano lasciati trasportare. Era stato davvero molto piacevole... più che piacevole.

All'improvviso, Griffin usò il cucchiaio per catapultare una gigantesca cucchiaiata di piselli dall'altra parte del tavolo, contro Alex ed Ambrose. I piccoli proiettili verdi si allargarono a rosata, cadendo nei bicchieri dell'acqua e rimbalzando contro i loro vestiti.

Per un attimo, nessuno parlò o reagì, con l'eccezione di uno dei giovani lacchè rintanati in un angolo, che soffocò una risata dietro la mano guantata. Il giovane si riprese rapidamente e raddrizzò la schiena, lo sguardo fisso di fronte a sé.

"Griffin! I piselli si mangiano, non si lanciano contro i parenti!" esclamò duramente Rachel, palesemente inorridita dal comportamento indisciplinato del figlio. "Signor Worthing, vi prego di accettare le mie scuse–"

Il labbro inferiore di Griffin cominciò a tremare quando sua madre lo guardò cupamente, gli occhi colmi di vendetta materna.

"Ma no." Ambrose scoppiò a ridere. "Il piccoletto ha un'ottima mira." Ammiccò al bambino. Alla vista dell'occhiolino complice di Ambrose, il ragazzino si rallegrò, nonostante lo sguardo ora imbarazzato della madre.

"Randolph, caro, credo sia giunto il momento di portare a letto i bambini. Potranno finire la cena nella nursery." Rachel lanciò a suo marito un'occhiata determinata.

"Sì, sì, ma certo, amore mio." Randolph prese in braccio Griffin e prese la mano di Emma, per poi uscire rapidamente dalla sala da pranzo. Il padre di Alex guardò il gruppetto allontanarsi con un'espressione mesta in viso.

"Che cari, quei piccini," mormorò. "Griffin è proprio vivace, vero?"

"Somiglia troppo a suo padre," disse sospirando Rachel; ma le sue labbra erano curvate verso l'alto.

Lo sguardo di Alex cadde sul suo piatto mentre il suo stomaco precipitava. Aveva davvero deluso suo padre, non sposandosi e non avendo figli. Era dolorosamente ovvio quanto il conte volesse dei nipotini.

"Beh," disse Rockford, schiarendosi la voce e guardandosi attorno, "ci ritiriamo in salotto? Signore, immagino che avrete molto di cui discutere. Ambrose e io berremo un po' di porto nel mio studio prima di unirci a voi, vero, ragazzo mio?"

"Ma certo," concordò amabilmente Ambrose.

I gentiluomini le accompagnarono in salotto prima di partire alla ricerca del porto e dei sigari.

Un lacchè portò alle signore un set di bicchieri di sherry su un vassoio d'argento. Alex accettò il suo bicchiere e bevve un sorso prima di rivolgersi a sua cugina. Finalmente avevano l'occasione di parlare da sole, senza che nessuno le sentisse.

"Tu e Randolph siete diretti a Londra?"

Rachel annuì mentre prendeva posto sulla poltrona vicina al fuoco. "Sì. Abbiamo qualche cena a cui partecipare, dopodiché torneremo nel Sussex. Non ci piace tenere i bambini in città troppo a lungo. Laggiù, c'è troppa pressione perché crescano. In campagna possono inseguire i cani lungo il viale, andare a cavallo e nuotare nel laghetto dietro la casa."

"Emma sembra decisa a crescere," osservò Alex.

Sua cugina annuì, lo sguardo triste. "È vero. Credo che mi somigli troppo, proprio come Griffin somiglia a Randolph. Si caccia sempre nei guai."

Entrambe sorseggiarono il loro sherry, mentre l'orologio a pendola nell'angolo scandiva il silenzio. Alex doveva parlare con Rachel, doveva ottenere il consiglio di una delle poche persone, con l'eccezione di Perdita, di cui si fidava.

"Sono davvero felice che tu sia venuta, Rachel. Davvero," mormorò Alex con voce improvvisamente rotta.

"Alex, cara, cosa c'è?" Sua cugina si alzò dalla poltrona e la raggiunse, abbracciandola.

"Temo di essere stata sciocca – molto sciocca. Vorrei che tu non te ne fossi mai andata..."

Rachel l'aveva aiutata a raccogliere i pezzi del suo cuore quando Marshall aveva sposato un'altra.

"Cos'hai fatto di tanto sciocco?" chiese Rachel, lo sguardo pieno di ansia.

"Si tratta di Ambrose – volevo dire, del signor Worthing. Temo di avergli permesso di avvicinarsi troppo a me." Non sapeva esattamente come dire che era stata troppo disponibile col proprio corpo e i propri desideri.

"Capisco," rispose Rachel. Non c'era alcun giudizio sul suo viso; piuttosto, una profonda comprensione.

"Ho paura che sarò sempre sola, che questa potrebbe essere l'unica occasione per me di sapere cosa siano la vita e l'amore prima che lui torni a Londra. È un comportamento terribile da parte mia?"

Gli occhi verdi di sua cugina erano teneri, come l'erba estiva coperta dalla nebbia mattutina.

"No, non è terribile. Hai tutto il diritto di voler conoscere le gioie dell'essere innamorata e di voler esprimere quell'amore, ma devi stare attenta. Se tu dovessi spingerti troppo oltre, sarebbe..." Rachel lasciò in sospeso la frase, ma Alex capì.

Sarebbe stata la fine della vita sociale, già ridotta, di cui Alex godeva a Lothbrook. Se avesse avuto un bambino, avrebbe voluto tenerlo, il che significava che non avrebbe potuto restare in un paese che conosceva la verità sulla sua disgrazia. Sarebbe stata esiliata in una qualche zona distante della campagna, presso parenti che conosceva a malapena, in un paese dove non aveva amici.

"Tu e il signor Worthing avete goduto della piena intimità?"

Alex scosse la testa. C'erano arrivati vicino, ma non l'avevano ancora fatto.

Sua cugina contrasse le labbra prima di prendere nuovamente la parola. "Se desideri la piena intimità, dovrai imporgli di prendere precauzioni. Lui dovrebbe riuscire a capire. Ci sono cose che potrebbe fare per evitare che tu rimanga incinta."

"Mi sento in trappola, Rachel," confessò Alex.

"Evito Londra a causa di Marshall, eppure a volte mi sembra di non riuscire a respirare, qui. Voglio solo... un po' di felicità. È davvero sbagliato?" Avrebbe voluto confessare della scommessa nel libriccino e che aveva in mente di fuggire a Londra per scappare da lord Darlington, ma qualcosa la spinse a trattenersi. Non voleva far preoccupare Rachel, anche se teneva in considerazione i consigli di sua cugina.

"No, certo che no. Forse il signor Worthing sarà la risposta. Vedo il modo in cui ti guarda e non credo che tu dovresti prendere tanto alla leggera il suo interesse. Ha lasciato che tuo nipote gli lanciasse dei piselli in faccia. Questo mi dice molto riguardo al genere d'uomo che è, e mi dice che è disposto a sopportare molto per stare con te."

Alex aveva troppa paura per sperare che sua cugina avesse ragione. Aveva già lasciato che un uomo le spezzasse il cuore, una volta, e ciò l'aveva quasi distrutta. Poteva permettere che ciò accadesse di nuovo? Era già troppo tardi?

Molto tempo dopo che il resto della casa era mandata a letto, Alex giaceva sveglia nel suo, a guardare la luce del fuoco proveniente dal suo piccolo caminetto generare ombre sulle pareti barocche coperte di satin rosso. La serata si era fatta gelida e la casa taceva, con l'eccezione dell'occasionale suono soffocato che riecheggiava lungo il corridoio. Alex ascoltò la casa scricchiolare e assestarsi mentre la notte procedeva; poi, finalmente, udì il suono che sperava e temeva di udire. Passi leggeri fuori dalla sua porta. La maniglia che girava...

Si mise seduta e guardò la porta aprirsi mentre Ambrose si infilava in camera sua. Il suono della porta che si chiudeva fu lieve, ma parve riecheggiare nella stanza. Per un lungo istante, l'uomo rimase immobile a fissarla, il bel volto come una maschera misteriosa. Alex riusciva quasi a sentire il suo sguardo su di lei, concentrato e intenso; le strappò un brivido.

Il suo cuore martellava e lei si strinse il copriletto al petto, stranamente impaurita, ma non da lui. Quella sera avrebbe fatto l'ultimo passo verso la rovina. Avrebbe lasciato che l'uomo entrasse nel suo letto. Era normale avere un po' di paura, no? Sapeva cosa aspettarsi: si era fatta spiegare da sua madre, nel corso della sua prima stagione, cosa accadeva nel corso dell'incontro tra un uomo e una donna. Da allora, aveva sentito a sufficienza le altre donne che bisbigliavano, per non parlare dell'incontro di quel giorno in giardino, che era stato piuttosto educativo.

"Alex," mormorò l'uomo; la luce del fuoco gli faceva brillare gli occhi e il suo nome era una domanda pronunciata a bassa voce.

Le si scaldò il cuore al pensiero che Ambrose non avrebbe insistito, che non l'avrebbe costretta a fare nulla che lei non volesse. La luce affamata nello sguardo dell'uomo era stemperata dalla gentilezza, dal suo essere pronto ad andarsene se lei glielo avesse detto. Questo faceva tutta la differenza del mondo, perché lei lo voleva, disperatamente, forse persino più di quanto lui volesse lei.

"Tirate il chiavistello," mormorò, il corpo improvvisamente teso. Lo stava facendo davvero, stava per diventare una donna rovinata, ma nessuno avrebbe saputo quello che loro due avrebbero fatto quella notte.

Solo loro due... nella quiete... nell'oscurità. Un brivido di eccitazione si diffuse in lei.

Ambrose tirò il chiavistello e raggiunse il letto. Si sbottonò lentamente il gilet e Alex guardò le dita lunghe ed eleganti dell'uomo far scivolare i bottoni fuori dalle asole prima che, con una scrollata di spalle, egli facesse cadere a terra l'indumento dall'elegante richiamo. Alex guardò il gilet, studiando il modo in cui la luce del fuoco faceva brillare il filo d'oro che formava un paio di cervi nel bosco. Era bellissimo, proprio come Ambrose. Molti uomini si sarebbero fatti ricamare sugli abiti dei semplici motivi geometrici, ma lui aveva scelto una scena: due cervi che si fronteggiavano in uno scorcio di bosco realizzato con sfumature d'oro e d'argento.

"Io..." Alex scivolò fino al bordo del letto, i nervi tesi e lo stomaco cinto d'assedio da uno sciame di farfalle. Allungò le mani per aiutare Ambrose a sfilare la camicia dai pantaloni in pelle di daino mentre lui la sollevava sopra la testa, scoprendo il petto. I palmi di Alex si posarono sulla sua pelle, dapprima timidamente. Lui la guardò, in silenzio, immobile, mentre lei gli passava le dita sul corpo. Era affascinante toccare il petto nudo di un uomo, sentire la forza dei suoi muscoli ed esplorare i suoi capezzoli scuri. L'incavo della gola... e la scura linea di peli che dall'ombelico andava a infilarsi sotto i pantaloni. Alex allungò la mano verso la patta.

"Non siamo obbligati a farlo, se non siete pronta." L'uomo posò le mani sopra le sue, a loro volta appoggiate ai suoi pantaloni, facendole smettere di tremare. Lei lo guardò attraverso le sopracciglia castano-dorate.

"Non è ciò che un libertino si suppone dica a una donna che ha in mente di deflorare."

Ambrose la guardò. Niente sorrisi, niente fascino, solo sincerità. "Non c'entra nulla. Non voglio che sia solo... Non voglio essere solo un libertino qualsiasi, per voi. Voglio che, questa notte, nel letto ci siamo solo voi e io. Niente giochetti, niente menzogne, niente pensieri per il domani." Sembrava così serio, così sincero, che lei gli credette.

"Solo noi?"

L'uomo annuì e sollevò le mani per appoggiargliele sul viso, in modo da potersi chinare a baciarla. Fu un bacio sensuale, con tanto di lingua. E tuttavia, Ambrose ne fece un bacio pieno di dolcezza. Lasciò cadere le mani e continuò a baciarla. Lei si allungò nuovamente verso la patta dei suoi pantaloni. Questi se li tolse e lei indietreggiò sul letto mentre l'uomo si univa a lei. Il letto di Alex non era piccolo, ma condividerlo con qualcuno – un qualcuno molto grande e mascolino – lo trasformava in un luogo caldo e intimo.

Ambrose si chinò su di lei, sorridendo mentre le scostava i capelli dal viso. La fissò per un lungo istante, lo sguardo tenero e la bocca sensuale curvata in un sorriso dolce. Tutto, dentro di lei, si immobilizzò mentre toglieva i capelli dagli occhi di Ambrose e ricambiava il sorriso. Quello che stava succedendo era giusto, era magnifico. Loro due soli, nel letto, il fuoco che scoppiettava e i loro respiri sommessi e condivisi mentre si preparavano a imbarcarsi per un viaggio che sembrava essere stato scritto nei loro cuori molto prima che condividessero quel primo valzer.

Ambrose si leccò le labbra. "Dio, siete bellissima. Davvero bellissima."

"Mi aiutereste a togliere la camicia da notte?" chiese lei.

Ambrose sorrise da un orecchio all'altro mentre lasciava che lei si mettesse seduta, e insieme sfilarono la lunga camicia da notte bianca, che fluttuò sul pavimento in un mucchio di pizzo bianco. Alex trattenne il fiato mentre sedeva completamente nuda di fronte all'uomo. I suoi seni si alzavano e si abbassavano al ritmo del suo cuore pulsante e lei si tese quando lui ne prese uno tra le dita. La grande mano dell'uomo era delicata mentre questi sollevava il seno e ne sfiorava il capezzolo col pollice. Era una sensazione squisita, quella delle mani di Ambrose che la esploravano.

"Sdraiatevi," la incoraggiò lui mentre Alex si stendeva sul letto. "Dobbiamo fare in silenzio, perché nessuno ci senta."

L'uomo si chinò nuovamente su di lei, baciandole le labbra, il mento e la gola. La sua bocca scese più in basso, fino alla clavicola, e poi finalmente le sfiorò un seno prima di prendere il capezzolo tra le labbra e succhiare delicatamente. Quello strattone erotico la colpì dritta all'utero, facendolo contrarre e facendole tremare le cosce. Alex reagì d'istinto, infilando le dita nei capelli di Ambrose, afferrandogli la testa mentre lui le stimolava il seno; poi l'uomo sollevò la testa e le sorrise mentre scendeva più in basso lungo il suo corpo e le schiudeva le cosce. Alex cercò di chiudere le gambe, ma lui usò le mani per tenerle ben separate. Ambrose le diede altri, teneri baci sul basso ventre, la sommità del pube e–

"Oh!" Alex inalò di colpo quando lui le leccò le pieghe umide del sesso. La ruvidezza della sua lingua in quel punto segreto tanto sensibile era troppo. Il corpo di Alex fremette per gli spasmi, come una freccia scoccata da un arco teso. Si lasciò andare e un orgasmo la travolse. La bocca di Ambrose era molto più peccaminosa di quanto lo fossero state le sue dita.

"Vi piace, vero?" la prese in giro dolcemente lui.

"Sì... molto." Alex si contorse languidamente quando Ambrose prese posto nella culla delle sue cosce.

"Ottimo; anche a me. Avete gusti squisiti." L'uomo si leccò di nuovo le labbra; poi spostò il corpo e lei si sentì pungolare dalla sua verga dura. Eccolo, il momento che avrebbe cambiato per sempre la vita di Alex e, forse, anche quella di Ambrose, o almeno così sperava lei. Non ci sarebbe stato modo di tornare indietro e ciò era spaventoso, ma il desiderio da parte di Alex di condividere quel momento con Ambrose era più forte della paura. I loro sguardi si cercarono a vicenda e Alex osservò una serie di emozioni che non riuscì del tutto a riconoscere susseguirsi rapidamente sul volto dell'uomo.

Ambrose non chiese il suo permesso, ma attese,

tenendo lo sguardo fisso nel suo. Lei gli rivolse un lievissimo cenno del capo. Ambrose la baciò avidamente, le labbra brusche, mentre il resto di lui era infinitamente tenero. La penetrò, allargandola. Ci fu una torsione, un affondo brusco e un acuto dolore interiore. Alex piagnucolò e si morse il labbro, ma Ambrose non smise di baciarla. Qualche lungo istante dopo, cominciarono a muoversi entrambi, i corpi che scivolavano nell'oscurità, le lenzuola che ricadevano fino all'altezza dei loro fianchi mentre Ambrose faceva l'amore con Alex.

Ogni volta che lui la penetrava, il glorioso senso di pienezza era soverchiante, ma lei non smise mai di bramarlo. Le sue unghie affondarono nella schiena e nelle spalle dell'uomo mentre si teneva aggrappata a lui. Questi la cavalcò dapprima lentamente, i loro corpi che cercavano un ritmo naturale che Alex accelerò usando i fianchi per trascinare Ambrose più a fondo dentro di lei. Aveva il fiato corto e sentiva il suo corpo correre sempre più velocemente, salire sempre più in alto, verso una quota infinita di vero piacere. Lo sguardo di Ambrose era affamato e le sue labbra voraci mentre baciava ogni centimetro del torso di Alex. L'intensità dei suoi colpi d'anca aumentò e lei serrò se stessa tutto attorno a lui.

Quando l'uomo emise un basso ringhio, il suono riverberò attraverso di lei e fu troppo, troppo bello. Ambrose prese a pompare più velocemente. Il suono dei loro corpi umidi che si incontravano e dei loro respiri affannosi la fece cadere nel baratro. Un altro orgasmo esplose dentro di lei e il suo campo visivo si colmò di piccole luci bianche. Ambrose lanciò un grido e lei lo baciò per zittirlo mentre egli esplodeva sopra di lei. In quel momento, Alex capì di amarlo. Come avrebbe potuto non farlo? La verità vulnerabile delle emozioni dell'uomo gli brillava negli occhi mentre questi trovava il piacere dentro di lei.

Giacquero insieme, i corpi ancora congiunti, condividendo respiri e sorrisi segreti fino a quando il fuoco non morì e la notte entrò nel vivo. Alex si sentiva esposta e vulnerabile, ma non era sola: Ambrose era con lei. Il corpo dell'uomo era avvolto attorno al suo, scacciando tutte le sue paure.

"Restate con me," implorò Alex mentre accarezzava il braccio che le circondava la vita. L'uomo la abbracciava da dietro mentre giacevano sul fianco, i corpi premuti perfettamente l'uno contro l'altro, come due cucchiai in un cassetto.

Ambrose le sfregò il naso contro l'orecchio, deponendo un bacio delicato in quel punto. "Non vorrei essere da nessun'altra parte."

"Ottimo", mormorò Alex. Stava per addormentarsi quando, all'improvviso, si irrigidì. "Ambrose?" Nella sua voce vibrava una nuova paura.

"Cosa c'è, tesoro?" chiese l'uomo, la voce un basso rombo.

"Avete... preso precauzioni? Mi sono dimenticata di chiedervelo." Era stata così stupidamente ossessionata dall'averlo nel suo letto che si era dimenticata del consiglio di sua cugina.

"Io..." Ambrose sospirò mestamente. "Temo di no. Sapevo che avrei dovuto, ma nel momento in cui mi avete toccato, è stato come se avessi preso fuoco." La baciò sulla spalla. "Ma è improbabile che abbiate un figlio in grembo dopo aver fatto l'amore per la prima volta."

"Ma se dovesse succedere..."

"Allora ne affronteremo insieme le conseguenze," rispose l'uomo.

Conseguenze... sembrava una parola terribile, pesante e indesiderata. Ma un figlio loro sarebbe stato una conseguenza o una benedizione?

"Rilassatevi, tesoro mio, per favore. Riesco quasi a sentire i pensieri che vi martellano nella testa. Vi prometto che mi prenderò cura di voi, nel caso da questa notte dovesse nascere un bambino."

Alex si voltò leggermente tra le sue braccia. "Voi volete dei figli? Non ora, intendo, ma magari in futuro." Fino a quando non aveva visto il modo in cui suo padre si comportava con Griffin ed Emma, non aveva pensato molto ai bambini. Ora si rendeva conto che sarebbe stato bello, un giorno, avere un figlio.

Ambrose fece un sorriso piccolo, quasi timido. "Prima di oggi, avrei detto di no. Ma una piccola peste lanciatrice di piselli si è rivelata molto più divertente di quanto io avessi previsto. Potrebbe essere bello avere dei piccoletti che corrono per casa." Il tono di voce dell'uomo era colmo di divertimento e di stupore.

Era chiaro che aveva cambiato idea, quella notte, e qualcosa in ciò le diede la speranza necessaria a sognare. Perché nel momento in cui loro due avevano condiviso quel primo abbraccio appassionato in giardino, lei si era resa conto di voler pensare a un futuro con lui, per quanto sciocco fosse sognare di sposare un libertino.

"Alex, volete dirmi cosa c'è a Londra che vi mette paura?" chiese Ambrose.

Lei rabbrividì tra le sue braccia. "Non voglio parlarne."

L'uomo sospirò a bassa voce, un suono triste e dolce. "Parlarne potrebbe esservi d'aiuto. Voglio che sappiate che potete essere onesta con me."

"E voi sareste onesto con me?" ribatté Alex, scrutando il viso di Ambrose in cerca di qualunque segno di un tentato raggiro.

Lui annuì. "Chiedetemi qualunque cosa."

"Voi e lord Darlington... è chiaro che è successo qualcosa. Di che si tratta?"

"Eravamo amici, una volta, Molto amici." Ambrose le passò le dita sul braccio, un tocco rilassante e dolcemente sensuale.

"Cos'è accaduto tra di voi? È chiaro che non siete in buoni rapporti." Alex era stupita, ma anche gioiosa, per il fatto che egli stesse parlando con lei.

"Ormai sono passati diversi anni, ma i suoi genitori sono morti e lui ha ereditato il titolo di visconte

Darlington, nonché i debiti di suo padre. Questo l'ha cambiato. Non ha voluto accettare gli aiuti che io o il nostro amico Gareth potevano offrirgli. Voleva mantenersi da solo, ma ha cominciato a sbancarmi al tavolo da gioco, anche se ciò non gli bastava per tirare avanti. Suo padre aveva mandato in bancarotta il patrimonio e Vaughn rischiava costantemente di perdere le proprietà di famiglia."

"E voi non eravate d'accordo col suo metodo di sopravvivenza," tirò a indovinare Alex.

"No. E la nostra amicizia è caduta vittima di quella guerra."

"Mi dispiace," mormorò lei.

"Capita. Può succedere che due amici si allontanino," borbottò Ambrose. Distolse per un attimo lo sguardo da lei, l'espressione malinconica e distante.

"Ambrose." Alex gli fece abbassare dolcemente la testa e lo baciò. Lui ricambiò il bacio, ma fu un bacio dolce e colmo di una passione tenerissima, una che non doveva per forza concludersi con l'amoreggiare. Per qualche ragione, ciò fece sì che il suo cuore spiccasse un balzo, e Alex si accoccolò più vicino a lui.

"Ora mi parlerete di Londra?" chiese Ambrose.

Il momento di dolcezza parve sbiadirsi leggermente quando Alex si rese conto che avrebbe dovuto raccontargli tutto.

"Io... sono stata innamorata, una volta. Quell'uomo e io avevamo un progetto, ma lui partì per Londra poco prima del mio debutto e sposò una ricca ereditiera.

Quando venne il momento della mia presentazione a corte e del mio debutto in società, non riuscii ad affrontare il *ton*. Non riuscii ad affrontare quell'uomo e sua moglie e a vederli insieme. Faceva troppo male." Ecco, l'aveva detto. Forse Ambrose non le avrebbe chiesto altro.

Le dita dell'uomo le percorsero la mascella e il suo sguardo era tenero mentre lo abbassava su di lei. "Chiunque sia quell'uomo, è uno sciocco. Io non riuscirei mai a trovare un motivo per lasciarvi, se foste mia." Questa volta, lui la baciò con labbra ardenti, che tracciarono una scia bruciante dalla bocca di Alex alla sua gola e poi alla sua clavicola. Ci volle molto prima che entrambi fossero di nuovo soddisfatti e rilassati. Ambrose le aveva fatto dimenticare la sofferenza e le aveva ricordato che la vita poteva offrire un po' di gioia anche a coloro che stavano guarendo da un cuore infranto.

"Andate a dormire, amore mio." Ambrose le diede un bacio sulla guancia.

Alex chiuse gli occhi e si lasciò ricadere contro di lui. Se solo egli avesse potuto non lasciare mai quella stanza o quel letto. Lasciò che l'oscurità del sonno la sopraffacesse. L'indomani, avrebbe dovuto affrontare le conseguenze di quella notte.

Domani...

AMBROSE TENNE ALEX TRA LE BRACCIA E CERCÒ DI decifrare la marea di emozioni che provava. Era andato a letto con dozzine di donne nel corso degli ultimi anni, ma di rado aveva tenuto delle amanti fisse. Adorava il brivido dell'inseguimento, la seduzione e la vittoria. Poi se ne andava. Non amava formare relazioni intime e durature con le donne. E tuttavia, tutte quelle altre notti di passione con delle sconosciute sembravano vuote e prive di senso, rispetto allo splendore dorato che era stato fare l'amore con Alex.

Dal momento in cui era entrato nella camera da letto della donna, aveva sentito il battito pulsante dell'attrazione, e anche qualcos'altro. Era un senso di connessione purissimo, qualcosa che non aveva mai provato con nessun'altra donna. Alex era stata coraggiosa e ardita, ma piena di innocenza. Era stato bello, per Ambrose, introdurla alla passione ed esplorare il suo corpo. Era molto più che sesso. Baciare Alex era stato vitale quanto respirare. E quando l'aveva posseduta, quando lo stretto fodero di lei lo aveva avvolto come un pugno, non si era trattato di semplice piacere fisico. Ambrose aveva avuto la sensazione di volare assieme a lei. Per la prima volta, la copula era stata un momento da condividere, non di cui godere da solo. In passato, si era sempre assicurato che anche le sue amanti trovassero il piacere, ma non gli era mai parso di fare qualcosa insieme a loro.

Le usavo come loro usavano me.

Con Alex, era diverso. Con lei, si era trattato di una

gioia reciproca e condivisa, di stare con lei e condividere se stesso.

E lei gli aveva chiesto di restare. Ambrose non avrebbe mai osato restare con le sue amanti precedenti, né avrebbe voluto farlo. Ma mentre teneva stretta Alex addormentata, i corpi premuti l'uno contro l'altro, non riusciva a immaginare un altro posto al mondo in cui avrebbe preferito essere. Fare l'amore con quella donna era stato più dolce del suo primo bacio. Era stato più entusiasmante che galoppare col suo cavallo attraverso i campi mentre andava a caccia. Era più di qualunque altra cosa gli avesse mai dato piacere in vita sua.

Mi sto innamorando di questa donna, un'indemoniata ragazza di campagna che non sopporta Londra, e sono destinato a rovinarla e a spezzarle il cuore per salvarla.

La Sorte era una donna crudele, che gli aveva servito una mano terribile al tavolo da gioco celeste. Ambrose non riuscì a non chiedersi se il suo amico Gareth si fosse sentito allo stesso modo quando aveva conosciuto Helen. Ambrose non aveva creduto che il suo amico sarebbe riuscito ad amare di nuovo dopo che la sua prima moglie era morta di parto, eppure Gareth c'era riuscito. *Mi innamorerò? E a quale costo? Ho soltanto un cuore nero da dare a questa donna. E lei non mi vorrà quando l'avrò rovinata in tutti i modi possibili.* La fissò in viso, meravigliandosi di quanto pacificamente ella riposasse. Non riusciva a scrollarsi di dosso il senso di colpa che lo divorava da dentro e gli dava la nausea.

All'inferno chiunque aveva scritto quella scommessa

nel libretto di White's. Quella persona era pronta a distruggere una donna dolce e meravigliosa per puro e semplice divertimento. *E all'inferno me, che sono stato così sciocco da cercare di salvarla rovinandola.*

Tuffò il viso contro il collo della donna, inalando il suo dolce profumo e cercando di non pensare a cosa avrebbe portato il mattino.

☙ 11 ❧

"Londra? Ma pensavo che la città non vi piacesse." Ambrose guardò Alex camminare avanti e indietro in salotto. L'abito di mussolina rosa pallido della giovane bisbigliava nello sfregare contro i tappeti mentre la sua indossatrice camminava. Dopo la notte prima, lui aveva creduto che la passione li avrebbe avvicinati, ma quando era venuto il mattino, Alex gli era parsa preoccupata e distante. Ora Ambrose capiva. La donna stava pensando di andare a Londra, un luogo che lui sapeva non le sarebbe piaciuto.

"Avete detto che lord Darlington è pericoloso. Non credo che la campagna sia un buon posto dove stare con lui nei paraggi."

"Mi sembra giusto," sospirò Ambrose. "Sarebbe più facile per lui arrivare a voi, qui." Ma a Londra sarebbe stato ancora più facile, per Alex, cadere vittima di altri uomini intenzionati a vincere la sfida. Ovunque ella fosse, era in pericolo.

Dovrei chiuderla in una stramaledetta torre e tanti saluti.

"Per cui, Perdita e io andremo a Londra. Pensavo di andare a trovare vostra sorella. Sempre che voi siate disposto a presentarci." Le parole della giovane erano noncuranti, ma Ambrose si rese conto che ella fosse molto seria riguardo al conoscere sua sorella.

Alex smise di camminare in cerchio e lo fissò, lo sguardo colmo di speranza.

"Sì, certo. Violet ne sarebbe felicissima. Accompagnerò voi signore in carrozza, naturalmente." Ambrose non avrebbe mai lasciato andare Alex a Londra da sola. Le sarebbe rimasto accanto a ogni passo, in modo da garantire la sua sicurezza.

"Cosa?" rispose sorpresa Alex. "Non c'è bisogno che ci accompagniate." Arrossì quando lui attraversò la distanza che li separava e la afferrò delicatamente per la vita.

"Siete così ansiosa di liberarvi di me dopo ieri notte?" La voce gli uscì sotto forma di un mormorio roco, tuonando mentre lui ripensava a tutto ciò che avevano condiviso la notte prima. Parte di lui temeva che Alex non si fosse sentita travolta dall'emozione come lo era stato lui. La notte prima, aveva creduto che lei fosse rimasta coinvolta quanto lui dalla loro intimità, ma forse si era sbagliato. Il pensiero che Alex non fosse ossessionata e affascinata da lui quanto lui lo era da lei era come un pugno nello stomaco.

"No, non è così." La donna sorrise timidamente. "È solo che non voglio vi sentiate in obbligo di fare qualcosa che non desiderate fare." Le sue parole misero a tacere le paure che lo avevano attraversato e Ambrose le sorrise, amando il modo in cui il rossore di Alex non fece che accentuarsi. Se non ci fosse stato l'improbabile rischio che il padre di lei o un servitore li sorprendesse, l'avrebbe baciata fino a privarla dei sensi.

"Non c'è nulla che desideri di più che accompagnarvi a Londra e presentarvi mia sorella." Ambrose era sincero. Un viaggio a Londra avrebbe richiesto di fare sosta in una locanda, il che gli avrebbe dato un'altra occasione di stare da solo con lei prima di doverle rovinare la reputazione e la vita. Ambrose sussultò al pensiero.

"Tutto bene?" chiese Alex.

"Hmm? Oh, sì. Stavo solo pensando, ecco tutto." Ambrose sorrise e si piegò in avanti per rubare un rapido bacio. C'erano dei piani da fare e lui voleva davvero portare Alex a Londra per farle conoscere sua sorella. "Dovremmo fare i bagagli e partire subito, se vogliamo raggiungere una locanda decente in tempo per l'ora di cena. Posso mandare un ragazzo a prenotare delle stanze."

"Sarebbe splendido, grazie. Avrò bisogno di un alloggio in più per la mia cameriera personale e quella di Perdita." La giovane non sembrava dispiaciuta dal fatto che lui avesse preso il controllo della situazione. La sua cocciuta Alex aveva il buonsenso di dargli retta.

Ambrose annuì. "Ma certo."

"Ah, e mio padre ha detto che vuole venire anche lui," aggiunse la donna.

Ambrose si fermò a metà strada per la porta e la guardò. "Lord Rockford si unirà a noi?" Era un ostacolo per i suoi piani.

"Sì. Abbiamo bisogno di uno chaperon rispettabile; lui andrà bene."

Dannazione, come poteva Ambrose stare con Alex sotto lo sguardo di suo padre? Un conto era una grande villa di campagna come quella, ma in una locanda affollata di viaggiatori, sarebbe stato quasi impossibile.

Trovò un lacchè in corridoio e gli diede istruzioni di prenotare delle stanze nella piccola locanda sulla strada chiamata "Il Corvo e il Cinghiale"; poi corse al piano di sopra per far mettere in valigia i suoi bagagli. Quando scese al pianterreno, un'ora dopo, sperava di trovare Alex.

"Ah, Worthing, immagino che tornerete a Londra assieme a noi?" Rockford uscì dal suo studio vicino alle scale; la sua espressione calorosa fece sorridere anche Ambrose.

"Sì. Né la signorina Darby né lady Alexandra vi sono state di recente; sarà piacevole accompagnarle in giro per la città."

"Proprio così! Mia moglie rimarrà sconvolta per il mio arrivo, ma le farà del bene vedere che sono ancora vivo," ridacchiò Rockford.

"Sarà un piacere rinnovare la conoscenza di lady Rockford."

Lord Rockford annuì. "Siamo d'accordo." Poi, dopo aver dato una pacca sulla spalla di Ambrose, tornò nello studio.

Tre ore dopo, Ambrose aspettava fuori casa mentre una carrozza a quattro cavalli veniva caricata. Alex e suo padre salirono. La cameriera personale e un lacchè precettato per l'occasione sedevano sul gradino sul retro della carrozza. Ambrose diede ordine al cocchiere di passare a prendere Perdita Darby prima di salire e sedersi di fronte ad Alex.

Lungo il tragitto verso Darby House, lui e Rockford parlarono delle gioie della caccia e rivissero il passato. Ambrose notò che Alex lo osservava, lo sguardo tenero, le labbra leggermente incurvate, come capitava quando ella era sul punto di sorridere senza rendersene conto. Ambrose amava quella sua gioia costante.

Quando la carrozza rallentò fino a fermarsi di fronte alla residenza della signorina Darby, Ambrose si offrì di scendere per aiutare l'amica di Alex a salire.

Non appena fu sceso, il suo cuore si fermò. Accanto a Perdita e alla sua cameriera c'era Vaughn, con un set di borse da viaggio cariche ai suoi piedi.

"Che diavolo succede?" ringhiò Ambrose, rischiando di cadere dalla scaletta della carrozza.

"Worthing." Vaughn inclinò la testa; sulle labbra aveva un sorriso strafottente.

"Voi non–"

"Io *sì*." Vaughn guardò la signorina Darby e sorrise. "Vieni, ragazzo." Fece avvicinare un lacchè. "Prendi il bagaglio della signora." Vaughn prese le proprie valigie e seguì il lacchè, girando attorno alla carrozza.

Questo diede a Ambrose un breve istante per parlare con Perdita.

"Signorina Darby, credevo che solo voi ci avreste accompagnati a Londra." Si guardò alle spalle, attento all'eventuale ritorno di Vaughn.

Perdita arrossì. "Quando la mamma ha saputo del mio progetto di andare a Londra, ha suggerito che lord Darlington mi accompagnasse. Mi dispiace *terribilmente*." L'ultima frase fu pronunciata a bassa voce, avvicinando un poco il viso a quello di Ambrose. Era palese che Alex aveva messo in guardia Perdita dal potenziale pericolo che Vaughn costituiva per la sua reputazione.

"Molto bene. Ci arrangeremo," borbottò Ambrose mentre Vaughn faceva ritorno. Ambrose aiutò Perdita a salire; poi, lui e Vaughn furono costretti a condividere il sedile di fronte a quello delle signore e di lord Rockford.

"Darlington," salutò Rockford. "Sono felice che abbiate avuto modo di unirvi a noi."

"Grazie." Vaughn continuò a sorridere mentre si sedeva. "Lady Alexandra." Rivolse un cenno del capo ad Alex.

"Lord Darlington," rispose educatamente lei, la voce che conteneva appena una traccia di sospetto.

Ambrose fece del proprio meglio per trattenere il

malumore. Ora, con Vaughn, avrebbe dovuto tenere costantemente alta la guardia. Era palese che l'altro uomo era lì per fare un tentativo con Alex, ma lui era deciso a impedirglielo.

Nonostante il buon proposito di ignorare Vaughn, Ambrose trascorse il tardo pomeriggio conversando con lui e con gli altri mentre si recavano alla locanda. Era colpa del conte: questi aveva un modo di fare che sembrava bandire ogni malevolenza dai suoi compagni di viaggio.

Ci vollero quattro ore per raggiungere "Il Corvo e il Cinghiale". Ambrose andò a verificare le stanze e rimase profondamente dispiaciuto nello scoprire che lui e Vaughn ne avrebbero condivisa una. Così avrebbero fatto Perdita e Alex, mentre naturalmente il conte avrebbe avuto una stanza tutta per sé. Sarebbe stata un'altra notte senza accesso ad Alex. Se non altro, questo avrebbe resto facile tenere d'occhio Vaughn. Tuttavia, Ambrose non amava quando i suoi piani ben formulati venivano scombussolati. Magari avrebbe potuto trovare un modo per restare da solo con Alex, anche per poco tempo. Se non fosse riuscito a rubare un altro bacio entro mezzanotte, avrebbe rischiato di impazzire.

La locanda offriva un vitto semplice per i viaggiatori che non desideravano spendere molto, ma Ambrose assicurò al locandiere che loro avrebbero avuto bisogno di cibo più ricercato. Fu molto felice di vedersi servire un pasto a base di beccacce arrosto e ceci con asparagi, accompagnati da pane e zuppa.

La sala comune era piena di altri viaggiatori. Di solito, Ambrose amava la sensazione di calore e di vivacità della folla, ma ora, seduto tra i suoi compagni di viaggio, si rese conto che sentiva la mancanza dell'ampio spazio della sala da pranzo della casa di Rockford, in campagna. Il puzzo di corpi non lavati, paglia sporca e cavalli affaticati non era piacevole quanto ricordava. Le scuderie pulite e i cavalli riposati avevano il loro significato.

Dopo una cena tranquilla, ma piacevole, le signore si alzarono da tavola per ritirarsi nella loro stanza. Ambrose si alzò e le accompagnò alle scale, chinandosi a mormorare nell'orecchio di Alex, nonostante la vicinanza di Perdita.

"Se mi volete, vi aspetterò alzato. Bussate alla porta dopo mezzanotte; farò in modo che Vaughn dorma. Potremo trovare un posto per stare insieme," bisbigliò.

Alex si morse il labbro, gli occhi splendenti, le guance arrossate. "Ci vediamo dopo mezzanotte."

Le loro mani si sfiorarono, un contatto quasi innocente, ma la pelle di Ambrose bruciò e il suo corpo si tese per la rinnovata fame. La voleva ancora e, persino dopo averla avuta una volta, aveva ancora *bisogno* di lei. La guardò salire le scale che portavano alle camere; il suo ancheggiare era ammaliante, anche troppo. Gli prudevano le mani per la voglia di afferrarle i fianchi e attirarla contro di sé. Sarebbe stato bellissimo prenderla in quel modo, coi loro corpi premuti fronte contro retro. A Ambrose piaceva provare ogni genere di posizioni, ma con Alex aveva potuto provarne solo alcune. Voleva provare tutto con lei.

"Beh, penso che anch'io mi ritirerò." Rockford sbadigliò e, con un sorriso stanco, augurò la buonanotte a lui e Vaughn, prima di salire le scale e oltrepassare Ambrose, che non si era mosso nemmeno quando Alex era svanita alla vista.

Lui e Vaughn erano rimasti soli. *Dannazione.* Forse Ambrose sarebbe salito in anticipo nella sua stanza.

"Worthing, gradite dividere una bottiglia di brandy con me?" Vaughn aveva chiamato una delle cameriere che servivano i clienti al bar e questa gli stava dando una bottiglia di quello che sembrava un discreto brandy. Ambrose avrebbe preferito rifiutare, ma un po' di brandy avrebbe potuto aiutare Vaughn ad addormentarsi.

Finse di esitare, passando lo sguardo sulle scale prima di annuire.

"D'accordo, ma solo un bicchiere."

Il sorriso di Vaughn era astuto, come se fosse sorpreso, ma anche un po' felice che Ambrose avesse accettato. Quell'insidiosa fitta al cuore costrinse Ambrose ad ammettere che, forse sarebbe stato bello bere qualcosa con un vecchio amico e dimenticare gli anni e le circostanze che avevano creato un abisso tra di loro.

La barista sorrise timidamente quando Vaughn le

diede alcune monete extra, più che sufficienti a coprire il costo della bottiglia. Ma il suo vecchio amico non guardò nemmeno la donna. Prima di conoscere Alex, Ambrose sarebbe stato tentato di darle un bacio e un sorriso canagliesco. Ma ora non voleva dedicare attenzioni a nessuno, se non alla sua dolce ragazza di campagna.

"Saliamo? Non amo molto questa compagnia." Vaughn rivolse un cenno del capo agli uomini allegri e fracassoni che, seduti ai tavoli accanto, cantavano e ridevano.

Anche Ambrose non aveva una gran voglia di stare in mezzo a quella gente, almeno non quella sera. Riusciva a pensare solo ad Alex.

Vaughn salì le scale ed Ambrose lo seguì, sperando che sarebbe riuscito a far ubriacare il suo amico e avere un momento di tranquillità con Alex. Lui e Vaughn entrarono nella loro stanza ed Ambrose si chiuse la porta alle spalle. Vaughn prese due bicchieri dal piccolo vassoio che era stato portato su prima, contenente della carne fredda che aveva lo scopo di placare l'appetito fino al mattino. Ambrose prese posto su una delle due poltrone vicine al robusto fuoco che stava divorando una pila di ciocchi di legno.

Vaughn gli portò un bicchiere di brandy ed Ambrose lo prese, facendone vorticare dolcemente il contenuto mentre si sporgeva leggermente verso il fuoco, le braccia appoggiate alle ginocchia.

"Era da molto che non bevevamo qualcosa insieme,"

meditò ad alta voce Vaughn mentre si avvicinava al fuoco, il palmo della mano appoggiato alla mensola. Un piccolo orologio era posto al centro di quest'ultima; le sue lancette d'argento si muovevano lentamente per scandire le ore che mancavano a mezzanotte. Ambrose sorseggiò il suo brandy e contò i secondi, soffrendo come un cane per la lentezza glaciale del loro scorrere.

"È trascorso molto tempo." Ambrose lanciò un'occhiata nella direzione di Vaughn.

L'altro uomo fissò le fiamme, quindi bevve il suo brandy e voltò le spalle al fuoco. Un'espressione malinconica colmava il suo sguardo ed Ambrose intravide, nelle profondità fredde degli occhi dell'altro uomo, una traccia di nostalgia e di rammarico che li addolcì.

"Quand'è che tutto è degenerato?" gli chiese all'improvviso Vaughn.

Non c'era una risposta pronta, nessuna battuta che Ambrose potesse fare. Aveva la lingua appesantita dal terrore al pensiero di dire qualcosa.

"Non lo so. Gareth si è sposato e ha perso sua moglie, e voi avete perso i vostri genitori..." *E io ho perso me stesso.* All'improvviso, ecco la consapevolezza, un frammento di vita che Ambrose non aveva voluto ammettere di aver perso. Non sapeva esattamente cosa fosse cambiato in lui negli ultimi anni, ma qualcosa era cambiato. Aveva visto Gareth distrutto e incattivito dalla perdita dell'amore della sua vita. Vaughn aveva perso i genitori e si era dato al gioco d'azzardo e ad altri metodi per sopravvivere. E lui? Lui aveva perso se stesso in una serie infinita di seduzioni, che lo aveva portato a curarsi sempre meno di ciò che i poeti chiamavano amore. Perché aveva paura... paura di amare. L'idea di stare con una donna, una che avrebbe potuto amare e perdere come era successo a Gareth, lo aveva terrorizzato.

Vaughn bevve un altro sorso della sua bevanda, lo sguardo fisso tra le fiamme. "A volte, ho la sensazione che siamo tutti maledetti." Nessuno di loro due fece commenti, ma uno strano e triste senso di cameratismo nacque tra di loro in quel momento, quando entrambi riconobbero la triste piega che avevano preso le loro vite. Echi delle loro risate di ragazzi sembrarono riempirgli la testa ed Ambrose ricordò la sensazione dell'erba sotto i suoi piedi mentre lui e Vaughn correvano attraverso i parti.

Un tempo, quando eravamo giovani e spensierati...

Ambrose sollevò di nuovo il bicchiere e bevve un altro sorso. All'improvviso, era esausto, una stanchezza che non voleva combattere. Si alzò, finì di bere e guardò il suo amico.

"Credo che andrò a letto." Fece due passi verso il letto; poi il mondo prese di colpo a girare e lui esitò, barcollò, e tutto divenne nero.

Alex non riusciva a dormire. Si alzò dal letto, lasciando da sola Perdita, e prese la vestaglia dallo schienale di una delle poltrone vicino al piccolo caminetto. La seta scivolò contro la sua pelle e bisbigliò sfregando contro le assi segnate del pavimento mentre lei attraversava la stanza fino alla porta. Non sarebbe dovuta uscire, ma se fosse riuscita a raggiungere la stanza di Ambrose...

Ma insomma, rimproverò se stessa, cosa avrebbero potuto fare? Non c'era un luogo in cui si potessero incontrare in segreto, non quando condividevano le loro camere con altre persone.

Alex sospirò e aprì la porta di uno spiraglio. Il corridoio era vuoto. Uscì silenziosamente dalla porta e nello stretto corridoio. Era quasi mezzanotte e dalla sala comune principale non provenivano suoni. Alex raggiunse in punta di piedi la porta di Ambrose, il cuore che le batteva nelle orecchie mentre bussava con le nocche contro il legno.

Per favore, fa' che mi senta e si svegli prima che lo faccia lord Darlington. Ambrose le aveva mormorato dopo cena che l'avrebbe aspettata alzato, ma nessuno di loro aveva davvero creduto che un incontro sarebbe stato possibile, non con tutti quei compagni di viaggio. Ma Alex non poteva negare i propri desideri o la fame insaziabile di stare con Ambrose, anche se ciò significava correre tanti rischi. Tamburellò con le nocche una seconda volta e sorrise quando la porta si aprì. Poi, quando la luce fioca delle candele appese alle pareti illuminò il viso della persona venuta ad aprire, lei rimase paralizzata dallo stupore.

Era lord Darlington, completamente vestito, i cui freddi occhi azzurri presero atto dello stato di svestizione di Alex. Ebbe persino l'audacia di sorridere.

"Oserei dire che vi aspettavate Ambrose; ma dovrò deludervi, cara." L'uomo si mosse velocemente – troppo. All'improvviso, Alex fu trascinata nella stanza e gettata sul letto più vicino alla porta.

"Cosa state–" Alex si dimenò quando Darlington le saltò addosso; tra le mani, l'uomo aveva un rotolo di corda. Alex morse, artigliò e scalciò mentre lui le ficcava uno straccio in bocca, zittendo le sue grida. Ma Darlington era troppo forte. Diversi minuti dopo, il corpo di Alex era esausto, i suoi muscoli deboli e il suo respiro affannoso spiccava nella stanza silenziosa. Era legata mani e piedi e un fazzoletto le era stato ficcato in bocca, troppo in profondità perché lei potesse sputarlo fuori. Giaceva su un fianco, rivolta verso Ambrose, che aveva dormito per tutta la durata della colluttazione nel suo letto premuto contro la parete. L'uomo giaceva bocconi, completamente vestito, del tutto privo di sensi. Le lacrime punsero gli occhi di Alex, che le scacciò sbattendo le ciglia. Ambrose non si era svegliato per salvarla.

Darlington entrò nel suo campo visivo. "Lui non può aiutarvi. Ho drogato il suo brandy. Non si sveglierà prima dell'alba." L'uomo le si avvicinò e, quando fece per sollevarla tra le braccia, Alex ebbe un sussulto. Darlington si accigliò.

"Non vi farò del male. So che non avete motivo di fidarvi di me, ma giuro sul mio onore che non lo farò." Ciò detto, l'uomo la sollevò e se la buttò in spalla. La sua spalla colpì Alex allo stomaco, facendole venire la nausea, ma Alex non poté far altro che lanciare grida soffocate. Darlington uscì dalla stanza e scese le scale, raggiungendo la sala comune della locanda. Alex cercò di riflettere. Cos'altro aveva intenzione di fare di lei quell'uomo, se non voleva farle del male?

La porta che dava sull'esterno si aprì e Darlington la portò fuori, nell'oscurità. Quindi, Alex udì una voce. "È tutto pronto, milord," disse la voce burbera.

Alex cercò di scalciare e di costringere Darlington a lasciarla cadere, ma questi le tenne le gambe in una presa salda e la portò in una carrozza. Alex fu deposta su un sedile e le portiere vennero chiuse mentre il visconte la raggiungeva, tenendola stretta mentre bussava con un bastone sul soffitto della carrozza. Quest'ultima partì di scatto; Vaughn lasciò andare Alex solo quando il veicolo ebbe raggiunto una discreta velocità di crociera. L'uomo si spostò per sedersi di fronte a lei, quindi si chinò e le tolse il bavaglio.

"Non pensate nemmeno a gridare aiuto. Il cocchiere sa della vostra situazione e io gli ho pagato una somma considerevole per il suo silenzio. Nessuno vi sentirà: siamo lontani dalla locanda."

Le parole dell'uomo le provocarono brividi di paura.

"Lord Darlington, perché fate questo?" chiese, sbalordita dal fatto di avere la voce ferma. Era come se tutto, dentro di lei, stesse tremando.

L'uomo sospirò e guardò fuori dal finestrino della carrozza, scostando la tenda per guardare la luce della luna illuminare i campi circostanti.

"Nulla di personale, lady Alexandra. Siete divenuta l'oggetto di una scommessa e io ho una forte necessità di vincere."

La scommessa. Ambrose aveva avuto ragione a preoccuparsi. Magari, Darlington le avrebbe rivelato quei dettagli che Ambrose aveva preferito tenere per sé.

"Quale scommessa?" chiese Alex. "Avete detto che non è nulla di personale, ma mi avete rapita. Merito di conoscere la verità."

Darlington le lanciò un'occhiata; sulle labbra aveva un sorriso amareggiato. "Immagino che abbiate ragione." Lasciò ricadere la tendina. Solo un piccolo raggio di luce illuminava i suoi lineamenti belli, ma freddi. Più di ogni altra cosa, Alex sentiva la mancanza di Ambrose, dei suoi sorrisi smargiassi e del suo fascino giovanile, eppure egli era mascolino quanto Darlington. La differenza stava nel calore: Ambrose era un fuoco che ruggiva in una notte invernale. Darlington era una brezza fredda nascosta da un bell'arazzo.

"Qualcuno ha scritto il vostro nome sul libretto delle scommesse di White's."

"Quali sono i termini?" Alex raddrizzò la schiena, appoggiando i polsi legati in grembo e irrigidendo le spalle.

"Davvero volete saperlo?"

Alex annuì. "Devo."

Darlington si sporse in avanti, appoggiando le braccia sulle ginocchia. "L'uomo che vi rovinerà pubblicamente riceverà cinquemila sterline."

Così tanto? Era una cifra spaventosa. I gentiluomini benestanti del *ton* tendevano ad avere una rendita annuale attorno alle diecimila sterline. Alex non riusciva a immaginare che qualcuno fosse disposto a pagare la metà di quella cifra semplicemente per rovinarla.

"Cosa richiede nello specifico la scommessa, quando parla di rovina pubblica?" chiese.

"Almeno tre o quattro gentiluomini degni di fiducia devono vedervi in una situazione fisicamente compromettente con un uomo. Come ad esempio in vestaglia nella casa del suddetto uomo, oppure – meglio ancora – nel suo letto."

Alex deglutì a fatica al pensiero che un uomo che non fosse Ambrose la vedesse nuda in un letto. Il suo stomaco si rivoltò violentemente quando pensò a ciò che sarebbe accaduto con Darlington. Cercò di riguadagnare il controllo e di concentrarsi su ciò che doveva sapere, ossia l'identità di colui che le voleva tanto male.

"Chi può aver fatto una cosa del genere?" Si spremette le meningi nel tentativo di pensare a quale gentiluomo potesse volerle recare un tale danno.

"Si chiama Gerald Langley. Lo conoscete?"

"È un nome che ho già sentito, ma non ricordo…" Il nome sembrava danzare ai margini della sua mente. "E costui ha menzionato proprio me nella scommessa?"

"Sì, oltre al requisito che la rovina fosse pubblica. Sembrerebbe che quell'uomo abbia un forte desiderio di distruggere la vostra reputazione."

Alex cercò di digerire la notizia, ma un'ondata di orrore e sconvolgimento la colpì quando si rese pienamente conto di quanto fosse grave la sua situazione.

"Voi… voi mi…" Non ebbe la forza di chiedere a Darlington se questi le avrebbe usato violenza.

Il visconte fece una smorfia. "Non vi toccherò, non in quel senso. Ho solo bisogno della prova che abbiate trascorso la notte in casa mia; una volta ottenuta quella prova, il vostro amante verrà a salvarvi. Saprò essere molto convincente nel sostenere la vostra rovina."

Il sollievo di Alex per la scampata violenza non durò a lungo.

"Il mio amante?"

Darlington sorrise. Era un'espressione smargiassa. "So benissimo chi vi ha *davvero* rovinata. Perché, altrimenti, voi vi sareste presentata alla nostra porta dopo mezzanotte, cercando Worthing? Non sono uno sciocco, cara. Voi vi siete invaghita di lui e, tristemente, non avete idea che egli è parte di tutto questo." Darlington mosse una mano per indicare l'interno della carrozza.

"Cosa?" Alex riuscì a malapena a pronunciare quella parola. La dichiarazione dell'uomo le aveva mozzato il fiato. Di certo, egli stava mentendo. Ambrose non poteva—

"Non sono stato io a scrivere il mio nome nel libretto accanto alla scommessa che vi riguarda. Chiunque può cercare di soddisfare i termini, ma Worthing si è preso l'impegno di fronte a dozzine di testimoni. È lui quello che ha promesso di sedurvi di fronte a una sala piena di gentiluomini. Io sto semplicemente cercando di batterlo sul tempo."

No... Gli occhi di Alex bruciarono di nuove lacrime, ma lei non riusciva a muoversi, né tantomeno a respirare. Non Ambrose. Non dopo tutto...

Il suo cuore batté dolorosamente una singola volta. Poi parve fermarsi completamente, il suo posto preso da un orribile senso di vuoto.

Alex non sapeva quanto a lungo fosse rimasta seduta nel silenzio della carrozza che sferragliava verso Londra. Ore, probabilmente. Era ormai stordita quando entrarono in Grosvenor Square. La pallida luce del primo mattino faceva capolino timidamente attraverso le tendine schiuse del piccolo finestrino. Alex guardò la bella fila di case in Duke Street, osservando la luce che precedeva l'alba tingere le pietre bianche di rosa pallido e gli alberi di una splendida sfumatura di viola. Ma non vide davvero tutto ciò. La sua mente era rivolta verso l'interno, concentrata sul suo dolore.

Ambrose le aveva spezzato il cuore, l'aveva tradita, per una maledetta scommessa fatta da un branco di gentiluomini crudeli in un club. Era tutta una questione di denaro, per lui e per lord Darlington. Se non altro, quest'ultimo aveva avuto il coraggio di ammettere i propri piani. Ambrose l'aveva sedotta per davvero, non solo nel corpo, ma anche nel cuore. Alex ebbe un sussulto al pensiero di quanto fosse stata sciocca ad abbassare la guardia e lasciare che l'uomo le entrasse nel cuore.

La carrozza si fermò di fronte a una casa elegante e Alex lasciò che lord Darlington la conducesse su per i gradini e all'interno della dimora. Non aveva senso lottare o cercare di fuggire. Alex era in camicia da notte e vestaglia; se fosse corsa per strada vestita in quel modo, si sarebbe rovinata da sola e avrebbe fatto la figura della pazza. Meglio restare con Darlington, per il momento, fino a quando lei non avrebbe pensato a un'alternativa migliore.

"Da questa parte, milady." Darlington la condusse in una camera da letto al primo piano; l'ambiente, sebbene ben arredato, era palesemente fuori moda e un po' trascurato. Era chiaro che Darlington era in ristrettezze, proprio come aveva detto Perdita.

"Lord Darlington," esordì Alex, voltandosi verso l'uomo mentre questi stazionava sulla soglia, bloccandole la via di fuga.

"Sì?" Il visconte, col cappello in una mano, la guardò con aria seria, gli occhi azzurri freddi e calcolatori.

"E se mio padre vi pagasse? Mi lascereste andare senza rovinarmi, almeno in pubblico?" Valeva la pena fare un tentativo, sebbene le speranze non fossero molte.

Darlington la osservò e lei lo vide soppesare la sua offerta contro il ricavo che la scommessa gli avrebbe fruttato. Ci fu un barlume di esitazione negli occhi dell'uomo, il cui sguardo fu intenerito dalla compassione.

"Non funzionerebbe, almeno per quanto riguarda il salvarvi dalla rovina. Le scommesse sono una cosa seria, mia cara. Se non lo facessi io, può darsi che sarebbe un altro uomo – forse uno che non vi farebbe la cortesia di lasciarvi davvero intatta – ad accettare la sfida. Non credo che nessuno di noi due voglia che voi cadiate preda di un altro." L'uomo fece per andarsene, ma Alex lo raggiunse di corsa e lo afferrò per un braccio.

"Vi prego, lord Darlington, lasciate che io torni a casa. Non fatelo." Non era mai stata il tipo da implorare, ma in quel momento avrebbe fatto qualunque cosa per liberarsi e scampare alla rovina.

"Mi dispiace. Davvero. Non sono il tipo d'uomo che

seduce le innocenti, nemmeno per finta. Ma questa sciarada a cui mi vedo costretto mi aiuterà a sopravvivere un po' più a lungo, prima di vedermi costretto a vendere i vestiti che indosso." Il visconte esitò, quindi sospirò. "Presto sarà tutto finito. Intendo semplicemente portare qui il gentiluomo che ha lanciato la scommessa e far sì che egli vi veda in casa mia, vestita come siete. Spero che ciò sia abbastanza 'pubblico' per soddisfarlo. Poi, voi potrete tornare a casa. Vi prego di restare in questa stanza. Non c'è altro luogo in cui possiate andare. Vi farò portare a breve un vassoio di cibo perché facciate colazione." Darlington si inchinò e uscì, chiudendosi la porta alle spalle e facendo scattare la serratura.

Alex rimase immobile a fissare la porta chiusa per diversi, lunghi minuti, il cuore sofferente e il corpo ancora privo di sensibilità. Cosa sarebbe accaduto quando suo padre e Perdita si sarebbero svegliati e avrebbero scoperto la sua scomparsa? Ed Ambrose? Alex scacciò quel pensiero dalla mente. L'ultima cosa di cui doveva preoccuparsi era un uomo che aveva accettato pubblicamente la scommessa di sedurla.

Se solo avessi dato ascolto alla ragione e non al cuore, quella sera alla sala da ballo di Lothbrook. Non avremmo mai dovuto ballare il valzer. Quell'uomo non avrebbe mai dovuto mettere piede in casa mia.

Aveva commesso troppi sciocchi errori, errori che l'avevano condannata alla rovina e alla sofferenza. Era peggio di quando Marshall l'aveva lasciata per una donna ricca. Molto peggio. Alex non aveva dato tutto a Marshall, come invece aveva fatto con Ambrose. Ambrose aveva il suo cuore, il suo corpo e la sua anima. Lei era la sciocca che avrebbe pagato per essersi abbandonata a quei sogni infantili di innamorarsi e sposare un uomo che avrebbe ricambiato il suo amore. Era già stata sacrificata due volte sull'altare dell'amore, ma ora era stufa.

All'inferno l'amore.

❧ 13 ☙

Ambrose si svegliò in un mondo in cui un martello picchiava su tutto: la sua testa, la porta...

"Signor Worthing! Dovete svegliarvi, per favore!" lo implorò una voce femminile.

Una nebbia di dolore sembrava essere calata sulla testa di Ambrose; faticava a sentire i rumori, con l'eccezione del sangue che gli pulsava nelle orecchie.

Si alzò faticosamente e si rese conto di avere ancora addosso i vestiti della sera prima. Perché non si era cambiato? Alex era forse venuta nella sua stanza e lui, svenuto, non l'aveva vista? Non ricordava un accidente.

"Signor Worthing!" Di nuovo quella voce.

Ambrose inciampò mentre cercava di alzarsi dal letto. Impiegò qualche istante a rendersi conto che il letto di Vaughn era vuoto. Poi raggiunse la porta e la aprì, la testa che ancora gli pulsava.

"Signor Worthing?" Perdita era vestita e lo stava guardando con gli occhi spalancati e lo sguardo sconvolto.

"Io... Signorina Darby, cosa c'è?" Ambrose cercò di raccogliere i pensieri sparpagliati qua e là nella sua mente.

"Si tratta di Alex. È scomparsa. Ho pensato che forse... poteva essere con voi." La signorina Darby passò lo sguardo nella stanza ed Ambrose non poté non chiedersi quanto Perdita sapesse di lui e di Alex. "Dov'è lord Darlington?" chiese all'improvviso la giovane.

La nebbia nella testa di Ambrose stava cominciando a schiarirsi e un pensiero lo colpì come una mazzata.

Vaughn e Alex erano scomparsi.

"Non vedo lord Darlington da ieri sera. Signor Worthing, vi trovo piuttosto male. Va tutto bene?" Perdita gli toccò una guancia e lui sussultò. La sera prima, lui e Vaughn avevano parlato e condiviso vecchi ricordi in compagnia di una bottiglia di Brandy...

"Per tutti i diavoli, quel bastardo mi ha drogato!"

"Cosa?" Perdita ebbe un sussulto. "Perché?"

"Per portare Alex dove io non avrei potuto proteggerla. Cristo, Perdita, siamo nei guai." Ambrose uscì barcollando dalla stanza, la giacca in mano, e si affrettò verso la camera di lord Rockford. Percosse la porta fino a quando il conte non venne ad aprire, le sopracciglia inarcate.

"Worthing? Cosa diavolo..."

"Milord, la situazione è grave." Ambrose esitò,

avendo avvertito alle proprie spalle la presenza di Perdita. "Sembrerebbe che lord Darlington abbia rapito vostra figlia."

"Cosa?" Il volto del conte sbiancò.

"Milord." Perdita oltrepassò Ambrose e prese il conte per un braccio. "Perché non vi sedete?"

"Buona idea," mormorò stordito Rockford mentre si lasciava cadere su una sedia. "Ora." Sollevò lo sguardo su Ambrose. "Ditemi tutto quello che sapete."

Ambrose trasse un respiro profondo e raccontò al padre di Alex ogni cosa riguardo alla scommessa, tranne il fatto che lui stesso aveva accettato di sedurre Alex. Mentire al conte gli dava la nausea. Lord Rockford divenne cinereo nell'ascoltare Ambrose, e le mani gli tremarono così violentemente che egli le chiuse a pugno sulle cosce mentre stava seduto di fronte a Ambrose. Perdita rimase in piedi accanto al conte, il viso una maschera che celava qualunque emozione, la qual cosa confermò i sospetti di Ambrose: ella sapeva più di quanto lui aveva creduto riguardo a lui e ad Alex.

"Dunque siete venuto a Lothbrook per proteggere mia figlia da quei maledetti debosciati di White's?"

"Sì." Era vero, anche se Ambrose era stato costretto a omettere che parte della sua protezione nei confronti di Alex consisteva nel sedurla.

"Dio, e adesso?" Il viso di Rockford parve all'improvviso enormemente invecchiato dalla sofferenza e dall'angoscia.

"Li inseguirò. Credo che Vaughn abbia portato lady

Alexandra a Londra. Voi dovete accompagnare la signorina Darby con la carrozza; io vi precederò a cavallo. Se dovessi trovare vostra figlia, la porterò nella vostra casa in città, dove lady Rockford dovrebbe poterci accogliere fino al vostro arrivo."

Il conte lo fissò, paura e speranza che si contendevano la supremazia nei suoi occhi, occhi che a Ambrose ricordavano troppo Alex. Non osava pensare a quanta paura dovesse avere la donna. Se Vaughn l'avesse anche solo toccata, giurò, lui lo avrebbe trafitto con la spada, e al diavolo la loro vecchia amicizia.

"Immagino che sia la nostra unica possibilità, vero?" disse lord Rockford.

"Credo proprio di sì, milord."

"Buona fortuna," disse il conte, tendendo la mano a Ambrose. Lui la strinse vigorosamente e giurò in silenzio che avrebbe trovato Alex e l'avrebbe portata a casa sana e salva.

Ambrose lasciò Rockford e Perdita a fare i bagagli mentre correva nella scuderia per noleggiare il miglior cavallo disponibile. Si ritrovò comunque con un triste ronzino, ma non aveva scelta. Spronò coi talloni il cavallo mentre correva lungo la strada che lo avrebbe portato a Londra. Tirando a indovinare, pensò che Vaughn avrebbe portato Alex nella sua casa in Duke Street, ma il visconte doveva avere in mente un modo per mettere in atto la rovina pubblica, e questo era per Ambrose fonte ancora maggiore di preoccupazione.

Sto venendo a prendervi, Alex, ve lo giuro.

DUE ORE DOPO, AMBROSE SCESE DA CAVALLO E FICCÒ le redini nelle mani di uno stalliere stanco, per poi salire di corsa i gradini della casa di Vaughn e percuotere con violenza la porta. Aveva avuto molto tempo per pensare e preoccuparsi, e si era reso conto di una cosa: doveva salvare Alex a qualunque costo, perché teneva a lei, al punto che temeva di essere sul punto di innamorarsi. Se non fosse riuscito a salvare la reputazione della giovane dalla rovina pubblica, lui non se lo sarebbe mai perdonato e lei avrebbe dovuto sopportare il giudizio della società. E sarebbe stata tutta colpa di Ambrose. Non avrebbe lasciato che una cosa del genere accadesse alla donna che amava.

Un maggiordomo aprì sbadigliando la porta un lungo istante dopo.

"Sua Signoria non è–"

"Fuori dai piedi!" sbraitò Ambrose, scostando l'uomo con una spallata ed entrando in casa.

"Signore!" gridò il maggiordomo, più lucido ora che era stato spintonato.

"Vaughn? Dove diavolo siete?" gridò Ambrose. Il vecchio maggiordomo lo afferrò per un braccio mentre si incamminava verso le scale, ma sulla destra si aprì una porta, da cui uscì Vaughn.

"Ambrose," lo salutò a bassa voce Vaughn. Era completamente vestito, senza un capello fuori posto, ma il suo sguardo era stanco, come se si fosse aspettato quel momento.

"Dov'è?" Ambrose si scagliò contro il suo vecchio amico e, prima che Vaughn potesse reagire, gli sferrò un pugno in faccia.

Vaughn fece un passo indietro barcollando e si strinse il mento. Il sangue gli luccicò sulle labbra mentre sorrideva amaramente a Ambrose.

"Dannazione, mi ero dimenticato quanto fosse cattivo il vostro gancio destro." Un attimo dopo, il visconte si gettò contro Ambrose, i pugni sollevati.

Ambrose avrebbe dovuto aspettarsi che Vaughn avrebbe contrattaccato, ma non era pronto. L'uomo gli inferse un doloroso colpo a un occhio e lui si portò una mano al viso mentre schivava un altro pugno sventolante. Poi Ambrose si piegò in avanti e gli corse incontro, afferrandolo alla vita e sbattendolo contro la parete, dove lo percosse al fianco.

"Perdio!" ruggì Vaughn, sferrandogli una ginocchiata al petto. Il colpo gli mozzò il fiato mentre fronteggiava il suo amico, pronto a sferrare quanti pugni sarebbero stati necessari a raggiungere Alex.

"Non fatemelo ripetere. Dov'è lei?" Ambrose lasciò che il suo tono di voce si facesse cupo e omicida quanto lo era il suo umore. Riusciva a malapena a parlare. Era furibondo e terrorizzato dall'idea di cosa poteva essere accaduto ad Alex.

Lo sguardo di Vaughn corse alle scale, tradendo la posizione di Alex.

"È sana e salva. Ve lo giuro sulla mia vita, Ambrose." Il visconte si mosse, lentamente ma deliberatamente, per frapporsi tra lui e le scale.

"Levatevi di torno, Vaughn, o vi percuoterò abbastanza forte da lasciarvi a terra." Ambrose chiuse le mani a pugno.

Vaughn sollevò una mano. "Ho capito, ma voi dovete ascoltarmi per uno stramaledetto minuto."

Ambrose inarcò un sopracciglio. "Ah sì? E perché?"

Vaughn levò gli occhi al cielo, cosa che aveva fatto spesso quando, da ragazzi, Ambrose non era riuscito a seguire i suoi piani abbastanza in fretta.

"Lady Alexandra è nel libretto delle scommesse. Sapete cosa significa: fino a quando le condizioni non saranno soddisfatte, lei non sarà mai al sicuro, non sarà mai libera. Sapete che quegli altri uomini non si fermeranno mai. Gerald Langley ha messo una taglia di cinquemila sterline sulla sua reputazione. E tanto voi quanto il sottoscritto sappiamo che quegli uomini non si fermeranno alle apparenze. Prenderanno di mira anche la sua verginità."

Il cuore di Ambrose precipitò quando si rese conto che le parole di Vaughn erano veritiere.

"Qualcuno deve rovinarla per salvarla," disse. "È per questo che ho scritto il mio nome accanto alla scommessa. E dovrei essere io a farlo. È per questo che sono andato a Lothbrook; ma..." Non riusciva a rendere pubblica la rovina di Alex.

"Sapevo che l'avevate già fatta vostra, ma ho anche

visto quanto tenevate a lei. Non eravate disposto a finire il lavoro," disse Vaughn.

"E voi avevate bisogno del denaro, vero?" lo accusò Ambrose.

"È vero." Vaughn fece una pausa. "Langley sta venendo qui. L'ho convinto a venire a vedere Alex in camicia da notte, in casa mia, in una camera da letto. Spero che gli basterà. Poi potrà tornare da White's e bearsi della sua rovina."

Il piano di Vaughn, sebbene noncurante del bene di Alex, aveva un senso. Per quanto Ambrose detestasse ammetterlo, era una buona idea.

"Allora lasciate che sia me quello che vedrà. Vi darò il denaro, ma non lascerò che Alex sia legata al vostro nome. Dovrebbe essere il mio, di nome."

"Perché la amate." Vaughn aveva ripreso a sorridere e nei suoi occhi brillava una traccia di malizia.

"No," scattò Ambrose.

"Sì, invece."

Ambrose scosse la testa. "Lei è una donna splendida e suo padre è un vecchio amico."

"Ed entrambi sappiamo che voi non siete un brav'uomo. Avete agito spinto dalla curiosità e vi siete innamorato. Non c'è alcuna vergogna nell'ammettere una cosa del genere." Vaughn incrociò le braccia, lo sguardo serio.

Ambrose cercò le parole giuste, ma con un senso di pesantezza si rese conto che quella era la verità. Era innamorato di Alex; lo era fin dalla sera in cui avevano ballato il valzer. Quella rivelazione non gli diede né gioia né entusiasmo. Invece, il cuore di Ambrose cominciò a sanguinare di fronte alla verità della situazione.

"Lei non mi amerà mai, non quando saprà che ero venuto da lei per sedurla."

"Sì, sfortunatamente è vero. Sa che avete scritto il vostro nome in quel libretto."

Ambrose non riusciva a respirare. Il mondo si stava chiudendo attorno a lui, che stava morendo strozzato da qualcosa che aveva dentro. "Glielo avete detto, vero?"

"Sì." Vaughn non negò, ma nemmeno parve trarre alcuna gioia da quell'ammissione. "Non ero certo che voi la amaste, non prima che faceste irruzione qui e sferraste quel pugno."

"E ora cosa diavolo facciamo?" Ambrose si passò una mano tra i capelli.

"Voi salirete al piano di sopra per vedere la splendida lady Alexandra. Rivelatele tutto e convincetela a far sì che Langley vi veda a letto insieme. Una volta che lui se ne sarà andato, potrete portarla a casa. Vi presterò la mia carrozza."

Ambrose fissò il suo vecchio amico. "Sono tentato di colpirvi di nuovo, sapete."

Vaughn fece spallucce e le sue labbra ebbero un guizzo, anche se erano ancora gonfie per il primo pugno. "Potrete farlo più tardi, ma ora dobbiamo prepararci. Langley arriverà presto. Lady Alexandra è nella prima stanza in cima alle scale. La chiave è nella serratura."

Ambrose, che si era incamminato verso le scale, si immobilizzò e fulminò Vaughn con lo sguardo.

"L'avete chiusa dentro?"

"Lady Alexandra è una donna volitiva. Non volevo che corresse in strada mezza nuda. Qualcuno avrebbe potuto crederla pazza. Meglio non correre rischi."

Ambrose salì le scale a grandi passi e raggiunse la porta. Toccò la chiave e trattenne il fiato. Perché aveva la sensazione che, non appena avrebbe girato la chiave, la sua vita sarebbe terminata?

Alex era seduta in poltrona di fronte al caminetto spento, intenta a fissare il vuoto. Sapeva che stava tremando, ma la sensazione le pareva distante, come se la sua mente e il suo corpo si fossero separati tempo prima.

Ambrose era venuto a Lothbrook per sedurla. Lei non era altro che una scommessa per lui, una sfida con cinquemila sterline in palio. E aveva vinto molto facilmente.

Prima Marshall e ora questo...

Alex si strinse le braccia al petto e abbassò la testa, chiudendo gli occhi mentre le lacrime si riversavano lungo le sue guance. Come avrebbe fatto a sopravvivere? Era some se fosse stata strappata via dalla fortezza sicura che aveva nel cuore e gettata nuda in campo aperto, incapace di proteggersi dal mondo. Impossibile tornare indietro, ricostruire quella mura interiori. Era troppo tardi, perché lei si era innamorata di Ambrose e questi le aveva rivolto contro il suo stesso cuore.

Alex irrigidì la spina dorsale e cercò di decidere il da farsi. In qualunque momento, l'uomo che aveva lanciato la sfida sarebbe arrivato e lei sarebbe stata costretta ad affrontarlo. Cosa avrebbe fatto? Avrebbe aggredito Vaughn se questi avesse cercato di toccarla? Il visconte le aveva promesso che non lo avrebbe fatto, ma poteva aver cambiato idea, oppure Langley avrebbe potuto richiedergli di toccarla. Sì, Alex avrebbe lottato, se necessario. Non era mai stata un fiorellino indifeso e non avrebbe lasciato che nessun uomo la sottomettesse. Anche se aveva il cuore a pezzi, il suo orgoglio e la sua giusta ira le davano la forza per sopravvivere. Langley si sarebbe pentito di aver fatto quella scommessa e lo stesso avrebbe fatto Darlington per averla portata lì.

Il suono di una chiave che girava nella serratura attirò l'attenzione di Alex, che si irrigidì. Era giunto il momento, per Darlington, di rovinarla? La porta si aprì, le labbra di Alex si schiusero per lo stupore, e il suo cuore traditore spiccò un balzo per il sollievo. Quello era Ambrose, pallido in viso e con lo sguardo tormentato.

"Ambrose?"

L'uomo chiuse la porta e corse da lei, prendendola tra le braccia e sedendosi sulla poltrona, con lei in grembo. La rapidità delle sue azioni la sorprese; Alex non era pronta a respingerlo, anche se metà di lei stava lottando con la rabbia e il dolore. L'altra metà era sollevata di essere al sicuro tra le braccia dell'uomo. Ma Alex sapeva di non essere al sicuro, che non sarebbe mai più stata al sicuro dalla sofferenza quando c'era di mezzo lui.

"Grazie a Dio state bene," mormorò Ambrose, serrando le braccia attorno a lei.

Sarebbe stato facilissimo cedere, lasciare che il suo cuore si arrendesse di nuovo e cercasse riparo e conforto nell'abbraccio dell'uomo. Se solo questi non avesse accettato la scommessa di rovinarla, Alex sarebbe potuta rimanere lì tra le sue braccia, a sentire il calore del fiato di Ambrose contro la guancia e a odorare il suo profumo di cuoio e sandalo. Gli occhi le si riempirono di lacrime quando la realtà le precipitò addosso; spinse contro il petto di Ambrose. L'uomo era troppo sconcertato per fermarla mentre lei si alzava e si allontanava di scatto. Alex non avrebbe dovuto permettergli di toccarla o di abbracciarla. Era un dolore troppo grande, al punto da eclissare persino la sua rabbia contro di lui.

"Alex, sono qui per aiutarvi."

Lei frappose quanta più distanza possibile tra di loro, stringendosi addosso la vestaglia come se fosse stata uno scudo.

"Vi prego, non toccatemi... non vi avvicinate," mormorò.

Ambrose la fissò, lo sguardo preoccupato, la fronte aggrottata, e Alex si rese conto che non sapeva perché lei fosse arrabbiata con lui.

"So del vostro coinvolgimento nella scommessa."

Alex tacque e nella stanza calò un silenzio mortale, come quello di una tomba che non veniva disturbata da secoli. L'uomo la fissò mentre, lentamente, si alzava dalla poltrona. Rughe di ansia tracciarono solchi attorno alla sua bocca e ai suoi occhi; un tempo, lei le aveva considerate prova del suo amore per la risata. Quando Ambrose non disse nulla, Alex proseguì.

"Eravate venuto a sedurmi per vincere cinquemila sterline." Le parole avevano un sapore amaro sulla sua lingua. Ambrose finì di alzarsi, ma non cercò di avvicinarsi a lei.

"Il denaro non c'entra nulla, Alex." La voce di Ambrose era ingannevolmente dolce, come quella di un uomo che cercava di tranquillizzare un cavallo imbizzarrito.

"Ah no?" Alex rise amaramente.

"No," ringhiò Ambrose, il volto contratto dal cipiglio.

"Cinquemila sterline sono una somma considerevole."

"Vero, e io non ho mai avuto intenzione di accettarla."

"Perché eravate più interessato alla sfida in sé?" Alex sapeva che la sua voce suonava stridula, ma non sembrava capace di trattenersi.

"No. Dannazione, donna, lasciatemi parlare." Ambrose si mosse verso di lei. "Non abbiamo molto tempo. Un uomo di nome George Langley sta venendo qui. È colui che vuole vedervi rovinata. Dobbiamo dargli soddisfazione."

"Perché?" volle sapere Alex.

Ambrose la fissò per un lungo istante, quindi prese lentamente fiato. "Perché se non lo facciamo, tutti quegli altri uomini di White's verranno a cercarvi, Alex. Non sarete mai al sicuro, non fino a quando la scommessa non sarà considerata risolta. Il mio obiettivo è sempre stato quello di proteggervi dagli altri uomini. Nemmeno il matrimonio vi avrebbe salvato: il loro obiettivo è rovinarvi pubblicamente e questo non richiede che voi siate nubile. Non esiterebbero a stuprarvi, Alex. Lo capite? Sono uomini malvagi, che vogliono quel denaro e sono disposti a fare *di tutto* per ottenerlo."

Quel pensiero la raggelò. Alex non si era resa conto che la situazione potesse essere tanto seria.

"Ma..." Tacque quando si rese conto che Ambrose aveva ragione. "Cosa dobbiamo fare per fermarli?"

"Sarà necessario che Langley vi veda compromessa. Mi dispiace, amore mio, ma questo significa voi e il sottoscritto a letto..." Alex lo vide deglutire faticosamente; poi, l'uomo proseguì. "O potete scegliere Darlington, se preferite. Spetta a voi decidere."

Ambrose o Darlington? Non c'era scelta. Alex odiava e amava Ambrose e questi era l'unico di cui lei si fidasse, in quel momento.

"Voi. Scelgo voi."

Ambrose esalò di colpo il fiato. "Mettetevi a letto. Io

terrò l'orecchio incollato alla porta." Si voltò e si tolse giacca e camicia prima di levarsi gli stivali con un calcio.

Alex si mise a letto e lo guardò aprire la porta di uno spiraglio mentre teneva l'orecchio teso. Entrambi trattennero il fiato per quella che parve un'eternità. Finalmente, Ambrose si irrigidì, dopodiché Alex udì delle voci mascoline salire le scale. L'uomo chiuse la porta, raggiunse il letto e si sdraiò accanto a lei. Alex rimase immobile a fissarlo. Com'era diversa, quella situazione, rispetto all'altra notte. Quella notte era stata splendida e intima, mentre quello... quello sembrava il tradimento di quella notte.

Ambrose le circondò il viso con le mani, lo sguardo cupo e pieno di ansia.

"Qualunque cosa accada, amore mio, fidatevi di me per un'ultima volta, vi prego." Le accarezzò le labbra col pollice, e le labbra di Alex tremarono. *Amore mio*; quelle parole furono come una pugnalata al cuore quando Ambrose le pronunciò con tanta noncuranza. Quante altre donne erano state l'*amore* di Ambrose nel corso degli anni?

"Per un'ultima volta," gli fece eco lei con voce flebile. Le pareva che il suo cuore si stesse frantumando come vetro crepato, sottile come una tela di ragno.

L'uomo annuì e abbassò solennemente la testa per baciarla. L'esperienza fu bella e brutta allo stesso momento. Alex serrò la presa sulle coperte, resistendo all'impulso di toccarlo. Ma quando le labbra di Ambrose si schiusero e la lingua dell'uomo percorse la bocca serrata di Alex, lei si sciolse. Si perse nella foschia di un bacio dolceamaro, come il sapore dell'ultima mela d'autunno, un frutto dolce che portava con sé una traccia di gelo mentre l'inverno si intrufolava nei giardini e in mezzo agli alberi.

La porta della stanza si aprì ed Ambrose si tese sopra di lei; le loro labbra si separarono.

La paura afferrò Alex nella sua presa e lei chiuse gli occhi, lo stomaco in rivolta.

"Tenetemi stretto e non distogliete lo sguardo," mormorò Ambrose; e Alex aprì gli occhi. Percepì la presenza di un gruppo di uomini vicino alla porta, molto più numeroso di quanto lei si era aspettata; ma finché guardava negli occhi di Ambrose, poteva sopravvivere.

Si udirono alcune risate maschili sommesse; poi Darlington prese la parola.

"Come potete vedere, è decisamente rovinata. Vogliamo scendere a discutere del pagamento?" La voce di Darlington era già lontana quando la porta cominciò a chiudersi, lasciando soli lei ed Ambrose.

"Se ne sono andati," disse lui, che tuttavia non si staccò da lei. "Attenderemo che Vaughn li faccia uscire, poi io vi porterò a casa da vostra madre. Vostro padre sa già tutto; vi aspetterà nella vostra casa londinese, assieme a vostra madre."

Alex trattenne un singhiozzo che minacciava di sfuggirle. Era tutto finito... per il momento. Tutta Londra avrebbe saputo della sua rovina nel giro di un giorno e lei non sarebbe potuta andare da nessuna parte senza udire bisbigli o ricevere occhiate di sbieco.

La mia vita, quella poca vita che avevo, è finita.

"Va tutto bene?" chiese Ambrose, accigliandosi.

"*No.*" La parola le uscì con voce rotta e Alex fece appello alla poca voce che le restava per non scoppiare a piangere di fronte a lui. "Tutt'altro. Devo andare a casa. *Subito.*" Spinse contro il petto di Ambrose, sentendo il cuore che si spaccava ancora di più.

L'uomo si alzò con delicatezza da lei e si rimise giacca e gilet. Poco dopo, Darlington aprì la porta.

"Ambrose, credo di aver capito il movente di Langley." Lo sguardo di Darlington corse ad Alex, che distolse il suo. Lei non si vergognava: non aveva fatto nulla di male, non per scelta, almeno. Ma in quel momento si sentiva ferita e vulnerabile, e non voleva guardare negli occhi nessuno.

"Beh?" volle sapere Ambrose mentre finiva di infilarsi gli stivali.

"Langley è il fratello di una donna di nome Hilary Clifford. La quale, alcuni anni fa, ha sposato un uomo di nome Marshall Clifford."

Il nome Marshall Clifford fu una nuova staffilata per il cuore di Alex.

"Marshall è coinvolto?" chiese.

Ambrose e Darlington si voltarono verso di lei.

"Lo conoscete?" chiese Darlington. Quando lei annuì, il visconte proseguì. "Sembrerebbe che Marshall abbia fatto andare in collera sua moglie parlando troppo spesso di voi – amore vecchio si mantiene – e che lei, beh, si sia lamentata con suo fratello, Gerald Langley. Questi, a sua volta, sembrerebbe aver pensato che sua sorella sarebbe stata lieta di distruggere la reputazione di donna virtuosa e rispettabile di lady Alexandra."

Sconcertata, Alex impiegò troppo tempo a reagire mentre l'identità dell'uomo che aveva dato inizio alla scommessa metteva radici nella sua mente. Il problema era dunque rappresentato da Marshall e sua moglie.

"Voleva che lei cadesse in disgrazia perché Marshall Clifford è stato troppo stupido per sposare Alex quando ne ha avuto la possibilità e saperlo irrita la sua attuale moglie?" ringhiò Ambrose.

"Riassumendo, sì," disse Darlington. "Un pessimo soggetto, Langley, e Clifford mi suona come un imbecille."

"Lo è," disse Ambrose. "Ho conosciuto Hilary. È una donna orribile, convinta che tutto le sia dovuto per via della sua posizione sociale e del suo denaro. Si è comprata un marito, ma non ha potuto comprare il suo cuore. Che stupida."

"Vorrei andare a casa, adesso." La voce di Alex le uscì di bocca a un volume di poco superiore a quello di un sussurro, ma entrambi gli uomini la udirono.

"Mando a chiamare la carrozza," disse Darlington, incrociando lo sguardo di Alex. "Vi porgo le mie scuse, lady Alexandra. So che non avete alcun obbligo di perdonarmi, ma imploro comunque il vostro perdono. Se ci fosse stato un altro modo per salvarvi dalla scommessa, lo avremmo scelto." Per una volta, Darlington sembrava pienamente sincero; la qual cosa, considerata la sua reputazione, lasciava Alex in preda a uno strano conflitto interiore mentre guardava il visconte impoverito allontanarsi, lasciandoli soli.

"Ambrose, sono pronta ad andare. Per favore, muoviamoci," implorò.

"Venite," disse l'uomo in tono gentile, accompagnandola al pianterreno e sulla carrozza che li attendeva.

Le strade stavano cominciando a riempirsi di gente e, se loro non avessero presto raggiunto la casa di sua madre, Alex sarebbe stata vista in camicia da notte insieme a Ambrose. Ma d'altro canto, che importanza aveva? Il danno era fatto. La sua vita era distrutta e il suo cuore giaceva ai suoi piedi in mille pezzi cristallini.

❧

LE BRACCIA DI AMBROSE DOLEVANO PER LA VOGLIA DI stringere Alex. La donna sedeva di fronte a lui nella carrozza privata di Vaughn, l'espressione fredda e gli occhi bassi. Era come se qualcosa si fosse rotto dentro di lei; Ambrose lo capiva dall'espressione vuota del suo viso e dalla sottigliezza delle sue labbra. La sua splendida, selvaggia Alex era distrutta.

Io l'ho distrutta.

"Alex..." esordì più di una volta; ma lei non sollevò mai lo sguardo e lui non concluse mai la frase. Le parole erano intrappolate nella testa e nel cuore di Ambrose.

Creavano un dolore subito dietro i suoi occhi e in fondo alla sua gola.

Nulla lo aveva mai fatto soffrire tanto. Era come se qualcuno gli avesse affondato un pugnale nel petto e, a ogni istante che passava, la lama invisibile affondava un po' di più.

La carrozza si fermò in Audley Street ed Ambrose allungò una mano.

"Aspettate nella carrozza. Lasciate che li avvisi che siete qui. Non voglio che dobbiate aspettare fuori." Ambrose scese dalla scaletta della carrozza, arrivò di fronte alla porta della casa e bussò col battente a forma di testa di leone. Il maggiordomo impiegò solo un momento ad aprire, ma alle sue spalle c'erano lord e lady Rockford.

"Worthing! Grazie a Dio! Lei è qui? Sta bene?" chiese energicamente Rockford.

"Sì, vado a prenderla." Ambrose tornò alla carrozza e cercò di aiutare Alex a scendere. La donna ignorò le sue mani tese e scese da sola, puntellandosi contro le pareti della carrozza. Oltrepassò Ambrose senza degnarlo di uno sguardo e corse tra le braccia di sua madre. Rockford mosse lo sguardo tra sua figlia ed Ambrose.

"Cos'è accaduto?"

"Siamo stati costretti a portare a compimento la scommessa, almeno in apparenza. Vostra figlia è illesa, ma Gerald Langley, l'uomo che ha dato inizio alla scommessa, diffonderà la notizia della sua rovina entro stasera." Ambrose tenne il cappello in mano e cercò goffamente di scorgere Alex, che era ancora sull'ingresso di casa con sua madre.

"Entrate, Worthing." Rockford accompagnò alle parole un cenno, lo sguardo cupo. "Credo sia necessario discutere del... beh... del matrimonio. Immagino che abbiate intenzione di offrire voi stesso, dopo quello che è accaduto."

"Assolutamente." Il giorno prima, Ambrose avrebbe rifiutato. Ma ora, come poteva farlo? Aveva contribuito a porre Alex in quella situazione, il nome di lei sarebbe stato per sempre legato al suo e a quello scandalo, e lui la amava. L'avrebbe pregata di accettare, col cappello in mano.

"No." Alex parlò a voce alta, sconvolgendo Ambrose e il proprio padre. Si staccò dalle braccia di sua madre e sollevò orgogliosa il mento.

"Cosa?" chiese Rockford.

"Non intendo sposarlo, papà. È venuto a Lothbrook con l'intento di sedurmi. È colpevole della mia rovina quanto lo sono Langley e Darlington. Non intendo sposarlo. Esiliami pure in campagna per sempre, ma io *non* intendo sposarlo."

Rockford posò uno sguardo sconvolto su Ambrose. La delusione del conte fu una nuova ferita per lui. "È così?"

Ambrose deglutì e annuì gravemente. "Sì—"

"Andatevene. Andatevene dalla mia casa!" ruggì Rockford, incalzandolo. Ambrose indietreggiò. Era quasi come se l'uomo più maturo lo avesse colpito.

Indietreggiò fino a ritrovarsi sui gradini della casa; poi, con un'ultima, letale occhiata carica di rabbia e disappunto, Rockford gli sbatté la porta in faccia, chiudendola con tanta forza da far tremare il battente.

Ambrose rimase immobile per diversi minuti. Si limitò a fissare il battente, il cuore che martellava e gli sanguinava nel petto. Alex non lo voleva. Non intendeva prenderlo come suo marito. Non lo voleva nella propria vita o nel proprio cuore.

Cosa avrebbe fatto lui ora?

"Signore, volete che vi riporti a casa di Sua Signoria?" chiese il cocchiere.

Ambrose era sul punto di rifiutare, ma poi cambiò idea. Era di umore nerissimo, distrutto, indisponente e, stranamente, non voleva andare da nessun'altra parte, ma soprattutto non voleva restare solo.

"Sì, sarebbe bello." C'era una sola persona la cui presenza poteva sopportare, ora, e quella era Vaughn.

Erano davvero maledetti.

15

"Alex, tesoro, sono giorni che non esci di casa," disse lady Rockford mentre entrava nel salottino che dava sulla strada.

Alex era raggomitolata vicino alla finestra, con le ciabatte che facevano capolino dall'abito viola. Aveva la guancia appoggiata al vetro mentre osservava la strada piena di carrozze e di persone. La vita, all'esterno, era andata avanti, proprio come lei sapeva avrebbe fatto, nonostante il mondo le fosse crollato addosso. Le voci della sua rovina si erano diffuse a macchia d'olio il giorno dopo. Sua madre e suo padre avevano affrontato il torrente di domande da parte di amici e conoscenti, nonché il ritiro degli inviti a cene e balli. Nel giro di pochi giorni, la sua famiglia era stata ostracizzata.

"Alex, mi ascolti?" Sua madre si inoltrò nella stanza e appoggiò il dorso della mano alla fronte di Alex. "Sei ancora molto pallida, ma mi sembra che tu stia bene."

Alex scostò con delicatezza la mano di sua madre. "Perché *sto* bene, mamma."

"Allora perché non esci con Perdita? Potreste fare una cavalcata a Rotten Row o andare all'opera." Sua madre, ancora bella a quarantun anni, non sembrava capire perché Alex non volesse uscire e godersi la vita. Ma questo era dovuto al fatto che la contessa adorava le feste e le persone. Alex aveva sempre preferito le serate tranquille in casa, con una o due amiche al massimo.

"E sopportare le occhiate? I sussurri? Mamma, credi che non sappia quanto vi è costato tutto questo? Persino papà ha subito le conseguenze della mia disgrazia. Oggi è andato da White's e nessuno gli ha rivolto la parola. Nessuno." Gli occhi di Alex si velarono di lacrime e lei tirò su col naso; odiava l'ondata di autocompatimento che l'aveva sopraffatta. Non aveva mai amato quell'emozione, ma l'ultima settimana era stata insopportabile. Aveva implorato i suoi genitori di permetterle di tornare a casa, ma sua madre aveva detto che non doveva fuggire, non dal *ton*. Esso andava affrontato orgogliosamente, a testa alta. Era molto più facile a dirsi che a farsi.

"Oh, povera bambina mia." Sua madre la raggiunse sul divanetto e le prese il mento in mano per farla voltare verso di lei. "Ora ascoltami bene. Ho lasciato che ti nascondessi quando Marshall Clifford ti ha spezzato il cuore. Facendolo, ho commesso un errore. Pensavo che fossi troppo simile a tuo padre, ma so che c'è anche un po' di me stessa in te. Quella parte di te sa che ciò che hanno fatto quegli uomini crudeli di quel club non è colpa tua. Non puoi lasciare che loro ti facciano vergognare. Sei anche *mia* figlia. Capisci? Devi essere orgogliosa di te stessa. Chiunque ti tolga il saluto per quello che è successo non è tuo amico e non deve essere trattato come tale."

Alex fissò sua madre e il suo cuore, che pareva caduto in pezzi la settimana prima, le parve un po' più in salute. Adorava sua madre, ma non si era mai resa conto di quanto. Erano molto diverse e Alex non si era mai sentita molto vicina a lei, ma ora sentiva l'amore di sua madre ardere dentro di lei, scaldandola.

"Oh, mamma." La abbracciò.

"Su, su, tesoro," mormorò sua madre. "Perché non vai a fare una cavalcata con Perdita? È venuta a cercarti tutti i giorni da quando siete arrivate. Credo che si senta molto sola. Le ho fatto recapitare un messaggio, nella speranza che sareste uscite a cavallo. Dovrebbe arrivare presto."

"Va bene." Alex lasciò andare sua madre e salì al piano di sopra per cambiarsi e indossare un completo da equitazione. Forse sua madre aveva ragione. Il pensiero di uscire a cavallo con la sua amica la faceva sentire meglio. Quando scese, trovò Perdita ad aspettarla; l'altra donna aveva uno splendido aspetto nel suo completo di velluto blu.

"Alex." La sua amica le sorrise radiosa. "Il tempo è perfetto."

Lo era, eccome. Alex ne prese nota con ironico

divertimento mentre lei e Perdita cavalcavano attraverso Hyde Park. C'era il sole e non faceva troppo caldo, e una brezza gentile mandava i suoi capelli ad accarezzarle il collo, come le dita di un amante invisibile. C'erano parecchie persone in Rotten Row, perché le signore erano accompagnate da gentiluomini. Nel parco andava in scena l'elegante e complessa danza del corteggiamento. Alex cercò di non concentrarsi sulle coppie felici che mormoravano parole d'amore sotto gli sguardi attenti degli chaperon.

"Alex, come stai?" chiese Perdita quando si fermarono a far riposare i cavalli, a una buona distanza dalla folla.

"Ecco–"

"E sii onesta, per favore. Siamo amiche da troppo tempo per mentirci, anche a fin di bene," aggiunse Perdita.

Alex accarezzò con le mani guantate il collo snello e muscoloso del suo castrone prima di parlare.

"A volte faccio fatica a respirare. Penso a lui e–"

Parlando, Alex sollevò lo sguardo e, con suo sconcerto, videro Ambrose e lord Darlington cavalcare lungo il sentiero, diretti verso lei e Perdita. I due uomini le avevano notate e arrestarono i cavalli, come se stessero cercando di decidere se proseguire o voltarsi.

"Perdita, andiamo," scattò Alex, ma era già troppo tardi. I gentiluomini avevano deciso di raggiungerle e stavano cavalcando velocemente nella loro direzione.

Alex si irrigidì e fermò bruscamente il cavallo. Non

c'erano vie di fuga. Ambrose fu il primo a raggiungerle e il suo cavallo sfregò il naso contro il muso dell'altro. L'affetto tra i due animali riportò in vita il dolore fantasma dentro Alex. Non voleva che ci fosse alcuna amicizia, alcuna intimità, nemmeno tra i loro cavalli.

"Lady Alexandra," la salutò Ambrose, il tono di voce basso e rispettoso. Alex aveva il sospetto che stesse cercando di blandirla, ma lei non era una giumenta che aveva bisogno di essere domata.

Si limitò a un secco cenno del capo. Ambrose non meritava di meglio.

"Lady Alexandra," salutò lord Darlington. "Signorina Darby."

"Buon pomeriggio, lord Darlington," disse Perdita; poi si acciglò alla vista di Ambrose e si limitò a rivolgergli un cenno del capo.

"Alex," disse Ambrose; poi chinò il capo, lo scosse e ritentò. "Lady Alexandra, potrei avere un momento del vostro—"

"No."

"Ma—"

Alex non gli diede una seconda possibilità. Fece allontanare il cavallo e, in un gesto disperato e assolutamente volgare, diede di sprone. Si allontanò dal gruppo a gran velocità e cavalcò al galoppo nella direzione da cui era venuta. Avrebbe voluto guardarsi alle spalle, assicurarsi di non essere seguita, ma non voleva dare a Ambrose la soddisfazione di mostrare che gliene importava qualcosa.

"Alex?" Una voce maschile completamente diversa penetrò i suoi pensieri in preda al panico.

Alex esitò e si guardò attorno. Il cuore le balzò in gola. Vide Marshall in groppa a un bel castrone nero. Aveva l'aspetto del tipico gentiluomo benestante, con gli abiti dal taglio fine e il fazzoletto dalle pieghe immacolate, ma non suscitava in lei nessuna emozione, se non il lutto per la giovane innocente che lei era stata una volta. La sciocca che aveva creduto che innamorarsi fosse qualcosa di splendido e romantico.

"Marshall, chi è lei?" Una stridula voce femminile si intromise tra i ricordi di Alex.

Alex vide una donna minuta dal viso acido, seduta all'amazzone su un cavallo sauro piuttosto grasso. La donna stava guardando storto Marshall, quindi si voltò a guardare storto Alex.

"Beh? Chi è?" volle sapere la donna.

"È..." Il viso di Marshall annuì leggermente mentre lui cercava le parole giuste.

"Nessuno di importante," rispose freddamente Alex, il mento sollevato mentre faceva indietreggiare nuovamente il cavallo. Cos'altro sarebbe potuto andare storto? Aveva incrociato i due uomini d'Inghilterra che meno di tutti voleva vedere. A quel punto, non le importava più di nulla.

"Un momento... Alex? Non sarà mica quella lady Alexandra con cui..." La donna non stava più fissando Alex con curiosità, ma era impossibile fraintendere la crudeltà nel suo sguardo.

Alex scattò. "Con cui lui aveva un'intesa? Sì. Mi ha scartata per sposare voi, per il vostro denaro. È questo che volevate sentire, signora Clifford?" La sua voce era terribilmente stridula, ma non riusciva a scrollarsi di dosso la rabbia che quella donna e Marshall avevano suscitato in lei.

Ora, anche altre persone a cavallo di passaggio li stavano guardando, compresi Ambrose, Darlington e Perdita.

"Ma tu guarda!" sbuffò la signora Clifford, arrossendo. Era palese che non aveva una risposta. Dunque, cambiò strategia. "In tal caso, mio marito ha fatto bene a scartarvi. Ho sentito dire che siete una sgualdrina, che trascorrete la notte in casa del visconte Darlington, ma nel letto col signor Worthing, un noto libertino." Hilary sorrise crudelmente nel fare quell'annuncio con voce abbastanza alta da farsi udire da tutti.

Alex fissò l'altra donna per diversi, lunghi istanti, sentendo il suo cuore battere una dozzina di volte tra un secondo e l'altro. Le ci volle qualche momento per ricomporsi.

"Signora Clifford, io non sono una sgualdrina più di quanto lo siate voi. Per quanto riguarda la mia rovina a casa di Darlington, beh, essa è stata orchestrata nientemeno che da un uomo di nome Gerland Langley, vostro fratello, credo. Potreste chiedervi perché egli sia arrivato a tanto pur di umiliare la mia persona e la mia reputazione."

"Che significa, Marhsall?" chiese bruscamente Hilary.

Alex non attese un istante in più per fuggire. Spronò il cavallo a un piccolo galoppo rapido, fuggendo dalla folla sconvolta, che era rimasta a bocca aperta. Quando raggiunse la casa della sua famiglia, era ormai incapace di trattenere le lacrime. Gettò le redini allo sconvolto stalliere che le venne incontro vicino alle scuderie prima di correre in casa e fuggire nella sua stanza.

Si buttò sul letto e tuffò il viso nel cuscino, facendo del proprio meglio per zittire i forti singhiozzi che le sfuggirono. Ci volle molto prima che lei avesse finalmente pianto abbastanza da esaurire le lacrime e da farsi dolere la gola.

Guardò la finestra, esausta e con gli occhi rossi. Prese una decisione: non sarebbe rimasta a Londra. Aveva affrontato il peggio. E ora sarebbe tornata a casa, nell'unico luogo a cui davvero apparteneva.

Al diavolo l'amore.

⬥

AMBROSE WORTHING SI TROVAVA SUI GRADINI dell'ingresso di una casa in Curzon Street, il cappello in mano mentre sollevava il battente e lo lasciava cadere contro il legno. Il cuore gli batteva all'impazzata, ma c'era da aspettarselo. Stava per fare la conoscenza di una delle donne più famigerate di Londra: la misteriosa 'lady Società', autrice della rubrica di costumi della *Quizzing*

Glass Gazette. Lady Società aveva firmato, negli ultimi anni, le rivelazioni più esplosive riguardanti l'alta società londinese. Era spietata, ma diceva sempre il vero. Ed Ambrose sperava che avrebbe potuto aiutarlo... o meglio, aiutare Alex.

Era stato Vaughan ad avere l'idea, dopo aver assistito alla sofferenza di Alex in Hyde Park una settimana prima, quando la giovane si era trovata di fronte alla sorella dell'uomo che l'aveva rovinata in nome della gelosia. Alex era fuggita da Londra per tornare a casa sua, a Lothbrook. I sussurri del *ton* erano stati come un nido di api per i sette giorni a venire.

Il nome della figlia di lord Rockford era stato sulla bocca di tutti. Ed era ora di affrontare la verità: una donna buona, innocente, era stata rovinata a causa dell'avidità e delle invidie del *ton*. Era uno schifo ed Ambrose si vergognava di averne fatto parte. Ma la situazione sarebbe cambiata e lui avrebbe reso giustizia ad Alex.

Il giorno dopo che la giovane donna lo aveva lasciato abbattuto e col cuore infranto nel bel mezzo del parco, Ambrose aveva cominciato a cadere a pezzi e solo l'aiuto di Vaughan era riuscito a strapparlo dalla sua spirale discendente. Il visconte gli aveva suggerito di appellarsi all'unica donna a cui la buona società prestava orecchio. Di conseguenza, Ambrose aveva fatto qualche indagine e speso non poco denaro per convincere lo stampatore della *Gazette* a rivelargli da dove venivano spediti i contenuti della rubrica; quell'informazione lo aveva condotto a un ragazzino in una bettola poco raccomandabile. Da lì, Ambrose aveva rintracciato altre due persone – un panettiere e una modista – per poi arrivare finalmente a quell'indirizzo. La casa in Curzon Street. Naturalmente, non aveva ricevuto né un nome né una promessa, solo un indirizzo. E persino quell'indirizzo lo aveva ottenuto solo dopo che la modista gli aveva fatto mettere per iscritto le sue richieste in una lettera che era stata poi spedita a lady Società. La risposta di quest'ultima era arrivata il giorno dopo – a quanto pareva, Ambrose aveva scritto le cose giuste – assieme a istruzioni di recarsi a quell'indirizzo e di portare con sé la lettera come prova della sua identità.

Ambrose non conosceva personalmente il proprietario della casa in Curzon Street, ma ne aveva sentito parlare: si trattava di un visconte poco più vecchio di lui. Ambrose era sicuro che l'uomo in questione non fosse lady Società, il che lo portava a chiedersi chi, esattamente, stesse per incontrare.

La porta fu aperta da un giovanotto coi capelli rossicci e gli occhi marroni.

"Posso esservi d'aiuto?" La sua voce aveva una cadenza tipicamente irlandese.

"Vorrei parlare con la donna che mi ha inviato questa lettera. Lei mi ha detto di consegnarla all'uomo che avrebbe aperto la porta al mio arrivo."

Ambrose porse la lettera al giovanotto, che la prese e ne controllò attentamente il contenuto prima di fissare lui.

"Entrate e aspettate." L'uomo lasciò che Ambrose lo seguisse dentro casa, poi svanì in una stanza al piano di sopra. Ambrose osservò l'arredamento pregiato della casa, dal corrimano lucidissimo alle pareti rivestite di satin e ai quadri squisiti. C'era un ritratto di un giovane attraente in compagnia di una donna dai capelli scuri. Gli occhi dallo sguardo allegro dell'uomo e il sorriso indulgente della donna trasmettevano una sensazione di intimità tale da serrare il petto di Ambrose. Forse, non ci sarebbe mai stato un ritratto del genere raffigurante lui e Alex. Dio, Ambrose voleva quel futuro con lei più di ogni altra cosa al mondo. Si avvicinò al ritratto, chiedendosi se quella donna fosse lady Società. In tal caso, ella era palesemente sposata.

Il giovanotto riapparve in cima alle scale e fece segno a Ambrose di raggiungerlo.

"La signora vi riceverà ora." L'uomo aprì la porta che dava sul salotto.

Il nervosismo dava il voltastomaco a Ambrose. Quella donna, chiunque ella fosse, avrebbe potuto scatenare con la sua penna l'ira del *ton*, oppure avrebbe potuto salvare Alex. Ambrose entrò in una stanza ben illuminata, con le tende di damasco rosa scostate per far entrare la luce. Un vago profumo di rose colmava l'aria e lui notò che diversi vasi di fiori recisi di fresco impreziosivano i tavoli e le credenze. Non c'erano tracce della donna dai capelli scuri raffigurata nel ritratto al pianterreno; invece, Ambrose rimase sconcertato nel trovarsi di fronte a una giovane donna che non poteva avere più di ventidue anni, seduta in poltrona. Costei indossava un abito di mussolina bianca con dei fiori ricamati lungo l'orlo e i suoi capelli castano chiaro erano legati in alto a formare una cascata di riccioli. Era molto bella, ma in maniera sottile. In un angolo lontano, un'altra donna sedeva su una sedia, la postura umile; indossava un abito grigio pallido privo di fronzoli, aveva i capelli raccolti in un semplice chignon, e stava lavorando con pazienza di ago su un pezzo di stoffa. Era palesemente una cameriera personale. La giovane donna non sollevò lo sguardo dal suo ricamo.

"Signor Worthing, sedetevi, prego," disse la signora, indicando la poltrona di fronte alla sua. Tra le due si trovava un tavolino molto fine, sul quale l'uomo dai capelli rossi appoggiò un vassoio per il tè.

"Grazie, Sean," disse la signora prima che il giovane uscisse dalla stanza, chiudendosi fermamente la porta alle spalle.

Ambrose si sedette e guardò la signora versare del tè e offrirgli una tazza. Non era dell'umore, ma non gli pareva saggio rifiutare l'ospitalità di lady Società. Di conseguenza, accettò la tazza e bevve un sorso, aspettando qualcosa che era ignoto persino a lui stesso.

"Ho letto la vostra lettera, naturalmente. Mi pare di capire che desideriate il mio aiuto."

"Ehm... sì, per lady Alexandra."

La donna sorrise. "Interessante. Lady Alexandra è stata oggetto di numerosi pettegolezzi nel corso delle ultime due settimane. Come di certo saprete, io non riporto voci di quella natura nella mia rubrica. Noi donne dobbiamo già affrontare abbastanza ostacoli di natura sociale, senza farci a pezzi a vicenda con la calunnia," disse.

"Sì, esattamente," si affrettò a concordare Ambrose.

"Ditemi, signor Worthing, perché dovrei perorare la causa di lady Alexandra e confutare le storie che parlano della sua rovina? Se le voci sono credibili, la signora in questione è stata rovinata... nella casa di lord Darlington... a letto... con *voi*." La signora sottolineò bene ogni singola parola, scandendole con grazia mentre lo guardava fisso.

Ambrose abbassò lo sguardo sulla tazza di tè e trattenne un ringhio di frustrazione per quanto stava accadendo.

"È vero che era a casa di Darlington con me, ma non è tutto qui, milady." Ambrose fece una pausa, poi cercò le parole che avrebbero convinto la sua interlocutrice. "Lady Alexandra è la donna migliore che io abbia mai conosciuto. Quello che le è accaduto non è giusto. Si è trattato di un complotto ordito da un uomo che voleva farle del male per compiacere la propria sorella egoista. È una storia lunga, ma ritengo che voi dobbiate ascoltarla. Solo allora potrete giudicare se la mia missione per salvare la reputazione di lady Alexandra sia nobile o meno."

Lady Società rimase a lungo in silenzio. L'unico suono che si udì fu un piccolo borbottio da parte della cameriera personale quando questa si punse un dito. Quel disturbo sommesso spinse lady Società a parlare.

"D'accordo. Raccontatemi questa storia, signor Worthing. Non tralasciate alcun dettaglio."

Con un sospiro e un altro sorso di tè, Ambrose cominciò a parlare.

"Io non sono un gentiluomo, ma quella sera, da White's, quando ho sentito che un uomo di nome Gerald Langley aveva scommesso sulla rovina pubblica di lady Alexandra, ho dovuto intervenire…"

Ambrose non omise alcun dettaglio, nemmeno quelli che, se tralasciati, avrebbero salvato la sua reputazione per quanto riguardava Alex. Lady Società voleva la verità e, se avesse saputo tutto, forse avrebbe preso le parti di Alex.

Un'ora dopo, Ambrose concluse il suo resoconto.

"Voi ammettete di esservi comportato in maniera egoistica nel sedurla. E ora mi pregate di rivelare la verità, anche se essa non è lusinghiera nei vostri confronti?" chiese lady Società.

Lui annuì. "Non ho mai avuto una gran reputazione. Rovinarla ulteriormente non è una gran perdita."

"Effettivamente, siete piuttosto famigerato, signor Worthing; ma nel corso degli anni, ho visto libertini peggiori di voi diventare ottimi uomini e ottimi mariti."

"Mariti?" chiese Ambrose.

"Sì. Immagino che il vostro desiderio sia questo, che voi vogliate sposare lady Alexandra nel caso riuscissimo a salvaguardare la sua reputazione. Ho ragione?" Lady

Società inarcò un sopracciglio con aria di sfida. Per una donna così giovane e bella, aveva certamente una presenza imperiosa e autorevole. Del resto, Ambrose non si aspettava nulla di meno dalla donna che scriveva articoli tanto coraggiosi sulla *Gazette*.

"Io la sposerei immediatamente, ma lei non mi vuole. Non sono un cavaliere senza macchia, solo l'uomo che la ama. Io..." Le parole erano come intrappolate nella sua gola.

"Voi l'amate disperatamente, vero?" La giovane donna sorrise; la sua espressione aveva un che di tenero, quasi sognante.

Ambrose deglutì e annuì. "Per me, amare lady Alexandra significa non mangiare né bere e perdere il sonno a causa della preoccupazione per lei, e sentire la mancanza del suono della sua risata, del tocco delle sue labbra sulle mie..." Lasciò in sospeso la frase; sapeva quanto suonasse sciocco. "Non posso vivere senza di lei, ma se devo, ho bisogno di sapere che è felice, che la sua reputazione e il suo futuro sono al sicuro, in modo che un uomo degno di lei possa un giorno trovarla."

La giovane donna sorrise, gli occhi che brillavano per un accenno di lacrime, dopodiché lanciò un'occhiata alla giovane cameriera nell'angolo. Quest'ultima aveva smesso di ricamare e, lentamente, si voltò verso di loro. Ambrose rimase sconcertato dall'intelligenza che vide nei suoi brillanti occhi marroni. La domestica passò lo sguardo tra lui e la sua padrona prima di posare il ricamo e alzarsi. Quindi, parlò alla sua padrona con un tono sorprendentemente familiare.

"Grazie, Gillian. Credo sia ora di rivelare al signor Worthing chi è la vera lady Società."

Ambrose rimase di stucco e osservò sbalordito la cameriera avvicinarsi e prendere una tazza di tè offertale dalla donna di nome Gillian.

"Prego, milady." Gillian arrossì e fece per lasciare libera la poltrona, ma la domestica le fece dolcemente segno di restare dov'era.

"Chiedo scusa per il raggiro, signor Worthing, ma capirete che è fondamentale mantenere il segreto sulla mia identità. Lei è Gillian, la mia cameriera personale. La vera lady Società sono io." La donna vestita da cameriera sembrava divertita alla vista della perplessità di Ambrose.

"E voi sareste..." Ambrose non aveva ancora idea di quale fosse l'identità della donna.

Con un sorrisetto misterioso, lady Società si chinò a mormorargli il proprio nome, facendogli poi giurare di non rivelarlo mai, pena la morte della sua reputazione.

"Sono certa che conosciate mio fratello," aggiunse la donna.

Ambrose scosse la testa. "Ho sentito parlare di lui e mi è capitato di intravederlo a qualche ballo e in altre occasioni in città, ma non siamo mai stati presentati formalmente." Lui era membro di White's e sapeva che il fratello di lady Società faceva parte del club Berkley's. "Se voi siete lady Società, questo significa che scrivete di lui e della Società delle Canaglie, o come si fanno chiamare."

Lady Società gongolò; era un suono piacevole, non fastidioso.

"Proprio così. Mio fratello e i suoi amici hanno un disperato bisogno di conoscere le donne giuste e io tendo a dar loro una spintarella quando lo ritengo opportuno."

Ambrose ridacchiò. "Voi li sfidate costantemente, vero?" Aveva letto gli articoli – li avevano letti tutti. Era chiaro che lady Società aveva in simpatia la Società delle Canaglie, ma li punzecchiava spietatamente.

"Ma certo. Quei cari ragazzi." Lady Società sorseggiò il suo tè, continuando a sorridere. "Ora, vi ho ascoltato perorare la vostra causa e accetto il progetto. Scriverò un articolo riguardo a questa scommessa e lo farò pubblicare sulla *Gazette* nel giro di qualche giorno. Inoltre, sosterrò la vostra posizione. A Dio piacendo, lady Alexandra vi vedrà per il libertino redento che siete e farà di voi suo marito."

Il sollievo di Ambrose fu solo leggermente macchiato dalla paura che ciò che aveva fatto ad Alex fosse imperdonabile. Tuttavia, lei meritava che tutto fosse rivelato; forse, allora, sarebbe riuscita a perdonarlo. Lui l'avrebbe amata in qualunque caso, anche se avesse dovuto trascorrere i suoi prossimi sessant'anni di vita a guardarla e amarla da lontano. *Purché lei sia felice.*

16

Alex sedeva su una panchina di pietra al centro del giardino della casa di suo padre a Lothbrook, con un libro in mano. Si trattava di una raccolta di saggi filosofici piuttosto noiosi, ma lei non la stava davvero leggendo. Fissava le pagine fino a quando le lettere non perdevano fuoco ed era persa nei pensieri e nei ricordi di Ambrose.

Poiché aveva lasciato Londra, aveva pensato che il dolore sarebbe diminuito, ma così non era stato. Le ferite nel suo petto, sebbene invisibili, erano ancora lì, nude ed esposte come la mattina in cui aveva scoperto il tradimento di Ambrose.

Alex scacciò le lacrime e lanciò un'occhiata alla casa quando suo padre ne uscì, tenendo sottobraccio sua madre. I due si erano riavvicinati dopo la rovina di Alex. Probabilmente, era uno dei pochi aspetti positivi nello sciame di nubi grigie che tuonava sopra la sua testa.

"Alex..." esordì suo padre in tono esitante. Il conte lanciò un'occhiata alla moglie, che gli rivolse un cenno di incoraggiamento.

"Papà?" chiese Alex, un po' nervosa alla vista di suo padre che esitava a dire o a fare qualcosa. Era raro che ciò accadesse, il che significava che il conte aveva qualcosa di importante per la testa.

"Questa mattina è arrivata la posta da Londra. Credo che dovresti leggere la *Quizzing Glass Gazette*, in particolare la rubrica di lady Società." Suo padre le passò il giornale e lei lo prese. Non mancò di notare l'occhiata che passò tra i suoi genitori prima che rientrassero in casa.

Alex tenne il giornale in mano per un lungo istante, chiedendosi cosa avesse potuto spingere entrambi i suoi genitori a uscire a portarglielo. Doveva essere qualcosa di terribile. Aprì il giornale e girò le pagine fino ad arrivare alla rubrica di lady Società. Il suo cuore si fermò quando cominciò a leggere.

Ecco cosa era scritto nella rubrica di lady Società sulla *Quizzing Glass Gazette*:

Lady Società ha molte cose da dire, oggi, e una storia da raccontare: una storia di eroi e malvagi e di fanciulle virtuose e meno virtuose.

Poiché l'intera Londra è impegnata a mormorare della rovina di lady Alexandra Rockford, lady Società ha ritenuto opportuno mettere a tacere le voci e assumere la difesa della signora rovinata. Dunque, vi chiederete, quale luce di verità può gettare la sottoscritta su questa faccenda?

Lady Alexandra è stata rovinata. Sì. Questo è certo. Ma ella non ha nulla di cui vergognarsi, né tantomeno l'evento si è verificato per sua scelta. No, i colpevoli sono certi individui malvagi. Di chi sto parlando? Dei gentiluomini del club White's, che hanno scritto una scommessa in un libriccino. Tra questi, si riconosce il nome di Gerald Langley. Costui ha dato inizio alla scommessa per compiacere la propria sorella, la signorina Hilary Clifford, moglie del signor Marshall Clifford, un uomo che in passato ha avuto un'intesa con lady Alexandra. Dunque, di grazia, cosa vede lady Società in tutto questo? Sembrerebbe che la gelosia, da parte della signora Clifford verso una donna che ha fatto parte del passato di suo marito, abbia spinto suo fratello a intraprendere una perfida crociata per distruggere lady Alexandra.

Sorprendentemente, nemmeno un uomo tra i frequentatori di White's ha scelto di difendere lady Alexandra. Invece, il signor Ambrose Worthington, un noto libertino, si è offerto volontario. Egli conosceva lord Rockford e sapeva fino a che punto fossero disposti a spingersi gli uomini del club per un premio di cinquemila sterline. Il signor Worthing ha ritenuto di essere in grado di risparmiare sofferenze alla signora innocente, cosa che quegli altri farabutti non avrebbero fatto. Ma, ironia della sorte, il libertino è caduto vittima del fascino della bellezza campagnola. Se solo lei potesse ricambiare il suo amore; ma no, il ton *ha svelato il proprio lato crudele e noi tutti abbiamo voltato le spalle all'unica innocente. Se vorrete seguire i suggerimenti di lady Società, toglierete il saluto a Gerald Langley, a sua sorella e a chiunque li difenda. È mio personale desiderio vedere lady Alexandra diventare l'ospite più richiesta a tutti gli eventi sociali della stagione. Noi che abbiamo mancato di difendere il suo onore le dobbiamo questo e altro.*

Forse, se saremo fortunati, potremo trovare un modo per aiutare la guarigione del cuore infranto del signor Worthing; perché, come ho sempre detto, i libertini redenti sono i migliori mariti e credo che lady Alexandra meriti il meglio.

Alex dovette rileggere la rubrica per due volte prima di riuscire ad ammettere di credere che ciò che aveva letto non fosse un complesso sogno a occhi aperti. Alla fine, piegò il giornale e rientrò in casa, le mani che tremavano. Trovò i suoi genitori in salotto. Sua madre era seduta a uno dei piccoli scrittoi d'angolo, intenta a passare in rassegna una enorme pila di lettere. Quando notò Alex, la contessa sorrise.

"Alex, cara, queste sono per te. Sono arrivate assieme alla copia mattutina della *Gazette*."

"Cosa..." Alex si interruppe e fissò il mucchio di lettere, ripensando all'incoraggiamento, da parte di lady Società, a invitarla a tutti gli eventi mondani. Di certo, quella posta non poteva essere tutta per lei...

"Sei stata invitata a tutti i ritrovi più importanti a Londra per il resto della stagione." Sua madre sembrava al settimo cielo, ma nulla di tutto ciò aveva importanza per Alex e suo padre parve accorgersene.

"Lui non ti ha scritto, Alex," mormorò a bassa voce suo padre.

Lei spostò lo sguardo nella sua direzione. Sapeva cosa aveva inteso suo padre: *lui* era Ambrose. Il cuore le pulsò debolmente nel petto.

"*Lui* non ha scritto perché si trova a Darby House. Perdita ha scritto a tua madre due giorni fa, informandoci del suo arrivo, nel caso egli cercasse di venirti a trovare mentre si trova a Lothbrook. Ho pensato che avrebbe potuto interessarti saperlo..." Suo padre lasciò in sospeso la frase, esitando.

Ambrose soggiornava a casa di Perdita? Alex vacillò al pensiero di averlo tanto vicino.

"Tu non lo manderesti via o..." chiese prudentemente a suo padre. Il conte abbassò lo sguardo sul libro che stava leggendo, le guance rubizze.

"Papà," disse Alex in un tono di voce che sapeva suo padre avrebbe riconosciuto come un'ammonizione.

"Alex, cara," disse sospirando il conte. "Speravo, beh, che la situazione avrebbe potuto risolversi. Ho letto l'articolo di lady Società e quello che dice ha senso. Ambrose era un bravo ragazzo ed è un bravo giovane. Ero furioso con lui per la doppiezza con cui si è presentato qui, ma... se venisse da noi, io non lo caccerei. Non se ci fosse la possibilità che..." Il padre di Alex lanciò un'occhiata alla moglie, implorando silenziosamente il suo aiuto.

"Alex, ciò che tuo padre non sta dicendo − e che qualcuno dovrebbe dire − è che, a volte, non si trova marito con metodi convenzionali. Prendi tuo padre, per esempio: forse, lui non mi avrebbe mai sposato se non l'avessi attirato in giardino la sera del nostro terzo ballo insieme. Lui−"

Alex si coprì la bocca per soffocare una risata

quando suo padre si alzò di scatto e interruppe la moglie.

"Il punto è: io sono pronto a perdonare quel ragazzo, ma tu lo sei?"

Lei lo era?

Alex aveva ancora la *Quizzing Glass Gazette* in mano e le parole di lady Società continuavano a rotolare nella sua testa.

"Non... non lo so." Era la verità. Alex sapeva che il suo cuore voleva perdonare Ambrose e che il suo corpo apparteneva ancora all'uomo in una maniera che lei non comprendeva pienamente, ma la sua mente voleva delle risposte e del tempo per riflettere prima di mettere di nuovo a rischio il suo cuore. E invece, Ambrose era lì, a Lothbrook. Così vicino. Lei avrebbe potuto incontrarlo per caso durante la sua passeggiata quotidiana per i prati. Avrebbe potuto incrociarlo mentre faceva acquisti con sua madre in paese. Non poteva andare da nessuna parte senza la possibilità che ci fosse anche lui e non era sicura di poter continuare a vivere in quella maniera. Cosa gli avrebbe detto? Cosa avrebbe voluto dire? Si erano separati quando la rovina di Alex era stata imminente e lei aveva giurato di non sposarlo mai. C'era una forte parte di lei ancora furiosa con l'uomo per ciò che egli aveva fatto. Ma dopo aver letto l'articolo di lady Società, Alex si era resa conto che la situazione era stata davvero grave come Darlington ed Ambrose avevano cercato di farle capire. Gli uomini dei club non avrebbero mai smesso di perseguitarla, anche se lei fosse stata sposata. Dopotutto, anche le donne sposate potevano sempre essere oggetto di rovina pubblica.

Ambrose aveva detto di volerla sposare, ma quell'offerta era stata forse dettata dalla compassione per la situazione di Alex o dal senso di colpa per esserne stato l'artefice? Alex non voleva che un uomo la sposasse per l'una o l'altra ragione. Voleva un uomo che la sposasse perché non poteva sopravvivere senza di lei. Era così sbagliato desiderare un uomo che la amasse disperatamente? Dando per scontato che Ambrose la amasse davvero e che avesse voluto sposarla per quella ragione, restava il fatto che lei aveva rifiutato energicamente. Un uomo di buonsenso avrebbe onorato il desiderio di Alex e questo poteva aver indurito il suo cuore. Il pensiero le fece rivoltare lo stomaco e lei si portò una mano all'addome.

E se Ambrose avesse voltato pagina? Di certo, egli aveva abbondanza di donne tra cui scegliere e non avrebbe aspettato che Alex decidesse se poteva o meno affidargli il proprio cuore infranto per una seconda volta. Dopotutto, l'uomo era un libertino e i libertini avevano molte donne a cui rivolgersi, come tutti gli uomini di fascino. Ma il cuore di Alex continuava a ripeterle che Ambrose non lo avrebbe fatto, che quello che c'era stato tra di loro era stato diverso, per lui, da qualunque esperienza egli avesse avuto con altre donne.

È la mia vanità a credere a queste sciocchezze? O il mio cuore è sciocco al punto da avermi convinto che ero speciale per lui, proprio come lui lo era per me?

"Nessuno ti chiede di sposarlo," disse il padre di Alex. "Ma ho pensato che avresti voluto sapere che lui si trova nelle vicinanze. Un uomo che non fosse pazzamente innamorato di te non ti spetterebbe a Darby House." Il conte ridacchiò. "La signora Darby non è il genere di compagnia prediletto dai giovani uomini celibi, soprattutto visto che sta cercando marito per sua figlia. Perché non fai una passeggiata e non ci pensi su? Sai che sono un convinto sostenitore dei benefici dell'aria aperta." Il conte gonfiò orgogliosamente il petto, facendo ridacchiare la madre di Alex.

"Una passeggiata? Alex non ha bisogno di fare una passeggiata. Quello di cui ha bisogno è andare dritta a Darby House e accalappiare quel giovanotto seduta stante. Non possiamo permettere che egli ritorni a Londra, non quando Alex potrebbe essere sposata prima della fine dell'anno."

"Cara," disse il padre di Alex in tono gentile, con la grande pazienza che aveva maturato nei quasi due decenni di matrimonio con sua moglie, "Alex non può mettersi fretta. Ci sono in gioco il suo cuore e la sua vita. Il matrimonio è una faccenda seria e lei deve essere sicura di essere pronta a perdonare Worthing e a dargli una seconda possibilità." Il conte si rivolse nuovamente ad Alex. "Fa' una passeggiata," la incoraggiò.

Alex si rese conto che suo padre stava cercando di dirle più di quanto suggerivano le sue parole. Lo sguardo del conte era serio e lei riuscì quasi a sentirgli dire *Smettila di nasconderti. Affronta Ambrose e saprai cosa fare.* Era quello il motivo per cui amava suo padre: lui sapeva sempre cosa dire, anche solo con gli occhi, quando non c'era bisogno di parole.

"Magari farò davvero una passeggiata," disse.

Sua madre emise un lieve suono contrariato e borbottò qualcosa che somigliava sospettosamente a "Purché ti porti a Darby House..."

Alex si mordicchiò il labbro; poi, continuando a portare con sé la *Gazette*, andò in camera sua per cambiarsi. Le avrebbe fatto bene fare una bella passeggiata e schiarirsi la testa. Poi, avrebbe potuto scrivere a Perdita e invitarla a prendere il tè per discutere di una strategia riguardo a Ambrose. E poi... beh, forse c'era ancora una possibilità per lei e per Ambrose.

AMBROSE NON SI MUOVEVA DA DUE ORE DAL PUNTO lungo la piccola strada di campagna che conduceva a casa di Alex. Quello era diventato il suo rito giornaliero da quando era arrivato a casa di Perdita, due giorni prima. Aveva accettato prontamente e con ansia l'invito di Perdita, un invito giuntogli a Londra dopo che la giovane aveva letto la *Quizzing Glass Gazette* e, come gli aveva detto lei stessa, aveva deciso di dargli la possibilità di dimostrare il proprio valore, se lui lo desiderava.

Negli ultimi due giorni, era uscito dalla casa di buon mattino per recarsi lì e aspettare, nelle orecchie le parole di Perdita: *Dimostratele di essere degno di lei.*

Sperava sempre che Alex avrebbe preso quella strada e che lui avrebbe potuto incontrarla per caso. Aveva troppa paura di bussare alla sua porta e affrontare l'ira di suo padre e la freddezza di Alex, nel caso lei non lo volesse. Aveva la strana sensazione che, se fosse riuscito a vederla da solo, avrebbe avuto maggiori possibilità di riconquistarla.

Non sarebbe *mai* stato degno di lei, ma voleva provare a esserlo, ogni giorno per il resto delle loro vite. Si raddrizzò dal muretto a cui era appoggiato quando vide una donna emergere da un cancello che si apriva sulla proprietà dei Rockford. Il suo cuore spiccò un balzo e lui inalò di colpo nel guardare fisso la figura lontana; dopodiché, non riuscì a trattenere il sorriso colmo di entusiasmo che gli spuntò sul viso.

Era Alex. Avrebbe riconosciuto ovunque la sua adorabile sagoma.

"Venite da questa parte," mormorò a mo' di preghiera.

Per una volta, la Sorte ebbe compassione di lui. Alex si incamminò nella sua direzione, tenendo la testa bassa fino a quando non arrivò a pochi metri di distanza. Pareva persa nei suoi pensieri, cosa che lui adorava di lei.

Quando la giovane sollevò lo sguardo e lo vide, rimase di sasso. Le sue guance arrossirono ed ella rimase immobile, come una cerva spaventata. Il cuore di Ambrose batteva contro le costole e le sue mani tremavano, per cui le chiuse a pugno. Una dozzina di pensieri correvano all'impazzata nella sua testa, ma poi si rese conto che non c'era nulla che lui potesse dire che il suo cuore e il suo corpo non potessero dire meglio.

Raggiunse Alex e, prima che lei potesse parlare o protestare, le circondò il viso con le mani e si chinò, premendo la bocca contro quella di lei in un bacio intenso. Voleva farle percepire la sua sofferenza, il suo amore, il suo desiderio e tutte quelle emozioni complesse che lo avevano fatto a pezzi nelle due settimane trascorse dal loro ultimo incontro. All'inizio, Alex si sciolse, dandogli tutto ciò che gli era fortemente mancato; ma proprio quando il bacio parve sul punto di andare fuori controllo, la giovane spinse contro il suo petto. Ci volle tutto il gentiluomo che era rimasto in lui per indietreggiare, perché l'ultima cosa che Ambrose desiderava era frapporre distanza tra di loro.

Le labbra di Alex tremavano quando lei sollevò lo sguardo, la qual cosa gli fece venire voglia di riprenderla tra le braccia e stringerla per sempre. Era disposto ad affrontare il mondo intero per farla sorridere di nuovo.

"Ambrose..." Alex si morse il labbro, quindi proseguì. "Ho letto la rubrica di lady Società." Il suo sguardo era ombroso, ora, e una paura terribile esplose dentro Ambrose. Il grandioso piano suo e di Audrey Sheridan non aveva funzionato. Alex non la voleva. Non si fidava di lui, non avrebbe—

"Sono terrorizzata," disse di getto la giovane.

Ambrose impiegò alcuni istanti ad assimilare le sue parole; poi annuì, sorridendo timidamente. "Anch'io."

"Davvero?" chiese Alex, sollevando di scatto le sopracciglia delicate in un'espressione di stupore.

"Sì." Ambrose aveva ancora le mani attorno al viso della giovane e la sensazione della pelle liscia di lei sotto i palmi era rilassante.

"Di cosa avete paura?" domandò Alex.

Ambrose chiuse gli occhi ed esalò un respiro profondo prima di proseguire. Doveva assicurarsi che lei capisse quanto era importante per lui e quanto lui l'adorasse. Se non ci fosse riuscito, avrebbe rischiato di perderla di nuovo.

"Ho paura di dover vivere tutti i giorni del resto della mia vita senza di voi. Per un uomo innamorato, si tratta del destino più spaventoso che si possa immaginare." Ecco, l'aveva detto; aveva pronunciato le parole che lo avrebbero salvato o condannato.

"Siete... siete sincero?" Alex si ravviò una ciocca di capelli con cui il vento si era messo a giocare.

"Fino all'ultima parola. Alex, io non avevo mai amato una donna prima. Voi siete entrata nella mia vita come una stella cadente. La sera in cui ci siamo conosciuti, al ballo, io sono cambiato. Non ero integro, non prima di conoscere voi. Quella dannata scommessa si è rivelata la cosa migliore che potesse mai capitarmi. Spero che non mi avrete in odio per queste parole."

Alex inclinò la testa e lui percepì che stava riflettendo in maniera molto approfondita su ciò che aveva detto.

"Avete ragione. Quella scommessa è stata la cosa

peggiore che mi sia mai capitata, ma anche la migliore." Mentre la giovane pronunciava quelle parole, Ambrose intravide quella vulnerabilità che ella cercava spesso di nascondere a lui e al resto del mondo. Ambrose non voleva che Alex si nascondesse, non da lui.

"Sono vostro, se mi volete," disse. "Vi darei tutto pur di farvi felice," giurò. E quasi sorrise quando si rese conto che lady Società aveva ragione. Forse, i libertini redenti erano davvero i migliori tra i mariti.

Alex annuì, gli occhi colmi di lacrime. "Io vi voglio. E voi, volete davvero me? Credevo che non voleste legarvi a una sola donna per il resto della vostra vita."

Imprecando sottovoce, Ambrose trascinò Alex tra le sue braccia e la baciò sulla sommità del capo prima di stringerla forte. "Mi sbagliavo completamente. Voi siete l'unica donna che voglio nella mia vita."

Finalmente, la lasciò andare e si mise in ginocchio, tenendole le mani.

"Alex, amore mio–"

"Sì," tagliò corto la donna, ridendo.

La gioia che sbocciò nel petto di Ambrose fu così intensa da impedirgli di rispondere subito. Si limitò a fissare la giovane, senza parole e senza fiato.

"Ambrose, va tutto bene?" chiese Alex.

"Pensavo che avrei dovuto convincervi," spiegò lui, inghiottendo oltre il groppo alla gola.

"Ci siete riuscito... facendo sì che lady Società raccontasse la verità. Avete affrontato l'intero *ton* per me. Se questa non è una prova d'amore, non so cos'altro potrebbe esserlo." La giovane si asciugò le lacrime che le brillavano negli occhi.

"Trovare lady Società è stato una sfida notevole, ma ne è valsa la pena, per riconquistarvi," ammise Ambrose. "Ed è stato davvero gratificante vedere Gerald Langley, sua sorella e Marshall Clifford diventare paria sociali. Nessuno li invita più da nessuna parte. È stata una soddisfazione enorme. Anche se Langley ha giurato di scoprire l'identità di lady Società e di fargliela pagare. Ho promesso di tenerlo d'occhio al club, nel caso dovesse fare scommesse che mettano in pericolo quella cara signora."

"In pericolo?" gemette Alex.

"Oh, sì. Langley è furioso. Ma la signora è stata messa in guardia e Vaughn e io le guardiamo le spalle. Le devo tutto."

Alex si rilassò e gli sorrise mentre lo faceva rialzare in piedi. "E di sicuro, lei merita due cavalieri dall'armatura scintillante che la proteggano. Sono felice che abbia voi e Vaughn a sorvegliarla. A proposito, chi è in realtà lady Società?"

Ambrose le sorrise. "È un segreto che ho giurato di portarmi nella tomba.

"Cosa? Non potete dirmelo?" Alex ridacchiò mentre si avviavano a braccetto verso la casa di lei. Dio, quanto gli era mancata la sua risata.

"Non posso, ma forse," la stuzzicò lui, "se cominciate a tirare a indovinare ora, potreste scoprire la sua vera identità nel giro di una decina di anni, dato che ci sono molti nomi da provare."

"Oh! Non riesco a credere che non vogliate dirmelo!" esclamò Alex, fintamente offesa, per poi dargli delicatamente di gomito. "Vediamo..."

Cominciò a elencare i nomi di famose donne londinesi e lui scosse la testa, confutando ognuno dei suoi tentativi. In quel momento, Ambrose si rese conto di aver finalmente trovato se stesso. Proprio lì, in quel momento, mentre camminava lungo la strada di campagna con Alex al suo fianco, il suo cuore stava per scoppiare dalla gioia. Chi avrebbe mai detto che accettare una perversa sfida scritta in un libretto delle scommesse lo avrebbe portato all'amore della sua vita?

Quando arrivarono all'ingresso del giardino, Ambrose attirò Alex in un altro bacio. La giovane gli sfiorò le labbra con le proprie prima di aprire la bocca per lasciarlo affondare tra di esse. Era audace, la sua dolce ragazza di campagna. Ambrose adorò il modo in cui gli tremarono le ginocchia e il suo cuore accelerò i battiti mentre teneva tra le braccia la *sua* donna. Da quel momento in poi, avrebbe sempre scommesso sull'amore.

Grazie per aver letto La seduzione del libertino! *Spero che la storia di Ambrose e Alex vi sia piaciuta! Per leggere il primo capitolo del prossimo libro,* La seduzione della canaglia, *girate pure pagina!*

La SEDUZIONE
DELLA CANAGLIA
LAUREN SMITH
LA SEDUZIONE DEL LIBERTINO

LA SEDUZIONE DELLA CANAGLIA

CAPITOLO UNO

Londra, dicembre 1821

Perdita Darby strinse il cappuccio del mantello attorno al viso, nascondendosi non solo dal vento freddo che sferzava la vettura pubblica che aveva preso, ma anche da eventuali occhi indiscreti in agguato nell'oscurità. La strada era vuota: il crepuscolo e il freddo avevano ricacciato in casa anche i più ferventi appassionati delle passeggiate a tarda sera. Persino i monelli di strada, di solito alla disperata ricerca di denaro, erano nascosti nei loro vicoli in una serata gelida come quella, in cerca di un po' di calore. Perdita temeva che l'oscurità nascondesse qualcuno in grado di rendersi conto della sua identità o delle sue intenzioni. E ciò avrebbe potuto significare la sua rovina.

"Signora?" Il conducente della vettura pubblica aspettò che lei scendesse e chiuse la portiera mentre lei si liberava le gonne. Fece poi per togliersi il cappello, ma Perdita gli fece segno di tenerselo in testa. La notte era troppo fredda per quel genere di cortesie. L'uomo sorrise con gratitudine e si tolse a calci la neve dagli stivali.

"Aspettatemi qui, per favore." Perdita mise alcune monete nella mano dell'uomo e questi annuì.

"Ma certo." Il vetturino si infilò le monete in tasca e tornò al posto di guida. Poi si strinse attorno al corpo il pesante mantello marrone e si raggomitolò per scaldarsi.

Perdita si voltò verso la porta della casa che aveva di fronte. Era una dimora molto bella, che sorgeva in Duke Street da molti anni. Le sue nobili arcate erano incorniciate dall'edera che cresceva a partire dalle aiuole sotto le finestre, anche se le foglie erano cadute e aveva lasciato scoperte le ragnatele scheletriche dei viticci sottostanti. Ma in primavera, quando l'edera era colorata e onnipresente, quella casa sembrava quasi un cottage nel profondo delle Cotswold, non un'imponente casa a schiera al centro di una grande città.

Era chiaro che il proprietario di quella casa non si era preso la briga di mantenere un giardiniere che avrebbe impedito all'edera di diffondersi. Ma questo non avrebbe dovuto stupire Perdita. Lei conosceva il padrone di casa. Era sua intenzione gettarsi ai suoi piedi e implorare il suo aiuto, se necessario, e non importava che il suo soprannome, mormorato nelle sale da ballo londinesi, fosse 'il Demonio di Londra'.

Perdita raddrizzò le spalle.

Sii coraggiosa. Lui è l'unico che possa aiutarti. Non fargli capire quanto hai paura.

Salì i gradini e bussò col battente montato sulla robusta porta di quercia. All'improvviso, fu assalita dei dubbi. Era un'idea terribile. La sua mente le urlò di fuggire mentre se ne stava lì sulla soglia dell'aldilà.

Forse avrebbe potuto implorare i suoi genitori di lasciarla andare nel Continente per qualche anno ed evitare la sorte che l'aveva spinta a recarsi a bussare a quella porta a quell'ora. Ma ciò avrebbe salvato solo lei, non la sua famiglia, dalle conseguenze che avrebbe portato il fuggire dal ricatto a cui lei si trovava a far fronte.

La porta scricchiolò, il vecchio legno di quercia che protestava mentre i cardini si aprivano a malincuore. Apparve un maggiordomo di mezza età, gli occhi piccoli e brillanti che la guardavano da sopra un naso lungo e sottile e un mento a punta. Il suo atteggiamento mancava di quella cordialità che ci si sarebbe aspettati da un servitore in una casa decente. Le sue spalle erano ampie ed egli sembrava troppo muscoloso per il ruolo distinto di maggiordomo. Ma quella non era una casa decente. Quella era la casa del demonio.

"Ehm…" L'uomo esitò, evidentemente sconcertato dall'aspetto di Perdita. Era rischioso farsi vedere su quella particolare soglia dopo mezzanotte e lei lo sapeva benissimo.

"Devo vedere subito lord Darlington," disse Perdita all'uomo, pregando che egli l'avrebbe lasciata entrare.

Non poteva correre il rischio di essere vista e dare scandalo. O meglio, uno scandalo diverso da quello che stava già pianificando con cura.

L'uomo esitò, sbarrando col proprio corpo la porta ancora parzialmente chiusa. "È tardi, persino per il mio padrone."

Perdita non si lasciò scoraggiare. "So che l'ora è quella che è, ma lui vorrà vedermi." Sollevò il mento e parlò con un tale atteggiamento regale che il maggiordomo non osò interrogarla. L'uomo sospirò e si fece da parte. A quanto pareva, le lezioni datele da sua madre non erano state poi uno spreco.

"Da questa parte, signora." Il maggiordomo le fece segno di entrare. Una volta in casa, Perdita si rilassò, ma non troppo. Poteva anche non essere visibile dalla strada, ma si trovava comunque in un territorio piuttosto pericoloso.

Due lampade dalla luce soffusa illuminavano corridoio e scale. Lei era stupita dal fatto che fossero ancora accese. Il padrone di casa era ancora sveglio? Lo aveva dato per scontato, ma la casa era avvolta in un silenzio spettrale. Perdita si prese un momento per osservare l'ambiente circostante, senza celare la curiosità. Nel foyer non c'era traccia di decorazioni, quadri o anche solo tavolini. Quell'austerità la sorprese.

E così, è qui che risiede il Demonio di Londra.

Il mobilio che intravide oltre una porta semiaperta a qualche metro di distanza – forse quella del salotto formale – era datato e malridotto. Il che aveva senso: si diceva che il padrone di casa fosse un disperato cacciatore di dote la cui situazione finanziaria era disastrosa. Le sue condizioni disperate non erano una sua colpa, quanto piuttosto una conseguenza della morte prematura dei suoi genitori e dei debiti da loro accumulati.

Doveva essere gravoso entrare nell'età adulta con la responsabilità di mantenere titoli e terre di famiglia senza il denaro per farlo. Un uomo in una posizione del genere era un uomo *pericoloso*... soprattutto per un'ereditiera ricca e nubile.

Come me...

"Vi prego di attendere mentre vado a parlare col padrone. Chi devo annunciare?" chiese il maggiordomo.

"Perdita Darby," rispose lei, cercando di smettere di tremare mentre guardava il maggiordomo salire al piano di sopra.

Perdita deglutì il groppo di paura che aveva in gola. Quell'uomo era arrivato a un livello di disperazione tale da rapire la sua più cara amica, Alexandra Rockford, per sedurla e vincere una somma di cinquemila sterline. Quello, da solo, gli sarebbe valso il suo soprannome agli occhi di Perdita. Trattare la virtù di una donna come l'oggetto di una scommessa! Ma alla fine, il demonio aveva fallito. Alexandra era stata salvata da Ambrose Worthing, un uomo innamorato di lei al punto da aver affrontato il suo migliore amico per liberarla.

Alexandra aveva assicurato a Perdita che lord Darlington non era stato *completamente* malefico: aveva pianificato semplicemente di convincere i partecipanti alla sfida di essere andato a letto con lei, senza averlo fatto davvero. Ma ciò non rendeva assolutamente eroico il Demonio di Londra. Nel migliore dei casi, questi era un farabutto con una coscienza. Ma Perdita era disperata al punto da essere entrata in quella casa, consapevole del pericolo e dello scandalo che rischiava di scoppiare.

È una pessima idea. Sfortunatamente, non aveva altre opzioni. Solo lord Darlington poteva aiutarla. Era pronta a fare qualunque cosa per sfuggire alla situazione in cui si trovava.

"Signora." Il maggiordomo apparve in cima alle scale. "Sua Signoria vi riceverà ora."

Perdita lo fissò sbalordita. "Di sopra? Non in salotto?"

Il vecchiaccio ebbe il coraggio di sogghignare. "Ha insistito: vi incontrerete di sopra o io mi vedrò costretto ad accompagnarvi alla porta."

Che coraggio! Chiederle di raggiungerlo al piano di sopra! Darlington trattava allo stesso modo tutte le altre signore di buona famiglia? Oppure, sapendo chi era venuto a trovarlo, forse stava facendo del proprio meglio per spaventarla. Sì, doveva essere quella la risposta. Il visconte pensava che lei avrebbe avuto troppa paura per salire le scale.

Io non ho paura. Beh, in realtà ne ho, ma che mi venga un colpo se glielo lascerò capire.

Perdita sollevò le gonne e salì le scale, il cuore che le martellava nel petto. Seguì il maggiordomo fino a una stanza la cui porta era leggermente socchiusa. Lanciò un'occhiata al servitore, che tuttavia si stava già allontanando.

Perdita aprì la porta e raggelò nel rendersi conto che quella era una camera da letto. Darlington aveva avuto il fegato di convocarla nella propria *camera da letto*? Credeva che lei fosse venuta per motivi erotici o che avrebbe lasciato correre un tentativo di seduzione tanto palese? Era assolutamente possibile, considerato l'orario scandaloso e il fatto che Perdita non era accompagnata, ma lei gli avrebbe dato il fatto suo se il visconte avesse cercato di sedurla.

Rimpianse per la centesima volta l'impossibilità di venire a trovarlo durante il giorno, ma non c'era alternativa. La gente l'avrebbe vista entrare nella casa di quell'uomo e quella sarebbe stata la fine della sua reputazione coltivata con cura. Perdita si irrigidì quando una voce cupa e suadente parlò.

Vaughn Darlington, il visconte soprannominato dal *ton* 'il Demonio di Londra'. La sua voce provocò in lei un fremito di eccitazione e di paura. D'istinto, Perdita indietreggiò di un passo verso la porta.

"Ve ne scappate così presto? Avrei scommesso che foste più coraggiosa, signorina Darby. O forse, considerata l'ora tarda e le circostanze in cui ci incontriamo, dovrei chiamarvi Perdita?"

Lei si infuriò e abbassò il cappuccio del mantello per guardarsi meglio attorno. C'erano un letto a baldacchino contro una parete e un fuoco che scoppiettava nel caminetto. Il pavimento di legno mostrava i contorni polverosi di tappeti assenti. Le tende di broccato verde scuro attorno al letto erano sbiadite e alcuni degli anelli mancavano, la qual cosa creava bizzarre aperture tra i tendaggi. Una carta da parati di seta lisa e scrostata, raffigurante uomini che cacciavano in una foresta, copriva le pareti. Un guardaroba un tempo molto bello, ma ora privo di un'anta, spiccava in un angolo. Nel portarasoi dava mostra di sé un catino di porcellana bianca con una grossa crepa lungo un lato.

L'atmosfera mascolina all'interno della stanza era molto intensa, proprio come lo era il suo occupante, ma le circostanze e le condizioni di quella stanza colmarono Perdita di uno strano senso di compassione, che la immobilizzò mentre spostava la propria attenzione sull'uomo.

Appoggiato a una poltrona lisa e vecchissima stava lord Darlington. Era alto, con le spalle larghe, e il suo volto fin troppo bello aveva un che di minaccioso. Coi suoi penetranti occhi azzurri e i capelli biondo chiaro, Darlington avrebbe potuto passare per un angelo, se non fosse stato per la curva sensuale e maliziosa delle sue labbra. Indossava pantaloni marrone chiaro e una camicia di batista bianca, con un gilet blu scuro. Si era slacciato il fazzoletto, che era appoggiato allo schienale di una sedia.

Il cuore di Perdita accelerò i battiti. Non si era mai trovata in una stanza con un uomo parzialmente svestito. Si costrinse a concentrarsi su quello che doveva fare.

"Lord Darlington, sono venuta a farvi una proposta." Il suo tono di voce era brusco e diretto. Non c'era una seduzione in ballo, non importava quanto egli le ispirasse peccato. Sebbene Perdita avesse ripetuto quel discorso per una dozzina di volte da sola, non era pronta alle sensazioni bizzarre e spaventose che la stavano assalendo in quel momento, mentre parlava al visconte ed era sola con lui.

L'uomo incrociò le braccia osservandola con quel sorrisetto maligno che le accelerava il respiro. Perdita cambiò posizione e i suoi stivali grattarono leggermente contro il pavimento di legno.

"Proseguite." Lord Darlington ridacchiò; il disagio di Perdita sembrava compiacerlo.

"Ecco, vedete..." Lei parlò a fatica, ancora mortificata per il fatto di essere venuta a implorare l'aiuto del visconte. "Devo scongiurare una proposta di matrimonio non voluta." Si torse nervosamente le dita mentre si toglieva i guanti. "Mia madre ha convinto un certo gentiluomo che io sarei disposta a prendere in considerazione la sua offerta, quando io non lo sono assolutamente."

Cercò di non pensare al signor Samuel Milburn e a come quell'uomo avesse reso chiaro che l'avrebbe imprigionata in una vita che l'avrebbe lentamente uccisa. Perdita riusciva ancora a vederlo mentre si chinava su di lei e mormorava: *A me piacciono le donne che sanno di non dover cercare la compagnia degli altri; la mia deve bastare. Nella mia casa c'è tutto quello di cui avrete bisogno, per cui non voglio sentir parlare di viaggi o serate fuori. Non farebbero che distrarvi dal vostro dovere, cioè compiacere me."*

Quell'uomo era un bruto, un dittatore e peggio ancora, ma la madre di Perdita, nonostante la sua natura ambiziosa, non era solita credere nei pettegolezzi dell'alta società.

Perdita, invece, ci credeva. Aveva sentito dire che Milburn aveva ucciso una donna gettandola da una finestra, ma poiché la donna in questione era la sua amante, nessuno aveva sollevato dubbi. Il fatto era stato liquidato come uno sfortunato incidente. Ciò che Perdita sapeva per certo era che quell'uomo era un mostro. Aveva cercato di riferire quello che aveva sentito a sua madre e suo padre, ma le sue parole erano state bollate come semplici chiacchiere. Se suo fratello maggiore Thomas non fosse stato per mare, a militare nella marina di Sua Maestà, Perdita avrebbe cercato il suo sostegno.

L'esperienza le aveva insegnato che essere una ricca ereditiera era un peso terribile. La trasformava in un bersaglio. Era riuscita a scacciare diversi cacciatori di dote negli ultimi anni, ma un uomo come Milburn era pericoloso in una maniera diversa. Questi non voleva il denaro di Perdita: voleva domare il suo spirito e, forse, persino ucciderla, qualora lei non gli avesse dato ciò che desiderava. Per lui, Perdita era uno *svago*.

Aveva commesso l'errore di incontrarlo nel corso di

una cena, l'autunno prima, e questi aveva subito mostrato interesse in lei una volta scoperto che si trattava nientemeno che della signorina Darby, la più amata dal *ton*, che tutti cercavano di compiacere con le lodi e con numerosi inviti.

Perdita non aveva coltivato di proposito quella reputazione; essa si era sviluppata naturalmente. Ma, agli occhi di Milburn, lei era diventata un premio da conquistare... per poi soffocarla e distruggerla. Una volta che l'aveva presa di mira, era riuscito a sviluppare un piano che avrebbe potuto distruggere la famiglia di Perdita e costringerla ad accettare la sua proposta attraverso il ricatto.

"E io cosa c'entro? O per caso volete semplicemente fare un giro nel mio letto per evitare di sposare un giovanotto sciocco? Non amo rovinare le innocenti, ma nel vostro caso, potrei fare un'eccezione," disse Darlington, trafiggendola con lo sguardo.

Perdita prese in considerazione l'idea di ricordargli che egli aveva davvero cercato di rovinare la sua innocente amica per una scommessa, ma cambiò idea. Litigare col visconte non l'avrebbe aiutata a ottenere il suo aiuto.

"Vorrei avvalermi dei vostri servigi." Ancora non riusciva a essere del tutto esplicita. Era troppo umiliante.

"I miei servigi?" L'uomo cambiò leggermente posizione mentre un sorriso gli curvava le labbra. "Di quali *servigi* avete bisogno?" Quando pronunciò la parola *servigi*, essa aveva un suono peccaminoso, perverso.

"Voglio assumervi affinché diate mostra, in pubblico, di essere fidanzato con la sottoscritta. Non si tratterebbe di un vero fidanzamento, ma di un periodo di pochi mesi, allo scopo di scoraggiare quell'altro gentiluomo e di far sì che egli mi lasci in pace." Perdita abbassò lo sguardo e giocherellò coi guanti. Stava scommettendo sul fatto che Milburn avrebbe perso interesse se avesse creduto di avere un rivale per la sua mano.

Lo sguardo di lord Darlington divenne freddo, quasi raggelante, nel posarsi sulle sue mani nervose. "Dunque, dovrei interpretare il ruolo del vostro fidanzato? E cosa ci guadagnerei a spaventare quel mascalzone?" Darlington era ancora appoggiato alla poltrona, ma Perdita era più consapevole che mai della sua presenza. La piccola distanza che li separava sembrava diminuire a ogni istante.

"Vi pagherò. Ho accesso a parte della mia dote. Il denaro è investito in una banca privata, presso lady Rosalind Lennox. Mio padre ha versato il denaro a suo nome, ma mi ha concesso un certo controllo su di esso."

Darlington si accarezzò il mento. "Ho bisogno di una soluzione più duratura di un semplice influsso di denaro temporaneo. Avete detto che il vostro denaro si trova nella banca di lady Lennox?" Continuò a fissarla con quello sguardo calcolatore e, all'improvviso, Perdita temette che l'uomo non avrebbe accettato, che avrebbe invece preso in considerazione l'idea di ricattarla direttamente per ottenere il denaro in quella banca, rivelando che Perdita era venuta in casa sua. Ma no, di certo non avrebbe osato.

Quando il visconte la guardò con aria di aspettativa, Perdita si rese conto che egli attendeva una risposta alla sua domanda. Lei annuì.

"Dunque, conoscete lord Lennox, suo marito? È un investitore selettivo, ma di successo. Desidero essere coinvolto nel suo prossimo investimento, qualunque esso sia."

Perdita annuì nuovamente. Conosceva bene Rosalind Lennox, ma solo di sfuggita suo marito, Ashton Lennox. Magari sarebbe riuscita a convincere Rosalind a permettere a Darlington di investire con suo marito. Sperava solo che la sua amica non avrebbe ritenuto inappropriata una richiesta del genere. Era un rischio che Perdita doveva correre per evitare di sposare un uomo come Samuel Milburn.

"Credo di poter organizzare un incontro. Per quanto riguarda il fatto che lord Lennox vi permetta di investire..." Era impossibile, da parte di Perdita, fornire garanzie in tal senso.

Darlington si spinse via dalla poltrona e la raggiunse. Quel semplice gesto parve cambiare completamente la situazione tra di loro. Prima, il visconte non le era parso tanto minaccioso. Ma ora, con la sua sagoma torreggiante così vicina, Perdita si sentiva decisamente come un coniglietto di fronte a un lupo molto grosso. Sapeva che Darlington era alto, ma trovarsi a pochi centimetri da lui la faceva sentire piccola e femminile come non mai. Le ci volle un momento per riprendere fiato. Dovette inclinare la testa all'indietro per guardare l'uomo.

"Immagino di dovermi accontentare. Ma sapete bene che, una volta dato inizio a questa sciarada, tutti si aspetteranno che noi ci sposiamo." Sembrava un'ammonizione. Ma loro due non si sarebbero mai sposati. Se c'era una cosa di cui Perdita era sicura, era che lei *non* avrebbe sposato il Demonio di Londra.

"Ne sono consapevole. Dopo un periodo di tempo prudente, a mio giudizio, potrete annullare il fidanzamento e andarvene per la vostra strada." Perdita avrebbe dovuto essere completamente sicura che Samuel Milburn non fosse più interessato a lei; solo allora avrebbe potuto correre il rischio di una rottura pubblica con lord Darlington. Altrimenti, la reputazione della sua famiglia sarebbe stata rovinata e suo padre avrebbe corso il rischio di vedersi punito dalla legge inglese.

Le labbra di lord Darlington si contrassero in un sorriso divertito. "E voi siete pronta ad affrontare il *ton* dopo essere stata scaricata dal sottoscritto?" Il sorriso lupesco che apparve sulle sue labbra non era rassicurante. "Dubito che un altro uomo vi vorrebbe, dopo che io sarò stato il vostro amante."

"Non saremmo amanti, ma solo fidanzati."

Darlington rise sommessamente. "Non chiederei mai a una donna di sposarmi senza che ella sia stata prima mia amante. Non la sposerei mai se non fossi certo di trovare gradevole la sua compagnia a letto."

Perdita ignorò le parole scandalose dell'uomo. "Essere abbandonata da uno come voi, anche se qualcuno desse per scontato che siamo stati amanti, sarebbe comunque meglio che permettere a un uomo come Samuel Milburn di trovare un modo di compromettermi. So che genere d'uomo è; per quanto ciò sia incredibile, egli è *peggio* di voi." Perdita raddrizzò le spalle e fulminò Darlington con lo sguardo, sfidandolo a mettere in discussione le sue parole.

"Milburn?" Darlington spalancò gli occhi. "È lui l'uomo che vi ronza attorno?"

"Sì. Lo conoscete?"

Darlington annuì lentamente. "Purtroppo, sì. Ci siamo incrociati in diversi club." L'uomo fece una pausa, come se stesse scegliendo le parole con cura, soppesandole e decidendo se fosse il caso di pronunciarle di fronte a Perdita o meno. "La maggior parte del *ton* lo vede come un gentiluomo delizioso, incapace di fare il male. Altri lo conoscono come lo conosco io. Alcuni direbbero che lui e io abbiamo gusti simili in fatto di dolore... non nel riceverlo, ma nel provocarlo."

"Avete il gusto per il dolore?" Perdita rabbrividì. Aveva sentito dire che Milburn aveva buttato la propria amante fuori dalla finestra. Qualunque futuro in compagnia di un uomo del genere avrebbe suggellato il suo fato, ma lei non aveva sentito dire lo stesso di Darlington. Il visconte non era crudele, anche se lei aveva sentito dire che era incredibilmente *perverso*. Persino un suo fugace baciamano durante una presentazione era noto per causare un tale scandalo da scatenare un fuggi-fuggi generale tra le signore, che finivano col somigliare a uno stormo di uccelli vestiti di seta e tulle.

"Sì." Lo sguardo di Darlington era nuovamente fisso sul viso di Perdita. "Entrambi abbiamo necessità di qualcosa di diverso dal solito a letto." Il visconte fece una nuova pausa, lo sguardo cupo e indecifrabile mentre la fissava. "Ma a differenza di lui, il mio scopo è *sempre* il piacere. Una donna che piange di dolore non mi eccita. Ma a Milburn una simile visione trasforma il sangue in fuoco."

Le parole ardite di Darlington sull'argomento spinsero Perdita a fare un altro passo indietro.

"Vi piace infliggere *dolore* a letto?" Detestò il modo in cui la voce le tremò mentre le parole le sfuggirono. Se ciò fosse stato vero, di sicuro lei ne avrebbe sentito parlare. "Ho commesso un errore. È meglio che—"

Il visconte allungò una mano e la afferrò per una guancia quando lei cercò di staccarsi, quindi le passò un braccio forte attorno alla vita, ammucchiandole la gonna al di sopra del posteriore. Ora Perdita era costretta a fronteggiarlo e ad ascoltare ciò che lui voleva dire.

"Ci sono due tipi di dolore, tesoro. Uno è leggero, aspettato, e porta a un piacere intenso. L'altro è egoista e fa parte del bisogno di essere duri e crudeli. Io preferisco il primo, non il secondo."

Le parole dell'uomo non avevano alcun senso. Il dolore era dolore, no? Perdita arricciò il naso e si preparò a obiettare, ma non ne ebbe mai la possibilità. L'uomo abbassò la testa e le catturò la bocca con la propria. Perdita rimase paralizzata dallo stupore. La sensazione delle morbide labbra del visconte che si muovevano contro le sue era strana, ma sempre più piacevole.

Non era mai stata baciata, ma aveva spesso immaginato come sarebbe stato. Imitò i movimenti della bocca di Darlington e sussultò quando lui le leccò le labbra con la lingua. La sensazione vellutata della lingua del visconte contro le sue labbra era al tempo stesso peccaminosa e decadente. Le si piegarono le ginocchia sotto le pesanti gonne. Si aggrappò alle spalle dell'uomo, cercando disperatamente di non perdere la presa su di lui. Il calore tra le loro bocche si fece più intenso e una sensazione sconvolgente cominciò ad affondare nelle membra di Perdita e nel suo basso ventre. Avrebbe potuto andare avanti per ore...

Le labbra dell'uomo vagarono dalla bocca di Perdita alla sua gola, subito sopra del punto in cui il mantello le copriva le spalle. Darlington la baciò lì; poi, all'improvviso, le mordicchiò la pelle coi denti. Il morso fece sì che Perdita fosse percorsa da una scossa e che una pulsazione feroce e sconvolgente sbocciasse tra le sue cosce. Perdita piagnucolò e cercò di allontanarsi, non perché soffrisse, ma perché l'esplosione di sensazioni era stata troppo. Non aveva mai–

"Quello, tesoro mio, è il dolore mescolato al piacere." Darlington mormorò contro la pelle del collo di Perdita, continuando a tenerla stretta per impedirle di fuggire. Brividi le percorsero la spina dorsale e lei chiuse gli occhi. Era una situazione spaventosa. *Darlington* era spaventoso, ma una parte di lei voleva capirne di più di ciò che egli le stava mostrando.

Dal momento in cui lo aveva visto per la prima volta, durante la festa in giardino che sua madre aveva organizzato qualche mese prima, era rimasta affascinata dalle sue arie misteriose. Non poteva negarlo. Una brava giovane non si sarebbe mai permessa di essere affascinata da una canaglia tanto famigerata, ma ora più che mai Perdita si stava chiedendo se, forse, lei stessa non fosse brava quanto avrebbe dovuto essere.

Darlington allentò lentamente la presa sulla sua vita, ma la mano che le teneva ancora il viso sembrava bruciarle la pelle. L'uomo le passò il pollice sulle labbra, provocandole un formicolio dalla bocca fino alle dita dei piedi. Perdita sollevò lo sguardo e incrociò quello di lui, e il mondo si inclinò mentre lo fissava. Non c'era via di ritorno da quel bacio. Lei aveva dato un morso alla mela proibita e i succhi erano dolci sulle sue labbra.

"State ancora tremando," osservò Darlington. La sua voce era bassa e gentile, ma invece che tranquillizzarla, eccitò Perdita.

"È sempre così?" chiese lei, chiedendosi perché sua madre non le avesse mai menzionato che le labbra potessero incontrarsi in un incendio simile quando aveva discusso i modi in cui uomini e donne potevano congiungersi.

Darlington le sfiorò ancora una volta le labbra prima di lasciar ricadere le mani lungo i fianchi. "Non sempre. Troppi matrimoni sono costruiti sulle fondamenta sbagliate e raramente la passione viene presa in considerazione." L'uomo le voltò le spalle e raggiunse il fuoco, appoggiando una mano sulla mensola mentre guardava le fiamme.

"Se volete giocare a questo gioco, signorina Darby, dovrete farlo in maniera convincente. Milburn non accetterà una semplice dichiarazione di fidanzamento da parte nostra. Mi conosce troppo bene. E non è il tipo da arrendersi facilmente." Il viso di Darligton era illuminato dalla luce del fuoco. Per un attimo, egli somigliò più ad Ade, il dio greco dell'oltretomba, che a una semplice canaglia londinese. Perdita rimase ammaliata da quella visione. Darlington era un richiamo a cui lei non riusciva a resistere. Quante donne erano entrate in quella stanza prima di lei ed erano cadute vittima del suo incantesimo?

"Cosa avevate in mente?"

"Immagino ricordiate cosa capitò ad Alexandra Rockford in casa mia? Uno spettacolo pubblico. *Ecco* cosa ho in mente. Milburn dovrà vederci in una posizione compromettente." L'uomo si voltò a guardarla. "Il che significa più di un semplice bacio."

Perdita si morse il labbro inferiore. Un semplice bacio? Non per lei. Quel bacio era stato la sua fine. Era abbastanza saggia da aver capito che, nel giro di pochi brevi istanti, il visconte le aveva cambiato la vita.

"Accetterò qualunque espediente necessario, pur di sfuggire a Samuel Milburn." Perdita sollevò il mento, guadagnandosi un lento sorriso da parte del visconte che la fece sorridere.

"Cosa c'è?" volle sapere quando l'uomo continuò a sorriderle.

"Non avrei mai immaginato che avreste accettato. Di tutte le donne, sembrate la più..."

Perdita strinse gli occhi. "La più cosa?"

"Diciamo che la vostra propensione a infrangere le regole mi stupisce, ecco tutto."

Perdita lo fissò con aria di sfida. "Io mi comporto in maniera appropriata in pubblico, come si addice a una figlia devota e a una signora beneducata, ma voi non avete idea di che genere di donna io sia." Era vero. Perdita era una signora, una buona conversatrice, una padrona di casa incantevole e la gioia del *ton*, ma non era tutto lì. C'erano altri lati di lei, lati nascosti che non osava rivelare.

Negli occhi di Darlington brillò la malizia. "*Questo* sì che è interessante. In quanto vostro fidanzato, farò mio sacro dovere dello scoprire queste sfaccettature nascoste della vostra personalità."

Perdita inclinò la testa. "Dunque mi offrirete i vostri servigi?" Voleva tenere il più possibile quella faccenda su un piano professionale. Non dubitava che Darlington l'avrebbe privata del buonsenso a colpi di baci, ma se lei avesse tenuto duro e ricordato a entrambi che quella era solo una questione d'affari, allora forse sarebbe sopravvissuta a quel diabolico patto col cuore intatto.

"Ho un'ultima domanda prima di accettare, ed esigo che voi rispondiate in maniera onesta."

Perdita soppesò il rischio di perdere l'aiuto di Darlington contro ciò che egli avrebbe potuto chiederle, quindi annuì.

"Cos'ha in mano Milbourn per farvi tanta paura? Non crederei nemmeno per un istante che i vostri genitori vi costringerebbero a sposarlo, nemmeno se egli vi trascinasse in uno scandalo. No, c'è qualcosa che vi fa temere che potreste non avere altra scelta che accettare, nel caso egli chieda la vostra mano." Darlington si mise a giocherellare coi gemelli della sua manica destra. "Cos'ha in mano, signorina Darby?"

Era l'unica domanda a cui Perdita non voleva rispondere; ma sapeva che avrebbe dovuto farlo.

"In privato, ha dichiarato di essere in grado di dimostrare che mio padre sarebbe coinvolto nel contrabbando di merci in Inghilterra e che avrebbe evaso le tasse." Perdita esitò; sperava di poter affidare quell'informazione a Darlington senza pentirsene.

"Ed è vero? Vostro padre è colpevole?"

"No! Voglio dire, insomma, *lui* non lo è. Ma temo che gli uomini presso cui ha investito potrebbero esserlo. Credo che Milburn potrebbe essere addirittura in combutta con loro allo scopo di accusare ingiustamente mio padre e, purtroppo, io non ho modo di fermarli. Lui dice che, se lo sposerò, distruggerà le prove; ma se non lo farò..."

"E voi credete che fidanzarvi con me lo fermerà?"

"Deve fermarlo," mormorò Perdita. "Se lui non mi desiderasse più, non avrebbe alcuna ragione di mettere in atto le sue minacce. E voi siete uno degli uomini dalla reputazione più sinistra di Londra. Milburn sarebbe pazzo se non avesse paura di voi e cercasse di prendere qualcosa che vi appartiene, come ad esempio la vostra futura moglie."

Gli angoli delle labbra del visconte si contrassero. "Questo è vero. Io non esiterei a distruggere chiunque osasse prendere ciò che è mio, soprattutto una donna. Molto bene, accetto il vostro piano, per quanto folle esso sia." Darlington le tese la mano. "Siamo d'accordo?" Era assolutamente serio, tranne che per il bagliore malizioso nei suoi occhi. Un bagliore che prometteva che ogni istante trascorso con lui sarebbe stato una tortura deliziosamente peccaminosa.

Perdita mise la mano in quella dell'uomo. "Affare fatto."

"D'accordo." Darlington le voltò la mano e se la portò alle labbra mentre le baciava le nocche.

"Ottimo." Perdita esitò, crogiolandosi nella sensazione delle labbra del visconte sulle sue dita nude prima di liberare la mano. "Mia madre darà una festa per Natale alla nostra tenuta di Lothbrook. Farò in modo che siate invitato. Vi prego di portare il vostro valletto e di fargli preparare una quantità di indumenti sufficiente per il periodo natalizio."

Darlington annuì, ma quando lei fece per andarsene, la prese per un braccio.

"Sì? Lord Darlington?" Perdita abbassò lo sguardo sulla mano con cui l'uomo le teneva il braccio. Egli non la lasciò andare, non come avrebbe fatto un altro uomo.

"Considerata la nostra nuova intimità, sarei lieto se mi chiamaste Vaughn quando siamo soli."

"Vaughn." Perdita provò sulla lingua il nome di battesimo del visconte. Detestava quanto facilmente esso le scivolasse sulla lingua.

"Inoltre, mi aspetto di essere presentato a lord e lady Lennox prima della fine di quest'anno. Sarebbe possibile?"

Perdita annuì. "Sì. Organizzerò un incontro il prima possibile."

"Ottimo." Il visconte la prese sottobraccio. "Lasciate che vi accompagni."

"Milord – volevo dire, Vaughn, non è necessario."

"Devo abituarmi a comportarmi da gentiluomo. Temo di essere un po' arrugginito."

Perdita rimase in silenzio mentre lui la conduceva lungo le scale. Quando il visconte aprì la porta di casa, lei esitò nel momento in cui il vento pungente la colpì. Diede un'ultima occhiata all'uomo prima di risollevare il cappuccio del mantello, celando il proprio viso. Corse alla carrozza che la aspettava e salì a bordo. Azzardò un'ultima occhiata a Vaughn attraverso le tende. Il visconte era fermo sulla soglia, senza cappotto. Perdita ripensò al calore del suo corpo contro il proprio e rabbrividì, ma non di freddo.

Com'era strano aver fatto un patto con Vaughn, visconte Darlington. Ora loro due erano legati e, sebbene fossero uniti nella loro missione, lei si sentiva terribilmente sola. Avrebbe voluto poter parlare con la sua cara amica Alexandra, ma questa era l'ultima persona con cui Perdita poteva confidarsi, dato che c'era di mezzo Vaughn.

Quando il visconte aveva rapito Alex, l'ordalia era stata terribile per l'amica di Perdita, anche dopo che Vaughn aveva rivelato di non avere alcuna intenzione di farle del male. Quando Alex avrebbe appreso del suo presunto fidanzamento con Vaughn, senza dubbio sarebbe corsa da Perdita e avrebbe cercato di fermare quella follia. Non era un incontro a cui Perdita guardava con gioia, ma lei e Alex avevano idee molto diverse sul modo di affrontare la società. Alex si era nascosta da essa, mentre lei l'aveva abbracciata.

Perdita aveva bisogno della reputazione sinistra di Vaughn. Era l'ultima difesa che aveva contro Samuel Milburn. Era qualcosa che la sua cara amica non avrebbe capito, perché non era lei il bersaglio degli intenti malvagi di Milburn. Perdita aveva venduto l'anima al male minore per proteggersi da un male peggiore.

Pregava solo che il suo piano avrebbe funzionato; in caso contrario, sarebbe stata perduta.

Vaughn Darlington osservò la carrozza svanire nella notte gelida. Il suo sorriso si affievolì mentre la distanza tra lui e Perdita aumentava. Era leggermente malinconico, dopo il turbine che era stata l'ultima mezz'ora. Parte di lui era ancora divertita da quella piccola bellezza: dalla sua tenacia, dal suo coraggio, persino dalla sua imprudenza nell'avvicinare un uomo dalla reputazione come la sua in camera da letto. A mezzanotte, per di più.

Una proposta, aveva detto lei. E che proposta. La serie di sfortune che lo perseguitava da tanto sembrava essersi finalmente conclusa, e tutto grazie a una ragazzina di campagna che aveva avuto un ottimo intuito nell'individuare il lato oscuro di Samuel Milburn.

Il sorriso di Vaughn si incupì. La donna credeva che una manifestazione di interesse in lei da parte sua avrebbe scoraggiato Milburn, ma lui conosceva l'uomo meglio di lei. Quali che fossero le intenzioni di Vaughn nei suoi confronti, che volesse fare di lei la sua amante o la sua promessa sposa, il piano di Perdita non avrebbe probabilmente avuto alcuna importanza per un uomo come Milburn. Egli era un vero bastardo, un pericolo per il sesso debole, e avrebbe trovato un modo per impadronirsi di ciò che gli apparteneva di diritto.

E tuttavia, Vaughn non era riuscito a dirle che qualunque cosa lui avrebbe fatto con lei non sarebbe bastata a fermare Milburn. Non da sola. Vaughn poteva solo sperare che la loro piccola sciarada gli avrebbe dato l'occasione di scongiurare qualunque cosa Milburn avesse in mente.

Rifletté sul problema più urgente. Una leva. Ecco cosa aveva in mano Milburn. Fino a quando egli sarebbe stato in possesso di prove riguardanti il padre della signorina Darby, se tali prove davvero esistevano, sarebbe stato nella posizione di poterle fare pressione e ricattarla. In primo luogo, le avrebbe ordinato di rompere il fidanzamento, poi avrebbe preso tempo prima di intimidirla e costringerla ad accettare la sua proposta. Sembrava proprio nello stile di quel bastardo. Ma senza quelle famose prove, la sua posizione di vantaggio sarebbe crollata.

Vaughn avrebbe messo all'opera il suo maggiordomo. Craig era molto più di quello che appariva e non era sempre stato un maggiordomo. Conosceva dei metodi per spingere gli uomini a dire la verità. Se c'era qualcuno in grado di scavare fino in fondo, si trattava di lui.

I pensieri di Vaughn tornarono a Perdita e alla sua reazione al piccolo morso che lui le aveva dato alla spalla. Sebbene lui fosse molto noto per la sua abitudine di mescolare piacere e dolore a letto, non faceva mai del male alle sue partner. Milburn, invece, aveva ucciso la sua ultima amante, o così si diceva. Le voci si erano diffuse nei più sinistri tra i club e Vaughn, una volta venutone a conoscenza, aveva provato disgusto per l'uomo. Senza prove, non c'era modo per portare il caso in tribunale. In quanto gentiluomo, Milburn sarebbe sfuggito al processo.

Quella faccenda lasciava l'amaro in bocca a Vaughn; per questo aveva accettato di aiutare Perdita. Conosceva Milburn e quelli come lui. L'uomo non si sarebbe fermato di fronte a nulla prima di averla sposata, e poi la legge non avrebbe fatto nulla una volta che il marito avrebbe rivelato la propria crudeltà.

Perdita era in pericolo e l'unico modo per salvarla era offrirle la protezione definitiva: il cognome di Vaughn, acquisito tramite matrimonio. Era quello il motivo per cui lui aveva impiegato tanto tempo a darle una risposta. La donna non aveva idea del fatto che ciò di cui aveva bisogno fosse un vero matrimonio, non un falso fidanzamento. E, normalmente, lui avrebbe rifiutato.

Ma qualcosa in Perdita gli aveva fatto cambiare idea. Era accaduto in maniera sottile, durante la loro interazione. Il modo in cui lei si era ammorbidita tra le sue braccia quando Vaughn l'aveva baciata. Il modo in cui l'aveva sfidato quando lui le aveva ricordato di ciò che ne sarebbe stato della sua reputazione alla fine della sciarada. Il suo essere un'affascinante, ma innocente fanciulla di campagna che rendeva pan per focaccia. Lo aveva affascinato nel momento stesso in cui era entrata nella sua camera da letto, dove non c'era nessun chaperon per salvarla dalle sue grinfie. Nulla di tutto ciò era stato una simulazione. Perdita era una donna che valeva la pena conoscere, una donna che aveva segreti e passioni e opinioni proprie. *Quella* era una donna che lui avrebbe potuto sposare.

Un sorriso si fece strada sul suo volto. Questa volta, si trattava di un sorriso di gioia titubante.

Vaughn entrò in salotto e si avvicinò al vassoio con le bevande che il suo maggiordomo aveva preparato in precedenza. Si versò un bicchiere di brandy prima di prendere posto nella poltrona vicino al fuoco, che aveva cominciato a ridursi in braci. Sorseggiò il suo drink, assaporandone il gusto mentre meditava sull'occasione unica che Perdita gli aveva offerto.

Era trascorso molto tempo dall'ultima volta in cui aveva guardato al futuro con ottimismo. Dalla morte dei suoi genitori, avvenuta cinque anni prima, era stato sommerso da debiti troppo gravosi per potersi riprendere da solo. Qualunque cosa facesse, sembrava condannato al fallimento. Aveva dovuto chiudere la sua residenza di campagna, licenziare l'intera servitù con l'eccezione di un custode, e diminuire lo staff della sua casa londinese.

Aveva tirato avanti vincendo scommesse ai club, e ora anche quella fonte di reddito aveva cominciato a esaurirsi. Tutti i frequentatori dei club più importanti sapevano che non era prudente scommettere forti somme quando c'era lui dall'altra parte del tavolo da gioco. La sua capacità di vincere avrebbe dovuto aiutarlo a pagare i debiti di famiglia, ma ora nemmeno i ragazzotti più ingenui erano talmente stupidi da mettersi contro di lui.

Era diventato famoso come il Demonio di Londra nel giro di pochi mesi. Il nomignolo non l'aveva turbato quanto aveva inizialmente creduto, ma aveva fatto sì che molti uomini non volessero fare nemmeno una semplice partita a carte con lui. I suoi amici non approvavano per nulla le sue azioni e, negli ultimi anni, la maggior parte di loro lo aveva abbandonato.

Certo, Vaughn aveva fatto anche altre cose, cose peggiori, per allontanare i suoi amici. In autunno, aveva consultato il famigerato libro delle scommesse di White's e vi aveva trovato la promessa di cinquemila sterline per chi avrebbe sedotto pubblicamente una giovane donna di nome Alexandra Rockford, amica intima di Perdita.

Il rapimento non era certo un'idea allettante per lui, a meno che la signora in questione non *volesse* essere rapita. Vaughn aveva giocato a quel gioco alcune volte, con risultati piacevolissimi, ma rapire Alexandra era stato... *terribile*.

Si concesse un momento di disgusto di sé. La notte in cui aveva portato Alexandra a casa sua per simularne la rovina in nome di una scommessa aveva lasciato una macchia nera sul suo animo. Vaughn odiava se stesso molto più di quanto avesse mai fatto in passato, la qual cosa dimostrava quanto fosse disperato. Quel disgusto era degenerato fino a lasciargli una cicatrice sul cuore. Una che dubitava sarebbe mai scomparsa.

Quando si era ritrovato Perdita sulla soglia di casa, quella sera, non si era aspettato di provare alcunché. E invece, lo aveva fatto. Perdita aveva abbassato il cappuccio e i suoi capelli castani si erano tramutati in bronzo lucido alla luce delle lampade. I suoi occhi, di una delicata sfumatura di marrone simile al topazio, si erano fatti caldi come il miele. Il sangue di Vaughn era ribollito dal desiderio come non capitava da tempo. Se quello non era un motivo sufficiente per sposare la ragazza, Vaughn non sapeva esattamente cos'altro lo fosse.

Uscì dal salotto e andò a cercare il suo maggiordomo. Trovò l'uomo maturo in ufficio, nel seminterrato della casa.

"Signor Craig, ho un compito da affidarvi."

Il maggiordomo sollevò lo sguardo dai documenti sulla sua scrivania e soppesò Vaughn con un'occhiata. "Devo dedurre che si tratta di un compito al di fuori dei miei consueti doveri?"

"Esattamente."

Il signor Craig sospirò. "Milord, io non sono più un giovanotto."

"Non si tratta di un mio desiderio egoista, signor Craig. Quella giovane che mi avete portato ha bisogno del nostro aiuto. La sua stessa vita potrebbe dipendere da esso."

Quelle parole parvero concedere al signor Craig un rinnovato vigore. L'uomo si alzò in piedi come se avesse avuto vent'anni di meno. "Dite pure, milord."

"Un uomo di nome Samuel Milburn sostiene di essere in possesso di prove secondo le quali il signor Reginald Darby sarebbe coinvolto in attività di contrabbando ed evasione fiscale. Milburn sta utilizzando queste presunte prove come strumento di pressione per convincere la figlia di Darby a sposarlo."

Il signor Craig si accigliò. Anche se non ne aveva l'aspetto, era un gran romanticone. Vaughn lo aveva sorpreso a leggere le opere di L. R. Gloucester, uno scrittore di romanzi gotici, in più di un'occasione. Il pensiero che un uomo usasse simili mezzi di coercizione su una donna doveva essere abominevole per lui.

"Voglio che voi indaghiate su questa faccenda. La signorina Darby è convinta che suo padre abbia investito presso uomini in combutta con Milburn. Può darsi che costoro stiano cercando di fabbricare prove fasulle che implichino Darby come il colpevole delle loro malefatte. Ciò di cui abbiamo bisogno è la prova che Milburn sta cercando di ricattare la famiglia Darby, o che il signor Darby è innocente. E, se possibile, voglio che voi fermiate chiunque stia causando il problema, se capite cosa intendo."

Il sorriso tetro del signor Craig era un ricordo dell'uomo che un tempo egli era stato, un uomo che aveva combattuto valorosamente per il suo Paese negli anni cupi del passato.

"Agli ordini."

Il maggiordomo parlava raramente di quel periodo della sua vita e, quando lo faceva, spesso si esprimeva tramite allegorie, ma Vaughn aveva visto in più di un'occasione ciò di cui era capace il signor Craig. E nonostante egli lamentasse l'età avanzata e la stanchezza, ci voleva poco per riaccendere in lui l'antico fuoco.

Vaughn lasciò solo il maggiordomo e chiamò il suo valletto, sapendo che l'uomo doveva essere ancora sveglio.

"Barnaby!" La voce di Vaughn risuonò nel corridoio buio. Qualche istante dopo, il suo servitore fece capolino da dietro la porta che conduceva ai quartieri della servitù.

"Milord?"

"Preparami un bagaglio per almeno una settimana. Tra qualche giorno andremo a Lothbrook e vi trascorreremo il Natale." Vaughn inclinò la testa e svuotò il bicchiere di brandy prima di incamminarsi verso le scale per tornare alla sua camera da letto.

Barnaby arricciò il naso. "Di nuovo Lothbrook? Devo ancora finire di spolverare i vostri pantaloni dall'ultima volta, milord." L'uomo borbottò quelle parole più a se stesso che al suo padrone. Nessuno di loro due amava molto la campagna: era terribilmente provinciale. Ma se Vaughn doveva tornare laggiù per sedurre la sua ignara sposa, così avrebbe fatto.

Si sarebbe preoccupato dei dettagli del viaggio in mattinata, una volta dopo aver ricevuto l'invito dei genitori di Perdita nella loro tenuta. Con un altro sorrisetto, tornò alla sua camera da letto e cominciò a spogliarsi. Dormiva sempre nudo, anche d'inverno. Era un'abitudine che, senza dubbio, avrebbe sconvolto la sua futura sposa, ma aveva il sospetto che anche lei avrebbe trovato dei modi per sconvolgerlo. Chiuse gli occhi, lasciando che nella sua mente lampeggiassero immagini di Perdita mentre lui si chinava a baciarla, e il ricordo fece resuscitare il sorriso sulle sue labbra.

L'occhiata sconvolta, poi il modo in cui lei si era sciolta tra le sue braccia. Perdita aveva avuto il sapore del miele e del fuoco, ardente, ma di una dolcezza impossibile. Vaughn sentiva ancora il velluto del suo mantello, appallottolato tra le mani mentre la afferrava. In quel momento, avrebbe voluto infilarle una mano sotto le gonne, ma sarebbe stato eccessivo, per quanto Perdita sostenesse di non essere una creatura innocente.

Era una donna sensuale, questo Vaughn glielo concedeva, ma ancora ingenua sotto molti aspetti. Introdurla ai misteri dell'unione tra il maschile e il femminile non era qualcosa che si potesse affrettare. Frettolosi accoppiamenti al buio non sarebbero andati bene. No, la signorina Darby meritava una seduzione ben progettata e deliziosamente lenta, del corpo e dello spirito.

Vaughn si sedette sul bordo del letto, passandosi le mani tra i capelli mentre rifletteva sulla mossa successiva. L'indomani, avrebbe dovuto acquistare un anello. Aveva poco denaro, ma avrebbe trovato una soluzione. Il suo sorriso si allargò in un ampio sogghigno. Le forze invisibili del destino erano apparse decise a impedirgli di ripristinare il buon nome della sua famiglia presso il *ton*, e ora lui aveva trovato un modo per sconfiggerle: sposare la beniamina del *ton*. La signorina Darby era la risposta alle sue preghiere. Sarebbero rimasti tutti sconvolti.

La signora più dolce di Londra accoppiata col suo demonio più feroce.

❦

PERDITA ERA IN PIEDI ACCANTO ALLA SCRIVANIA DI sua madre nel salottino privato di lei, il cuore che batteva più forte di quanto avrebbe dovuto. Sua madre sedeva al delicato scrittoio e stava controllando con diligenza l'elenco degli invitati alla festa che avrebbero colmato la loro tenuta di campagna qualche giorno dopo. Perdita si mosse nervosamente, e lo scialle rosso le ricadde dalle spalle e rimase sospeso all'altezza dei gomiti e della vita.

"Perdita, cara, stai procrastinando. Sai bene quanto

io detesti la procrastinazione. Dimmi quello che devi dirmi o vattene."

Lisciandosi le gonne dell'abito rosa pallido, Perdita avvicinò a sua madre e si schiarì la voce.

"Vorrei aggiungere un ospite all'elenco, mamma, se non ti dispiace. So che abbiamo delle stanze libere." La tenuta era molto antica e, pur non possedendo la pompa di quella di una famiglia di pari titolati, rivaleggiava comunque con molte delle dimore aristocratiche di campagna. Vantava non meno di venti camere da letto, una sala da ballo e una sala della musica. Perdita aveva numerosi ricordi sgradevoli che la vedevano protagonista nell'atto di pizzicare un'arpa durante un'esibizione musicale organizzata in occasione del suo debutto, avvenuto due anni prima.

Sua madre sollevò lo sguardo; sottili ciocche di capelli castani e argentei che facevano capolino dal suo turbante. "Oh? E chi vorresti che invitassi?"

Perdita raddrizzò la schiena. "Il mio fidanzato."

La penna nella mano di sua madre parve rimanere sospesa per un istante a mezz'aria prima di cadere rumorosamente sulla scrivania, macchiando di inchiostro l'angolo dell'elenco che sua madre stava scrivendo.

"Il tuo..."

"Fidanzato. Sì."

Gli occhi di sua madre erano grandi come piattini da tè. "Dunque hai accettato il corteggiamento del signor Milburn?"

"Ehm... no. Si tratta di un'altra persona."

"Come? Ma chi?"

Perdita comprendeva lo stupore di sua madre. Erano trascorsi due lunghi anni dal suo debutto e, nel primo anno, lei aveva rifiutato tutte le offerte che aveva ricevuto. Durante la seconda Stagione, non ne aveva ricevuta nessuna. Piuttosto che diventare zitella, si era creata una reputazione di giovane donna di buon carattere. Le debuttanti le chiedevano consiglio, le mammine dell'alta società cercavano di carpire il nome della sua modista e i gentiluomini amavano conversare con lei.

Perdita era molto abile nell'interpretare il ruolo che le era stato assegnato. Affascinante e cordiale, era bene accetta in tutte le case di Londra. L'unica cosa che *non* aveva fatto era stato accettare corteggiatori. Gli uomini d'Inghilterra si erano arresi, fino a quando lei non aveva incontrato Samuel Milburn a una cena, qualche mese prima.

Il loro incontro era stato breve e decisamente freddo, almeno dal punto di vista di Perdita. Milburn aveva completamente ignorato il suo freddo distacco e, il giorno dopo, aveva informato i genitori di Perdita delle proprie intenzioni. Una volta che lei ne era venuta a conoscenza, aveva formulato quel piano disperato e preso tempo fino a quando non si era sentita abbastanza sicura per rivolgersi a Vaughn.

"Si tratta di lord Darlington, mamma. Lui e io ci siamo frequentati in segreto. So che disapprovi queste cose, ma volevamo essere sicuri del nostro affetto prima di lasciare che la società si impicciasse dei nostri affari."

Sua madre strabuzzò gli occhi. "Darlington? Mah... Santo cielo, e Milburn? Non posso disdire il suo invito per Natale. Era felicissimo all'idea di andare a caccia con tuo padre."

"Lo so..." Perdita finse di riflettere attentamente su quel dilemma, anche se aveva già preso una decisione. "È giusto che venga comunque. Tuttavia, dobbiamo estendere l'invito anche a lord Darlington."

Sua madre prese la penna e fece per scrivere, ma si fermò. "Sei sicura, cara? Ho sentito dire che lord Darlington è molto audace, forse troppo. So che a settembre ti ho detto scherzosamente di cercare di attirare la sua attenzione, ma non dicevo sul serio."

"Lui è visconte, mamma. Il suo titolo ci farà guadagnare prestigio, giusto?"

"Certo, ma questo non è un motivo per sposare un uomo. Un conto sarebbe se tu lo amassi, ma se non lo ami, non mi aspetto certo che tu lo sposi."

Perdita trattenne il fiato mentre cercava il coraggio di mentire a sua madre, cosa che non le era mai piaciuto fare e che evitava ogni qualvolta era possibile.

"Io lo amo, mamma, e credo che col tempo riuscirei a domare il suo spirito irrequieto." Ciò detto, rivolse a sua madre un'occhiata implorante.

"Beh, questo è certamente possibile, anche con le peggiori canaglie. Dopotutto, io ho domato tuo padre."

Si udì un forte colpo di tosse provenire dalla soglia. Perdita si voltò e vide suo padre. L'uomo aveva un aspetto molto elegante coi pantaloni e il gilet blu, i baffi grigi che guizzavano mentre le guardava.

"Domato *me*?" rise suo padre. "Donna, tu non mi hai domato."

"Certo che sì!" Sua madre si alzò, allontanandosi dalla scrivania e avvicinandosi al marito. "Ai tuoi tempi, eri una vera e propria canaglia, e farti rinsavire è stata un'impresa."

Perdita arrossì nel guardare i suoi genitori.

"Te l'ho solo lasciato credere." Gli occhi di suo padre brillarono mentre prendeva la madre di Perdita per la vita e la attirava a sé, baciandole una guancia.

"Santo cielo, Reginald!" sibilò sua madre; ma sorrideva nel rimproverarlo. "Non qui!"

"D'accordo." Reginald sospirò con fare drammatico. "Com'è che si parla di domare uomini?"

"Dunque." La madre di Perdita la indicò. "Sembra che tua figlia si sia fidanzata e che abbia deciso di dircelo solamente ora."

"Quindi Milburn ha chiesto la tua mano?" Suo padre la osservò incuriosito. Il suo sguardo era severo piuttosto che felice, considerato che sua figlia aveva appena annunciato il proprio futuro matrimonio.

Perdita scosse la testa. "Ehm, no, a dire il vero. È stato lord Darlington. Ti ricordi di lui, vero, papà? È venuto alla festa in giardino a settembre ed è rimasto con noi per un po'."

Papà inarcò un sopracciglio scuro. "Darlington. Non vorrai dire..."

"Sì." La madre di Perdita poteva anche essere accecata dalla gioia di sapere che la sua bambina si sarebbe sposata, ma suo padre era un tipo un po' più pratico e, forse, avrebbe potuto cogliere il raggiro.

"E tu vuoi farlo venire qui a Natale, giusto? Beh, fai pure, così io potrò prendergli le misure e vedere se è adatto a te. Per prima cosa dovrà passare da me, come ha fatto quel Milburn." Suo padre cercò di mostrarsi severo, ma nei suoi occhi c'era un barlume che le fece venire voglia di ridere. Se solo fosse stata davvero fidanzata. Era sorprendente vedere quant'erano felici i suoi genitori.

"Volevamo tenere il segreto fino a quando non saremmo stati sicuri." Perdita lanciò a suo padre uno sguardo implorante, sperando che lui le credesse. Aveva bisogno che Vaughn venisse lì. Aveva cercato, in precedenza, di accennare a suo padre della reputazione di Samuel Milburn, ma l'uomo l'aveva liquidata come semplici chiacchiere. Sapeva bene che i pettegolezzi, in passato, avevano rovinato delle vite ingiustamente e non voleva sentirne parlare. Quella era stata una delle poche occasioni in cui Perdita si era infuriata con lui.

"Hmm, beh, invitate pure quel ragazzo." Il padre di Perdita baciò sua madre sulla guancia e le lasciò di nuovo sole.

"Perdita, cara, naturalmente sono felicissima per te, ma sei proprio sicura che Darlington sia quello giusto? Voglio dire, potresti ricevere delle offerte da altri gentiluomini. Temevo che..." Sua madre si interruppe e un silenzio pesante colmò la stanza. Era solo una questione di tempo prima che il *ton* si stancasse di lei e Perdita finisse su uno scaffale, destinata a rimanere zitella a vita. La cosa non le dispiaceva, ma sapeva che i suoi genitori volevano vederla felicemente sposata.

"Vaughn è quello giusto per me." Perdita usò di proposito il nome di battesimo del visconte e lo stratagemma ebbe l'effetto desiderato.

"Siete davvero innamorati? Sai che ho sempre voluto che tu sposassi un uomo che amavi. È per questo che invito sempre ogni giovanotto che trovo, nella speranza che egli sia quello perfetto per te. Milburn mi sembrava molto premuroso e tutti parlavano bene di lui. Speravo che tu avresti pensato lo stesso... ma se il tuo cuore appartiene a lord Darlington, non ci sono alternative, giusto?"

Perdita afferrò le mani di sua madre e le strinse. La donna aveva sempre avuto la passione di combinare matrimoni, ma Perdita sapeva che le sue intenzioni erano genuine. Aveva sposato papà per amore e voleva che sua figlia facesse lo stesso. Per quanto fosse spesso esasperante, era anche davvero meravigliosa. Era quello il motivo per cui mentirle faceva tanto male.

"Sì, siamo innamorati. Non avrei mai creduto di conquistare il cuore di un uomo come Vaughn, ma in qualche modo, ce l'ho fatta."

"Conquistare il suo cuore?" Sua madre ridacchiò. "All'inizio, devi solo conquistare la sua mente. È lui a dover conquistare il *tuo* cuore." Sua madre ricambiò la stretta di mani. "D'accordo, inviterò il tuo caro Darlington." Ammiccò a Perdita e tornò alla scrivania per riprendere a compilare l'elenco degli ospiti.

"Se non ti dispiace, mamma, oggi pomeriggio dovrei andare a prendere il tè con lady Lysandra Russel da Gunter's."

"Ma certo." Sua madre tornò a concentrarsi sull'elenco. "Manda i miei saluti a sua madre e porta con te un lacchè."

"Grazie, mamma. Non dimenticare di spedire l'invito di Darlington oggi. Vorrei che venisse da te, così lui si sentirebbe più bene accetto."

"Consideralo fatto." Sua madre avvicinò a sé un foglio di carta bianca e cominciò a scribacchiare con la penna, chinando la testa coperta dal turbante.

Perdita chiamò Hensley, uno dei giovani lacchè, per farsi portare il mantello e far chiamare una carrozza. Faceva troppo freddo per i gelati, la leccornia per la quale Gunter's era più famoso. Meglio il tè. Inoltre, avrebbero dovuto stare al coperto. Gunter's era una meraviglia col bel tempo. Una signora poteva arrivare in Berkeley Square e rimanere nella carrozza aperta mentre gli uomini correvano da Gunter's a portare i gelati ai clienti in attesa. Ma per le intenzioni che aveva lei quel giorno, l'interno andava benissimo. Lei e Lysandra avevano cose importanti di cui discutere.

Hensley le venne incontro alla porta e le tese il mantello blu scuro. Perdita lo indossò e infilò le mani in un manicotto di visone bianco. Poi, lei e Hensley si recarono alla carrozza che li attendeva.

Una volta arrivati da Gunter's, Hensley entrò con lei, ma rimase distante, in modo che Perdita potesse godersi un po' di tempo da sola con la sua amica. Lysandra Russell attendeva seduta a uno dei tavoli con un servizio da tè di fronte a sé. I suoi capelli rosso acceso erano come una fiamma che danzava alla luce delle lampade della sala da tè. Lysandra non sembrava notare gli sguardi di apprezzamento degli uomini che la circondavano. Ma Lysa era fatta così: aveva sempre la testa sepolta nei libri e la mente occupata dai progetti suoi e di Perdita.

"Lysa." Perdita prese posto su una sedia vuota di fronte alla sua amica al piccolo tavolo da tè.

"Oh! Perdonami, Perdita." Lysa arrossì e sollevò la testa dal mucchio di lettere che aveva di fronte. Se le mise in grembo e versò una tazza di tè alla sua amica.

"Grazie." Perdita si tolse il manicotto dalle mani e sorseggiò il tè.

Lysa sorrise radiosa. "Il nostro articolo sulle scoperte astronomiche degli ultimi mesi è pronto per essere pubblicato. Credo che, forse, questa volta potrebbero accettarlo." Lysa sorrise a trentadue denti e accennò col capo allo pseudonimo che avevano scelto per nascondere il loro sesso: P. L. Bottomsley.

"Ho scritto una lettera di presentazione come si deve. Ufficialmente, noi siamo un gentiluomo di Tintagel, in Cornovaglia. Mi sono procurata un indirizzo locale. C'è un uomo di nome Michail Barinov, che ha accettato di ritirare la corrispondenza e consegnarla a Londra. Credo che, questa volta, abbiamo le carte in regola. La Società Astronomica di Londra *deve* pubblicarci."

Perdita non riuscì a trattenere a sua volta un sorriso. Quello era il suo sogno: che le loro osservazioni e le loro scoperte scientifiche venissero pubblicate. Poiché loro due erano donne e non studiosi gentiluomini, i loro articoli venivano sempre rifiutati. Di conseguenza, avevano pensato a uno stratagemma. Il fatto che ci fosse bisogno di una cosa del genere era frustrante.

"Ottimo, Lysa." Perdita prese l'articolo e lesse con attenzione le parole scritte in bella grafia, controllando attentamente ogni pagina. Poi lo restituì a Lysa, che lo infilò in una cartelletta di cuoio.

"Lo spedirò domani mattina, tramite un corriere; se dovessimo avere successo, te lo farò sapere."

"Ottimo." Perdita passò lo sguardo sul negozio, osservando le coppie che prendevano il tè. Gunter's era uno dei pochi luoghi di Londra dove una signora poteva incontrare un gentiluomo da sola, senza preoccuparsi di scandali o rovina. La porta si aprì col tintinnio di un campanello quando un gruppo di uomini entrò a ripararsi dal freddo. Perdita riconobbe uno di loro e il suo cuore precipitò.

Samuel Milburn era lì.

"Lysa, mi dispiace, ma devo andarmene immediatamente." Perdita annuì con discrezione verso Samuel, che si stava togliendo cappello e cappotto.

Lo sguardo di Lysa si posò sull'uomo mentre lei annuiva. "Certo. Buona fortuna."

Perdita fece segno a Hensley di avvicinarsi.

"Signorina?" chiese Hensley, spazzando via delle briciole dei pantaloni.

"Vorrei andarmene. Per favore, fai portare subito la carrozza."

Hensley si infilò il cappotto e uscì a capo chino. Perdita badò a tenersi lungo il limitare della sala da tè mentre si muoveva, destreggiandosi tra le coppie e i tavoli, cercando di nascondersi alla vista di Samuel. Sollevò il cappello e raggiunse la porta appena in tempo per udire parte della conversazione dell'uomo con gli altri gentiluomini.

"Non avete ancora chiesto la mano della piccola Darby?" chiese uno degli uomini.

Samuel ridacchiò. "Non ufficialmente. Aspetterò Natale. Le donne adorano quel genere di situazioni romantiche. Inoltre, devo essere sicuro che sia mia. Devo riuscire ad averla prima di prendere una decisione. C'è un tale fuoco, in lei, che credo sarà un piacere domarla. Ma devo essere sicuro. Potrebbe essere una di quelle piagnucolose debuttanti virginali. Robaccia. Voglio che mi resista prima di piegarla completamente."

I suoi compari risero; uno di loro paragonò quello 'sport' alla caccia di un animale selvatico.

Milburn sogghignò. "Proprio così, tranne che l'uno

deve essere impagliato prima di montarlo e l'altra va montata per essere impagliata."

Il rumore sgradevole delle risate volgari degli uomini per poco non le fece perdere la pazienza. Non avrebbe sopportato di udire una sola parola in più. Uscì di corsa al freddo, senza curarsi del fatto che il vento gelido lei avrebbe ferito il viso. Le minacce di Samuel erano inimmaginabili. Come poteva il *ton* essere cieco a tal punto da non vedere il male che era in lui? E tuttavia, lei temeva che nell'anima di quell'uomo albergasse proprio quel genere di oscurità. Milburn era un individuo senza cuore, che pensava solo ai propri bisogni. Perdita non sarebbe diventata la sua vittima; avrebbe fatto qualunque cosa per sfuggire a una tale malvagità. Vaughn sarebbe stato la sua salvezza. Lei si fidava di lui, la qual cosa avrebbe dovuto essere sorprendente, ma non sembrava tale.

Il male e la sofferenza proiettavano ombre molto diverse sul volto di un uomo. Il male era una presenza cancerosa, che soffocava e strangolava tutto ciò che di buono lo circondava. Ma la sofferenza era qualcosa di molto diverso. Gli occhi di Vaughn erano tinti di ombre di dolore e mancanza. Era un'oscurità che, un giorno, i raggi del sole avrebbero forse potuto disperdere. Perdita aveva intravisto la speranza che ciò accadesse negli occhi del visconte quando l'aveva baciato la sera prima, come luce solare che penetrava dalle finestre aperte di una villa che era rimasta per secoli immersa nell'oscurità. Lei sapeva che era sciocco trarre piacere dell'idea che il loro bacio avesse potuto alleviare le pene del visconte, quali che esse fossero, ma così era.

Cercò con lo sguardo Hensley e vide con un certo sollievo che la carrozza si stava già avvicinando. Non vedeva l'ora di allontanarsi da Samuel. Lui e i suoi compari avevano confermato i suoi peggiori incubi.

Grazie al Cielo c'è Vaughn.

Hensley fece arrestare la carrozza al cocchiere e la aiutò a salire. I cuscini di velluto erano freddi, ma Perdita sospirò per il sollievo quando Hensley le mise vicino uno scaldapiedi.

"Dove andiamo, signorina?" chiese Hensley.

"A casa, immagino." Perdita scostò le tendine del finestrino che dava sul lato opposto della piazza, ma poi sollevò una mano. "Un momento. Rimani qui. Vorrei andare in quel negozio. Quello laggiù."

Indicò una piccola gioielleria dall'altra parte della strada. Avrebbe potuto giurare di aver visto Vaughn entrare. Si era trattato di una visione dovuta al fatto che aveva appena pensato a lui? C'era un solo modo per scoprirlo.

Perdita scese dalla carrozza e si diresse verso la fila di negozi. Se quello che aveva visto era Vaughn, doveva riferirgli ciò che aveva udito da Gunter's. Il visconte aveva il diritto di conoscere le intenzioni di Samuel. Avrebbe potuto avere un'idea su come proteggerla da quell'uomo, dato che Milburn aveva espresso ad alta voce l'intento di metterla con le spalle al muro.

Hensley chiuse la porta della carrozza alle sue spalle e la seguì mentre Perdita oltrepassava un negozio di cappelli e raggiungeva la gioielleria. Il piccolo negozio era riscaldato, ma un lieve odore di muffa proveniva dagli scaffali dove una varietà di collane erano appese negli espositori, e braccialetti e anelli erano messi in mostra in teche di vetro. Era chiaro, dal loro disegno, che si trattava di gioielli vecchi, di fattura non recente.

Perdita si mise a cercare Vaughn nel negozio. Si

fermò dietro una fila di alti scaffali, cominciando a pensare che, forse, aveva semplicemente visto un gentiluomo che gli somigliava vagamente.

Una voce provenne dall'altro lato della parete di gioielli dietro cui si trovava Perdita. "Milord, cosa posso fare per voi?"

Perdita raddrizzò le orecchie a quel suono. Era pronta a mettersi a cercare il gioielliere, ma qualcosa la trattenne. Rimase nascosta e sbirciò tra gli scaffali polverosi, sopprimendo con una mano l'impulso a starnutire. Intravide un anziano negoziante dal naso a uncino e con gli occhiali, intento a parlare con un uomo alto e dai capelli biondo scuro. L'uomo le dava le spalle, ma Perdita era sicura che si trattasse di Vaughn.

"Quanto potete darmi per questo?" Vaughn tese un orologio da taschino, un esemplare molto vecchio, ma splendido. La placcatura d'argento brillava alla luce mentre l'oggetto penzolava da una bella catenina. Il gioielliere prese l'orologio e lo sollevò, costringendo Vaughn a cambiare leggermente posizione. Il visconte distolse lo sguardo dal gioielliere, permettendo a Perdita di intravedere il suo profilo e la sofferenza incisa sul suo volto.

"Beh, diamo un'occhiata." Il gioielliere si fermò per aggiustarsi gli occhiali e osservò attentamente l'orologio.

"Ottima fattura, con lo stemma della famiglia Darlington... Una quarantina di sterline, credo. Siete proprio sicuro di volervene liberare, milord?" Il gioielliere osservò l'orologio e poi Vaughn. Perdita trattenne il fiato. Alle sue spalle, Hensley si mosse, e lei sollevò di scatto una mano, afferrando il servitore per un braccio e portandosi l'altra mano alle labbra per intimargli di tacere. Non voleva interrompere qualunque cosa Vaughn stesse facendo.

Sembrava che il visconte stesse vendendo un cimelio di famiglia. Considerate le condizioni della sua dimora – l'assenza di mobilio e lo sfacelo generale – la cosa non avrebbe dovuto sorprenderla. E tuttavia, a voler essere onesta, Perdita non voleva credere che Vaughn fosse in condizioni economiche tanto misere da vedersi costretto a vendere un oggetto tanto personale. Il suo cuore ebbe una dolorosa fitta mentre lei tratteneva il fiato, ascoltando.

"Quaranta? Mi sembra un prezzo onesto. C'è un anello con cui potrei scambiarlo?" Vaughn appoggiò l'orologio sul bancone, tra lui e il gioielliere. Le sue dita esitarono per un istante prima di lasciare l'orologio. Il cuore di Perdita ebbe un'altra, dolorosa fitta. Vaughn stava cercando degli anelli? Perché mai avrebbe dovuto voler vendere un orologio per acquistare un anello?

Poi fu colpita da un pensiero. L'anello era forse per lei?

Il gioielliere appoggiò sul bancone un astuccio foderato di velluto. "Questi sono molto belli." Perdita si alzò in punta di piedi per avere una visuale migliore. Per fortuna, gli scaffali erano aperti e lei poteva sbirciarvi attraverso.

"Questo è un rubino?" Vaughn indicò un anello. Perdita non riuscì a vedere quale, perché il corpo dell'uomo le bloccava la visuale.

"Sì, è un bel rubino. È uno scambio equo per l'orologio," disse il gioielliere.

"Ottimo." Vaughn spinse l'orologio verso il commerciante. "Avete una confezione in cui metterlo?"

"Certo." Il gioielliere svanì nel retro del negozio e, pochi istanti dopo, uscì con una scatolina foderata di velluto blu. Vi mise dentro l'anello e porse il tutto a Vaughn.

"Grazie." Vaughn prese la scatolina e la mise al sicuro nella tasca interna della giacca, per poi recuperare il cappello dal bancone.

"Arrivederci, milord," disse il gioielliere mentre Vaughn si voltava verso la porta − e verso Perdita. Lei afferrò Hensley e lo spinse repentinamente verso la parte opposta dello scaffale, evitando di un soffio di essere vista da Vaughn mentre questi usciva. Una volta sicura che il visconte non fosse più nel negozio, lei e Hensley girarono attorno allo scaffale e si avvicinano al bancone dove, fino a poco prima, si era trovato Vaughn. Il gioielliere stava rimettendo gli anelli nella vetrinetta.

"Oh! Buongiorno, signorina," disse il gioielliere. "Non mi ero accorto che foste entrata. Come posso esservi d'aiuto?" L'uomo si pulì le mani nel grembiule e si sistemò gli occhiali con un ampio sorriso.

Perdita notò che l'orologio di Vaughn era ancora

appoggiato sul bancone e cercò di fingere un interesse solo vago. "Che bell'orologio. Posso vederlo?" chiese.

Il gioielliere la guardò perplesso. "Questo vecchio orologio da taschino?"

Lei annuì, lanciando un'occhiata alla porta. Non pareva che Vaughn fosse intenzionato a ritornare.

"Naturalmente." Il gioielliere posò l'orologio sul bancone, in modo che Perdita potesse esaminarlo. Era piuttosto vecchio; doveva essere appartenuto al padre di Vaughn, o forse persino a suo nonno. Come poteva egli sopportare l'idea di separarsene? Per un anello, poi?

Perdita non aveva pensato a ciò che sarebbe stato necessario per dimostrare il loro fidanzamento fittizio. Vaughn aveva ritenuto necessario procurarsi una prova del genere? O forse l'anello era destinato a un'amante? Chissà perché, Perdita non credeva che il caso fosse quello. Se il visconte era povero come lei ora credeva fosse, non poteva permettersi un'amante. Ciò le lasciava la triste consapevolezza che l'anello doveva essere per lei e che l'uomo aveva venduto il suo orologio per procurarselo. Doveva ricomprarlo. Vaughn aveva venduto l'orologio, che lei sospettava essergli molto caro, per un anello che Perdita credeva avesse intenzione di dare a lei. Di conseguenza, lei si sarebbe assicurata che l'uomo riavesse il suo orologio al momento giusto. Vaughn era un uomo orgoglioso e lei non intendeva mettere a rischio il suo orgoglio rendendogli noto che era stata testimone di quel momento.

"Quanto?"

"Come, signorina?" Il gioielliere inarcò le sopracciglia.

"Quanto per l'orologio? Vorrei comprarlo." Non voleva che Vaughn perdesse uno degli ultimi frammenti del passato della sua famiglia, se lei poteva impedirlo.

"Beh... credo che cinquanta sterline siano un prezzo onesto."

Perdita incrociò lo sguardo del negoziante. "Ma voi lo avete scambiato per un valore di quaranta."

"Quarantacinque, allora," controbatté il gioielliere.

Perdita sollevò il mento. "Quarantadue."

Il gioielliere la imitò. "Quarantatré."

"Siamo d'accordo." Perdita appoggiò la borsetta sul bancone e contò le banconote. Era raro che portasse con sé forti somme di denaro, ma aveva progettato di fare alcuni acquisti dopo il suo incontro con Lysandra. Non aveva pensato che lo avrebbe fatto per il suo falso fidanzato.

Chiese al gioielliere di incartare il suo acquisto e affidò la scatolina a Hensley.

"Andiamo a casa, adesso?" Il tono esitante del servitore le fece capire che sperava in una risposta affermativa.

"Non ami gli incontri clandestini o le missioni segrete, Hensley?" lo prese in giro lei. Il lacchè, un uomo di età vicino alla sua, arrossì fino all'attaccatura dei capelli.

"Non è così, signorina... Sono solo preoccupato per voi."

Il commento schietto del lacchè la colse alla sprovvista.

"Preoccupato per me?" chiese. Il servitore non riuscì a guardarla negli occhi.

"Non avrei dovuto permettermi, signorina. Chiedo scusa." Il giovane continuò a evitare il suo sguardo e lei non lo costrinse a continuare il discorso. Soprattutto perché temeva la risposta. La servitù tendeva a compatire in maniera insopportabile le zitelle, come se persino i più infimi tra di loro si dispiacessero per le fanciulle nubili che invecchiavano sullo scaffale.

Quel pensiero le inacidì lo stomaco. Le donne avevano il diritto ad aspirare a posizioni diverse da quelle di moglie e madre, giusto? E tuttavia, quelle erano le uniche posizioni alle quali la società attribuisse un valore. Non era colpa sua se non voleva essere considerata un animale da riproduzione. La sola idea le faceva venire voglia di ribellarsi. Una volta che lei e Vaughn avrebbero concluso la sciarada e Milburn avesse perso interesse, Perdita avrebbe rinnovato gli sforzi per far pubblicare i suoi articoli di astronomia.

"Dobbiamo fare ancora una sosta," annunciò. "Di' al cocchiere di portarci in HalfMoon Street." Ciò detto, salì in carrozza e ascoltò Hensley dare ordini al cocchiere.

Guardò con entusiasmo fuori dal finestrino quando raggiunsero Lennox House. Si trattava di una struttura dalla bellezza stupefacente, che emanava potere e bellezza. Il fiato caldo di Perdita appannò il vetro. Lei sfregò la mano guantata sul finestrino per togliere parte della condensa e vedere meglio.

La carrozza si fermò e Perdita ordinò a Hensley di aspettare assieme al conducente. A seconda di quanto la sua richiesta avrebbe fatto infuriare la sua amica Rosalind, era possibile che si sarebbe ritrovata buttata in mezzo alla strada. Avvertì le avvisaglie di un piccolo attacco di panico, ma lo soppresse. Loro due erano amiche e, sebbene Perdita non avesse avuto occasione di andare a trovare Rosalind da quando lei aveva sposato lord Lennox ed era andata a vivere in casa sua, la situazione non avrebbe dovuto essere cambiata di molto, o almeno così sperava lei.

Bussò col grosso battente di argento e attese. Il maggiordomo venne ad aprirle e lei fu sollevata quando fu ammessa in casa una volta che il servitore ebbe fatto le domande di rito.

Il maggiordomo la accompagnò in un salotto. Rosalind stava lavorando a una scrivania vicino al fuoco.

"Perdita." Rosalind si alzò al suo ingresso. "Come stai?" La voce della donna aveva un accento scozzese, che lei non cercava più di nascondere come un tempo. L'accento dava a quella donna dai capelli scuri un fascino fortissimo, con una nota dell'atmosfera selvaggia delle Highlands.

"Bene. E tu?"

"Benissimo." Gli occhi grigi di Rosalind brillarono. "Sei venuta a parlare dei tuoi investimenti?"

"Sì, beh, può darsi. Si tratta di una faccenda d'affari, ma di natura piuttosto delicata."

Il sorriso aperto della sua amica si trasformò in una smorfia. "Ci sediamo?" Rosalind la condusse a un divanetto di broccato rosso e versò una tazza di tè da una teiera sul tavolo.

"Grazie." Perdita si fece coraggio in previsione di ciò che doveva fare. Non era da lei porre richieste del genere ai suoi amici.

Rosalind parve notare la sua esitazione. "Siamo amiche, Perdita. Chiedi quello che sei venuta a chiedere."

"È una storia piuttosto lunga, ma cercherò di farla breve. Sto cercando di evitare il fidanzamento con Samuel Milburn, nelle cui intenzioni non ho fiducia. Non voglio scendere nel dettaglio, ma sto subendo pressioni piuttosto sgradevoli per accettare. Ho stretto un patto col visconte Darlington, che interpreterà il ruolo del mio fidanzato per scoraggiare Milburn. Ma il prezzo chiesto da Darlington è..." Le parole le andarono di traverso; Perdita detestava dire una cosa del genere a un'amica. "Beh, le sue finanze sono in condizioni difficili e lui desidera che io chieda a tuo marito di coinvolgerlo nel suo prossimo investimento." Ecco fatto. L'aveva detto, anche se farlo le aveva lasciato un sapore amaro sulla lingua.

Per un lungo istante, Rosalind non disse nulla, le sopracciglia inarcate mentre osservava con attenzione

Perdita. Credeva che lei stesse solo cercando di usarla? Stava mettendo in discussione la loro amicizia?

"Darlington, hai detto?" Rosalind contrasse le labbra e rifletté. "Non lo conosco, ma ho sentito parlare di lui. È un bel tipetto. Sei sicura di volerti associare in maniera tanto pubblica a lui?"

Perdita sorseggiò il tè e annuì. "Nonostante quello che tu potresti aver sentito di Samuel Milburn, ti assicuro che quell'uomo è una bestia. Ha tutta l'intenzione di piegarmi, se riuscirà a compromettermi e a costringermi a sposarlo."

"*Piegarti*?"

"Annientare il mio spirito, e forse non solo quello."

Lo sguardo pensieroso di Rosalind si trasformò in un cipiglio. "Non ho sentito parlare molto di questo Milburn, ma se ti spaventa, non gli permetteremo di metterti nella posizione di essere costretta a sposarlo." Rosalind prese un campanellino dal vassoio del tè e lo suonò. Apparve un lacchè, a cui Rosalind disse: "Per favore, di' a mio marito che desidero parlargli."

Il servitore si inchinò e svanì.

"Non c'è proprio nessuna alternativa al chiedere l'aiuto di lord Darlington? Sono sicura che tu abbia sentito le voci che corrono su di lui," disse Rosalind.

"È vero, ma credo che sia una persona più complessa di come lo dipingono i pettegolezzi. Quando si è ritrovato di fronte a una situazione come quella che gli ho descritto, ha espresso il desiderio di aiutarmi e ha chiesto solo questo favore in cambio. Non è quello che mi aspettavo da una famigerata canaglia, ma mi fido di lui. Ti sembra una cosa davvero sciocca e bizzarra?"

"Fidarsi di una canaglia? Non è né sciocco né bizzarro, se la canaglia è quella giusta. Chiederò a mio marito cosa sa di Darlington."

"Grazie, Rosalind. Non ho parole per dirti quanto apprezzo il tuo aiuto. Mi mette davvero a disagio dovertelo chiedere."

"Sciocchezze. È proprio a questo che servono gli amici." Rosalind coprì la mano di Perdita e vi diede un colpetto.

Qualche istante dopo, apparve lord Lennox. Era un uomo alto, con penetranti occhi azzurri e capelli biondi non diversi da quelli di Vaughn; ma nel visconte c'era una disperazione scatenata che a Lennox mancava. Quest'uomo era calmo, rilassato, *solido*. Vaughn aveva un aspetto più snello e un portamento cupo che lo avvolgevano in una cappa di oscurità malinconica.

"Mi avete fatto chiamare?" Il tono di voce di Ashton era freddo, ma le sue labbra erano curvate in un sorriso scherzoso. Raggiunse Rosalind e le baciò la mano.

"Questa è la mia cara amica Perdita Darby. È anche una cliente della nostra banca," spiegò Rosalind. "Perdy, per favore, di' a mio marito quello che hai detto a me."

Perdita raccontò le informazioni di cui era venuta a conoscenza su Samuel Milburn e le intenzioni dell'uomo, oltre che il piano da lei formulato con Darlington e il favore che il visconte aveva chiesto in cambio dei propri servigi.

"Mi è capitato di incrociarlo qualche volta, in giro per Londra. Non è una cattiva persona, o così ho sentito dire," rifletté ad alta voce Lennox. "Milburn, d'altro canto...beh, ho saputo della sua amante. Quella che è morta in seguito a una caduta. Si dice che sia stato un incidente, ma io non ne sono del tutto convinto."

Perdita annuì.

"E così, Darlington vorrebbe investire con me?" Ashton si appoggiò pensieroso allo schienale della sedia. "Non sarebbe il primo, ma ci sono buoni motivi se sono selettivo riguardo alle persone che prendo in confidenza. La maggior parte di loro crede che mi assuma troppi rischi, ma non capisce i miei piani a lungo termine e non si rende conto che, in fin dei conti, il rischio è ben poco. Ma io richiedo fiducia e non tutti sono disposti a darla. Non intendo avere a che fare con gente che mette in dubbio ogni mia decisione. Credo che Darlington sarebbe un buon socio. Ha la testa sulle spalle e mi pare di capire che avesse avuto un buon successo prima della scomparsa dei suoi genitori. Loro gli hanno lasciato dei debiti straordinari, che hanno mandato in rovina la sua piccola fortuna."

Lennox scambiò una lunga occhiata con Rosalind prima di alzarsi e annuire.

"D'accordo, dite a Darlington che potrà venire da me dopo il primo dell'anno. Discuterò con lui del mio prossimo progetto; sarà lui a decidere se prendervi parte o meno."

Le parole dell'uomo furono un tale sollievo per

Perdita che lei fu travolta dalla gratitudine. "Grazie, lord Lennox. Davvero."

"Gli amici di Rosalind sono amici miei." L'uomo le baciò la mano e, dopo aver lanciato alla moglie una lunga occhiata che la fece arrossire, le lasciò sole.

"Che sciocco," borbottò Rosalind, pur sorridendo.

Perdita non poteva che essere d'accordo. Lord Lennox era un uomo sciocco e meraviglioso. *Chissà quando lo dirò a Vaughn. Sarà felicissimo.* Gli aveva garantito non solo un colloquio con Lennox, ma anche il coinvolgimento nel suo progetto successivo. Forse sarebbe sopravvissuta al Natale, dopotutto.

COMPRA IL LIBRO ORA E LEGGI LA LORO storia qui!

SE TI ISCRIVI ALLA MIA NEWSLETTER A QUESTO link qui sotto, riceverai un'email quando sono stati rilasciati nuovi libri in italiano.

https://bit.ly/2I9ENkH

The Gentleman's Seduction
Standalone Stories
Tempted by A Rogue
Sins and Scandals
An Earl By Any Other Name
A Gentleman Never Surrenders
A Scottish Lord for Christmas

Contemporary
The Surrender Series
The Gilded Cuff
The Gilded Cage
The Gilded Chain
The Darkest Hour
Love In London
Forbidden
Seduction
Climax
Forever Be Mine

Paranormal
Dark Seductions Series
The Shadows of Stormclyffe Hall
The Love Bites Series
The Bite of Winter
Brothers of Ash and Fire
Grigori
Mikhail
Rurik

The Lost Barinov Dragon (Coming Soon)

Sci-Fi Romance
Cyborg Genesis Series
Across the Stars
The Krinar World of Anna Zaires
The Krinar Eclipse (Coming Soon!)

L'AUTORE

USA TODAY Bestselling Author Lauren Smith is an Oklahoma attorney by day, who pens adventurous and edgy romance stories by the light of her smart phone flashlight app. She knew she was destined to be a romance writer when she attempted to re-write the entire *Titanic* movie just to save Jack from drowning. Connecting with readers by writing emotionally moving, realistic and sexy romances no matter what time period is her passion. She's won multiple awards in several romance subgenres including: New England Reader's Choice Awards, Greater Detroit BookSeller's Best Awards, and a Semi-Finalist award for the Mary Wollstonecraft Shelley Award.

To connect with Lauren, visit her at:
www.laurensmithbooks.com
lauren@Laurensmithbooks.com

facebook.com/LaurenDianaSmith

twitter.com/LSmithAuthor

instagram.com/LaurenSmithbooks

bookbub.com/authors/lauren-smith

www.ingramcontent.com/pod-product-compliance
Lightning Source LLC
Chambersburg PA
CBHW051647180726
48284CB00006B/1896